Hendrik Bicknäse
Deutscharbeit

In einer DEUTSCHARBEIT zum Thema „Aufbruch nach Utopia oder wie könnte es zu einer deutschen Wiedervereinigung kommen?" entwickelt der Autor Hendrik Bicknäse bereits 1964 als Schüler eine Zukunftsvision, in der die Menschen wie du und ich und nicht die Regierungen eine deutsche Wiedervereinigung herbeiführen. Später führt ihn sein Kontakt über die deutsch-deutsche Grenze hinweg zu einer kaum nachvollziehbaren Verhaftung durch den westdeutschen Staatsschutz. Dabei hatte er sich nur ein wenig zu früh auf den Weg gemacht, der „Wandel durch Annäherung" tauchte gerade erst als zarte politische Morgenröte am Horizont auf.

Sein Roman „Deutscharbeit – Mein Leben als Sohn" erzählt von dieser Zeit – und den Jahren seiner Jugend. Eine autofiktionale Familiengeschichte, in der einer in den Stammbäumen herumkraxelt, sein Leben erfahrbar macht und „nebenbei" eine Chronik der Befindlichkeit der Nachkriegsgeneration und ein Porträt des kulturpolitischen Wandels zeichnet. Wie ein Fisch im Wasser entwickelt der Autor seine Protestformen deutlich vor 1968 zu einem Aktionsrepertoire. Sein Konzept ist der Versuch, Protest neu zu erfinden und bekannte Grenzen zu überschreiten. Eine in der Form angelegte und verfremdete Macht- und Repräsentationskritik mit der Anstiftung zur Selbsttätigkeit. – Lesenswert für Menschen aus Ost und West!

DEUTSCH

HENDRIK BICKNÄSE

ROMAN

ARBEIT

Die Begebenheiten wurden den Erinnerungen des Autors kreativ angepasst. Die Namen der Personen außerhalb der Familie wurden geändert.

Auch als E-Book erhältlich.

Bibliografische Information der Deutschen Nationalbibliothek: Die Deutsche Nationalbibliothek verzeichnet diese Publikation in der Deutschen Nationalbibliografie; detaillierte bibliografische Daten sind im Internet über http://dnb.dnb.de abrufbar.

Die automatisierte Analyse des Werkes, um daraus Informationen insbesondere über Muster, Trends und Korrelationen gemäß §44b UrhG („Text und Data Mining") zu gewinnen, ist untersagt.

© 2025 Hendrik Bicknäse, Göttingen
Lektorat: Elke Sünkenberg, Hamburg
Layout und Satz: Die Werkstatt Medien-Produktion GmbH, Göttingen
Gesetzt aus der Minion Pro
Foto des Autors: ©Hamerski, Swidnica
Verlag: BoD · Books on Demand GmbH, Überseering 33,
22297 Hamburg, bod@bod.de
Druck: Libri Plureos GmbH, Friedensallee 273, 22763 Hamburg
ISBN: 978-3-8192-4447-6

Mein Leben als Sohn

Für Wölke †,
für Max
und
für Carmen

„Ich selbst bin es, den ich darstelle.
Meine Fehler wird man hier finden, so wie sie sind,
und mein unbefangenes Wesen,
soweit es nur die öffentliche Schicklichkeit erlaubt hat."
„Essais", Michel de Montaigne, 1580

PROLOG

Ich bin der, der mich erfindet.

Im Vierten Laterankonzil verpflichtete Papst Innozenz III. damals im November des Jahres 1215 alle Gläubigen, mindestens einmal im Jahr bei einem Priester die Beichte abzulegen. Gute Christen sollten alle Sünden und Verfehlungen bekennen, denen sie sich im Lauf des Jahres schuldig gemacht hatten. Die Kirche etablierte also einen Zwang zur Selbstdarstellung, und einen besonders unangenehmen dazu: Gerade über die Dinge, über die man eigentlich nicht reden wollte, musste man reden. Freilich nur mit dem Priester. Und als Entschädigung winkte die Absolution. Unfreiwillige Selbstauskunft im Dienste des Seelenheils also.

Nun ja, bei allem Willen zur Aufrichtigkeit stelle ich nicht alles so dar, wie es tatsächlich gewesen ist. Und das ist kein Zufall. Im Gegenteil, das verweist auf einen Umstand, über den niemand hinwegkommt. Wer „ich" sagt, bezieht Position. Und er steht, während er „ich" sagt, außerhalb seiner selbst. Das Ich, von dem wir reden, wenn wir uns selbst meinen, ist immer ein Entwurf. Eine Behauptung, die wir aufstellen. Und indem wir das tun, machen wir uns zu etwas, von dem wir vielleicht sogar wissen, dass wir es nicht sind. Aber gern wären. Das muss nicht unbedingt schlecht sein. Selbstauskunft ist Arbeit an der Verwandlung. Die Beichte wie der autobiographische Versuch hätten ihr Ziel darin, die Person zu verbessern, die Auskunft über sich gibt. Nur auch das kann wieder Verschiedenes heißen: Das bessere Ich, das ich entwerfe, kann Verpflichtung sein. Ein moralischer Imperativ, den ich für mein schlechteres Ich als verbindlich erkläre: Werde, der du sein kannst.

Die Verbesserung kann aber auch auf den äußeren Schein abzielen. Klar, wir alle wollen gute Menschen sein, aber wir wollen auch akzeptiert, geachtet und geliebt werden. Und vielleicht auch beneidet. Ein bisschen Facelifting kann da nicht schaden. Facebook, Instagram, YouTube und TikTok sind Spielwiesen, auf denen sich Ichs tummeln, die eine Art von Selbstauskunft kultivieren, die man getrost als Selbstoptimierung verstehen kann. Die Frage ist nur, wie autonom diese ist. Wer etwa dauernd sein besonders starkes Ich vorzeigen muss, heftet sich an etwas, das er für den Blick der anderen ununterbrochen optimieren muss. Das Dilemma des modernen Subjekts. Es muss es selbst sein, muss authentisch wirken, es darf (aber muss auch) von sich erzählen, muss offen sein für alle und alles, darf dafür aber ruhig auch mal die Fassung verlieren. Das macht es bitte schön nur noch authentischer. Aber möglichst so, dass man dabei eine gute Figur macht. Die Zustimmung der anderen lässt sich nämlich messen: In Likes und Klicks auf dem Instagram-Account. Da kippt die Lizenz, sein zu dürfen, wie man ist, in den Zwang, als der zu erscheinen, der man sein möchte. Die scheinbare Freiheit wird zur Abhängigkeit. So zu sein, wie man sein will, bedeutet: so zu sein, wie es die anderen von mir erwarten, und das Verrückteste daran ist, dass auch ich selbst von mir erwarte, so zu sein. Manchmal vielleicht gerade da, wo ich glaube, ganz ich selbst zu sein.

Man darf das Erinnern ruhig auch mal vergessen!
Die irren Kurzschlüsse, in denen sich die moderne Selbstdarstellung verfangen kann, ist aberwitzig. Da werden die Grenzen zwischen historischem Abriss, philosophischer Reflexion und kulturwissenschaftlicher Analyse elegant und manchmal assoziativ überspielt. Was mich besonders interessiert, ist die Frage, wie viel an unserem Ich historisch ist. Wie viel in der Geschichte des Ich-Sagens wir von dem, was wir sind, aus unserer Herkunft, Familie und Vergangenheit mit uns schleppen, ohne uns dessen bewusst zu sein und ohne es ablegen zu können. Reicht der Mut, um die kollektive Beschränkung und die Entfremdung der persönlichen Erinnerung aufzudecken? Für die Beschreibung von Qual, Demütigung und Scham? Und was könnte Heimat bedeuten in einer Gesellschaft von Ichs, die ihr Selbstverständnis daraus ziehen, sich selbst immer wieder neu zu erfinden?

Das Erinnern habe ich gelegentlich autofiktional dazu genutzt, um Ausgewähltes schlaglichtartig hervorzuheben und essayistisch zu begleiten. Bei der Erinnerungsarbeit habe ich mich den Freuden der Zeitsprünge und vielfältiger Inkonsequenz eher hingegeben als einer ordentlichen Buchhaltung.

Das Vergegenwärtigen aus großer zeitlicher Distanz gelingt zumeist dort, wo eine allgemeine gesellschaftliche, kulturelle oder historische Betrachtung mit eigenem Erleben verbunden wird. So entstehen Essays über die Natur des jeweiligen Themas und über die eigene Natur. Eine Sammlung von Texten über Gott und die Welt, zusammengehalten allein dadurch, dass sich der Autor in seinen Betrachtungen zu radikaler Subjektivität verpflichtet. Eine freiwillige Selbstauskunft vor aller Öffentlichkeit, zumindest, soweit sie lesen kann. Im Dienste der Selbsterkenntnis.

Mein Erinnern will nicht in jeder Einzelheit Faktischem entsprechen. Blinde Flecken sind gewollt oder können weiter ausgeleuchtet werden. Und was vielleicht andere Menschen zum selben Thema zu erinnern glauben, mag daneben eigenen Bestand haben. Im Aufschreiben der Erinnerung an Kindheit und Jugend haben sich die Gewissheiten nicht vergrößert, weil mir klar wurde, dass ich das meiste vergessen habe und das Wichtigste nicht verstanden. Mit Robert Musil gesprochen: „Ich trage meine Sache vor, wenn ich auch weiß, dass sie nur ein Teil der Wahrheit ist, und ich würde sie ebenso vortragen, wenn ich wüsste, dass sie falsch ist, weil gewisse Irrtümer Stationen der Wahrheit sind." Diejenige Geschichte, die eine Bedeutung für Gegenwart und Zukunft haben könnte, ist ohnehin an keine Tage, Rituale und Relikte gebunden. Sie besteht in der fortwährenden Beschäftigung mit den weiten und gewundenen Wegen, die in unsere Gegenwart führen. Einzelne Etappen stellt sie dabei nicht auf beschauliche Weise aus. Sie weisen auf Sperriges und Holpriges hin und regen so statt zum Nachspielen zum Weiterdenken an: Erinnerung, die Zukunft hat, ist kein authentisches Erlebnis, sondern ein überlegtes Bekenntnis.

Hendrik Bicknäse, April 2025

Kindheit

Hungerwinter

Ich habe klein angefangen, als Baby. Im März, in einer Montagnacht, arbeite ich daran mit, zur kältesten Stunde zur Welt zu kommen. Sechs Tage zuvor ist Mutter sechsundzwanzig geworden. Ihr Geburtstag ebenso wie meiner in bitterer Kälte. Sie hat in dieser langen Kälteperiode selten genügend zu essen bekommen und leidet an einer langwierigen Bauchfellentzündung. Muttermilch fließt spärlich. Als unterernährtes Baby habe ich mein Leben begonnen und blieb auch als Kind noch viele Jahre spindeldürr und unterernährt. An Unannehmlichkeiten bin ich gewöhnt, seitdem ich auf der Welt bin.

Auf den Möbeln in der Wohnung liegt Raureif, die Kälte durchdringt sämtliche Schichten der Kleidung. Die Eisblumen an den Innenseiten der dünnen Fensterscheiben bleiben lange Zeit dick gefroren, dicker als die Scheiben selbst. Der Hungerwinter 1947 war der kälteste Winter des Jahrhunderts. Von November 1946 bis Ende März herrscht Dauerfrost, und das vom Krieg zerstörte Deutschland erlebt eine große Hungerkatastrophe. Die bittere Kälte zieht durch jede Ritze im Mauerwerk, beißt ins Fleisch und fordert eine große Anzahl Toter.

Heizen oder Kochen können die Menschen oft nicht, weil Brennmaterial fehlt. Durch das eisige Wetter kann der Schnee vor allem um den 10. bis 15. März herum kaum geräumt werden. Zwei Wochen zuvor brach die arktische Kälte über Norddeutschland herein. Die Temperaturen sinken über eine lange Periode auf bis zu minus zwanzig Grad. Die Elbe ist komplett vereist, der Rhein auf einer Länge von sechzig Kilometern. Damit ist die Binnenschifffahrt lahmgelegt. Die Versorgung mit Roh- und Brennstoffen sowie Nahrung kollabiert. Hunderttausende erfrieren bei eisiger Kälte. Zu Beginn des Winters war die Not der Menschen groß, doch die Hungerkatastrophe setzt dem Ganzen bis zum Frühjahr noch einmal die Krone auf.

Brennstoff zu besorgen ist schwierig. An der Bahnlinie von Bremen nach Hannover kommen die langen Güterzüge bisweilen nur mit geringer Geschwindigkeit über die kleinen Steigungen entlang der Weser voran. Von unserem Schulhaus aus, in dem wir als Flüchtlinge aus Rostock im ersten Obergeschoß wohnen, können wir die Güterzüge schnaufen hören. Unser Vater, Schullehrer, hat sich vor der kleinen Steigung nahe der Schranke aufgestellt, um mit zwei, drei weiteren Männern auf den langsam vorbeifahrenden Zug zu klettern und den dafür Bereitstehenden die Kohle herunterzuschaufeln. Sowie die Geschwindigkeit am Ende der Steigung zunimmt, muss er vom Waggon herunterspringen, sich dabei keine Knochen brechen und sich nicht erwischen lassen.

Deutschland im Hungerwinter, zwei Jahre nach Kriegsende: Vor dem Krieg stammten bis zu dreißig Prozent des Getreide- und Kartoffelbedarfs aus den Ostgebieten, die nun unter polnischer und sowjetischer Verwaltung stehen und daher nicht mehr zur Versorgung beitragen. In den westlichen drei Zonen halbiert sich die Getreideproduktion, die Kartoffelernte geht um ein Drittel zurück, auch wegen erheblicher Verwüstungen auf den Schlachtfeldern, zerstörter Maschinen und fehlender Arbeitskräfte. Zwangsarbeiter auf den Bauernhöfen gibt es nicht mehr. Diese Lücke kann kaum geschlossen werden. Im Krieg haben über fünf Millionen Soldaten ihr Leben verloren, über vier Millionen Männer befinden sich in Kriegsgefangenschaft. Dennoch muss die schwer gebeutelte Landwirtschaft mehr Menschen versorgen als vor dem Krieg. Der große Flüchtlingsstrom aus den verlorenen Ostgebieten hat dazu geführt, dass die Bevölkerung der amerikanischen und der britischen Zone, also von Bayern bis zur Nordsee, um schätzungsweise sieben Millionen Vertriebene angestiegen ist. Diesen Bedarf kann die heimische Produktion längst nicht mehr decken. Briten und Amerikaner blockieren sich gegenseitig. Handel zwischen diesen Einflusssphären gibt es kaum. Faktisch führt der sowjetisch besetzte Osten ohnehin bereits ein Eigenleben. „Wir haben Hunger!", „Wir fordern Brot!" In einer Stadt nach der anderen streiken die Menschen zu Tausenden und protestieren mit anklagenden Parolen gegen ihre miserable Lage. Die Stickstoffwerke der französischen Zone liefern keine Düngemittel, weil Kohlelieferungen aus dem Ruhrgebiet ausbleiben, was den Ackerbau in der britischen und amerikanischen Zone weiter beeinträchtigt – ein Teufelskreis. Die Folgen der zerstückelten Handelspolitik sind verheerend.

Dieser Winter mit seiner Energie- und Transportkrise bringt die Wende und zögernd ein Umdenken der Amerikaner, die Westdeutschland nicht dem Kommunismus überlassen wollen. Herbert Hoover, früherer Präsident der USA, kommt im Frühjahr nach Deutschland und erlebt die Negativspirale der alliierten Deutschlandpolitik, die die Hungersnot nur noch verschärft. Dank seiner gezielten Vorschläge kommt es zur historischen Wende in der alliierten Besatzungspolitik in Europa: Der Marshall-Plan wird geboren.

Unsere bescheiden ausgestattete Wohnung im Obergeschoß des Schulhauses in Holtorf an der vielbefahrenen Bundesstraße zwischen Hannover und Bremen verbraucht mit ihren hohen Räumen reichlich Brennmaterial. Meine ältere Schwester Diethild und ich müssen ganz oben im dunklen Bodenraum des Dachgeschosses in gewissen Abständen immer mal wieder schwarzen und braunen Torf neu stapeln, damit das nasse Material trockener wird und sich zum Verbrennen überhaupt eignet. Dabei achten wir beide sorgsam darauf, dass uns im Dunkeln keine Geister überfallen und wir keinem Heinzelmännchen etwas zuleide tun, denn wir wissen durch Vaters Vorlesen an den Abenden von Nils Holgersson, wie gefährlich es sein kann, wenn man wie dieser freche Junge verzaubert wird und dann mit den Wildgänsen eine wunderbare Reise antritt. So eine Reise ist wohl recht schön, aber unser Zuhause ist wärmer und erscheint uns sicherer.

Auf dem Schulhof vor dem Haus steht die Wasserpumpe. Von dort werden die Wassereimer in die Wohnung hochgetragen, wenn unsere Küchenpumpe im ersten Obergeschoss versagt. Rechts am Gebäude entlang verläuft ein unbefestigter Sandweg, der Dobben, der zu den Feldern und einem dahinterliegenden Wäldchen führt. Gehen wir 150 Meter um das Schulgebäude herum, kommen wir zum Abort, dem Plumpsklo ohne Wasserspülung. Nach Einbruch der Dunkelheit, im Winter oder nachts geht von uns niemand mehr dorthin.

Wölke, unser jüngerer Bruder und Dritter im Bunde, kommt 1948, einenhalb Jahre später, auf die Welt.

Manches Mal, wenn der wortkarge Bauer Küker von schräg gegenüber seine Ochsen anschirrt oder mit den Pferden vorm Pflug an unserem Schulgebäude längs kommt und gemächlich den Dobben hinunter zu seinen Feldern zieht, laufe ich mit Eimer und kleiner Schaufel die breite Treppe hinunter und ihm hinterher. Küker, mit seiner Pfeife im Mund, dreht sich beim Pflügen bisweilen um, um zu sehen, ob ich noch immer Furche um Furche hinter ihm her stakse. Sowie es frische Pferdeäpfel gibt, bin ich zur Stelle und schaufle sie in meinen Eimer. Und weiter gehts. Küker hat kaum je mehr als einen Satz gesagt, nur sein gutmütiges, vom Wetter gegerbtes Gesicht mit dem freundlichen Schalk in den Augen, sieht mich freundlich an. Den kostbaren Dünger kann Vater in unserem großen Garten gut verwenden.

Über Nacht lässt sich einmal ein hölzerner Wohnwagen, der von einem Traktor gezogen wird, neben unserem Schulgebäude, Am Dobben, nieder und heraus kommen aus diesem Fahrzeug mehrere Frauen unterschiedlichen Alters mit langen, bunten Röcken, dazu braungebrannte Männer. Eine stattliche Anzahl Kinder ist dabei, deren bunte Kleidung uns ins Auge fällt. Wir Kinder finden die neue Gesellschaft interessant und betrachten neugierig die Mädchen, die mit bunten Glasperlen hantieren, die sie zu glitzernden Ketten auf Fäden aufziehen. Diethild ist davon begeistert und erhält von ihnen ein paar Perlen als Geschenk. Der Dreifuß wird rasch aufgestellt und schon brennt ein kleines Feuer darunter, ein Huhn wird gekocht. Leider wird uns bald verboten dorthin zu gehen und zu schauen, wie das bunte Treiben weiter vor sich geht. Dies sind Zigeuner, deren Frauen rasch einmal etwas unter weiten Röcken verschwinden lassen und Hühner stehlen, wird uns bedeutet. Ja, sogar Kinder seien vor ihnen nicht sicher. Wir dürfen sie bis zu ihrer Abreise nicht mehr besuchen. Das Zauberwort „Zigeuner" bleibt uns im Gedächtnis.

Im Haushalt wohnt mit uns eine junge Frau, die ihre Ausbildung zur Hauswirtschafterin absolviert. Zuerst ist es längere Zeit die blonde stämmige Elke, die wir Kinder lieben, und später kommt die von uns besonders geschätzte hochgewachsene, dunkelhaarige Birgit zu uns. Mit beiden sind wir Kinder glücklich.

Unser Onkel Heinz, Vaters Studienfreund, kommt manchmal mit seinem mausgrauen Firmenwagen, ein Volkswagen Käfer, auf einen Sprung zu Besuch und bringt uns Kindern bei solchen Gelegenheiten eine kleine dreieckige Tüte mit krachend-knackigen roten Bonbons mit Himbeergeschmack mit. Es sind die ersten und einzigen Süßigkeiten, an die ich mich erinnere. Unsere Küche versorgt er großzügig mit Reese-Puddingpulver in kleinen Mustertüten, die das Pulver mit verschiedenem Geschmack enthalten. Heinz W. ist als Vertreter seiner Firma in unserer Gegend unterwegs und wird von uns sehnsüchtig erwartet.

Und eines Tages, ich bin drei Jahre alt, sehe ich ein weißes viereckiges Ding mitten auf dem Schulhof stehen. Auf meine Frage hin erfahre ich von Mutter, das sei der neue Elektroherd. Feierlich wird das Ding in die Küche gehievt und fortan wird nicht mehr allein auf dem Kohleherd gekocht. Zum Einkochen und für die große Wäsche bleibt der Kohleherd in Gebrauch. Der Elektroherd steht nun neben ihm als erste große Errungenschaft.

Laut lachen kann Vater, und allerlei Wander- und Volkslieder gibt er gern zum Besten. Unsere Mutter könne leider nicht singen, ist seine Meinung. Das war gesetzt. Bei solcherart Festlegungen sehe ich Mutter schlucken, sehe sein Gesicht in ihrem Gesicht, seine Lautstärke gespiegelt in ihrer Stille. Sie tut alles, um gut zu sein und das Gute dankbar zu tun und ihre verschiedenen Rollen als Mutter, Ehefrau, Ausbilderin des Hausmädchens so zu beherrschen, dass niemand in der eng bewohnten Wohnung verärgert wird und alle zufrieden sind. Während sie schweigt, plant sie, denkt an die Geschäftigkeit, die vor ihr liegt, an Gartenarbeit, Einkochen, Wäsche waschen – und an Vaters Abfassung seiner allmählich entstehenden Doktorarbeit über Bismarcks Sozialgesetze.

Bei Tisch gilt ein umfangreicher Kanon von Tischsitten: Hände auf den Tisch, links und rechts von deinem Teller, du sollst nicht zappeln, sollst gerade sitzen, nicht mit dem Stuhl kippeln. Bei vollem Munde spricht man nicht, nicht schmatzen und auch nicht die Ellenbogen auflehnen. Unter dem Tisch wird nicht geschubst, getreten und gezerrt. Die unruhigen Beine bleiben wie angenagelt und leblos. Nach dem Mittagessen gilt noch lange Zeit ein angeordneter Mittagsschlaf für uns Kinder, der nur pflichtgemäß und murrend ausgeführt wird. Unser Vater genießt diese Zeit und zieht sich vor allem sonntags unter Drohungen ins Schlafzimmer zurück, verkriecht sich in seine Kissen. In dieser Zeit findet folglich alles nur ausdrücklich auf Zehenspitzen statt. Am liebsten verlasse ich die Wohnung und schaue mir das Haus der Vorschriften, in dem sie nun in ihrer Mittagsruhe eingepfercht liegen, von außen an.

Sonntags gehen wir Kinder allein auf kleinen Sandwegen in der Sonntagsstille zum Zehn-Uhr-Gottesdienst in die nahe

Kirche; leichter Wind trägt die Gerüche des Sommers, über die Kornfelder und Wiesen und um die Beeke herum, zu uns. Die Stille hat nichts Unnatürliches, nichts Lebloses an sich, und wenn ein Hahn kräht oder eine Kuh zu hören ist, dann passen die Geräusche perfekt zu dieser Stille und machen sie umso deutlicher.

Familienbande

Meine Unterernährung und der Mangel an roten Blutkörperchen ist die Ursache für meine Verschickung mit dem Deutschen Roten Kreuz an verschiedene Orte, wo ich mich erholen und zunehmen soll. Bevor ich vier Jahre alt bin, werde ich schon für sechs Wochen nach Bad Zwischenahn verschickt, wo wir Kinder alle paar Tage der Reihe nach anstehen müssen, um wie Vieh gewogen zu werden. Mit was für einer Aufregung die weißen Häubchen auf den Köpfen der DRK-Helferinnen zittern, wenn sie das Ergebnis einer lächerlichen Gewichtszunahme von 200 g begeistert verkünden und notieren. Über Erfolge dieser Art wird gewissenhaft Buch geführt. Sechs Wochen sind eine sehr lange Zeit. Mich plagt das Heimweh. Bei späteren Verschickungen dieser Art wird es schon leichter, die Trennung zu ertragen, bis der Schmerz schließlich erträglich wird und nachlässt. Im Jahr darauf werde ich nach Bad Pyrmont und noch zwei Jahre später nach Bad Harzburg geschickt, wo wir kleine Wanderungen um den Burgberg herum bis zur Eckertalsperre unternehmen. Dort sehen wir die Zonengrenze, der „Eiserne Vorhang" zum Anfassen, dahinter die DDR. Während der Grundschulzeit komme ich noch zum Schluchsee im Hochschwarzwald „zur Erholung". In den beiden darauffolgenden Jahren geht es mit dem Sportverein in die Sommerferien. Zuerst ein Zeltlager auf dem Priwall an der Ostsee, Travemünde gegenüber, an dessen Ende wieder Stacheldraht die deutsch-deutsche Zonengrenze mit der DDR dahinter markiert. Ein anderes Mal fahren wir an die Nordsee, über den Hindenburgdamm nach Sylt, wo unser Sportverein in Hörnum, auf der Südspitze der Insel, ein großes Kinderheim, umgeben von einsamer Dünenlandschaft, gemietet hat. Diese beiden Fahrten erleben Diethild und ich gemeinsam. Wir sind begeistert.

Auf Frauen scheinen Vaters Redseligkeit und sein sportliches Äußeres anziehend zu wirken. Seine früh beginnende Stirnglatze, wohl ein Merkmal bei den Bicknäse-Männern, stört dabei wenig. Mag sein, die durch den Krieg bedingte Männerknappheit spielt dabei eine Rolle. Jedenfalls hat er eine Vielzahl von Liebschaften scheinbar anstrengungslos genossen und relativ offen ausgelebt. Vater scheint zu sagen: Wir haben nur eine begrenzte Zeit mit unserem Körper zu leben. Und wir sollten diese kurze Zeit nutzen. Auf dem Lande kommt das nicht gut an. Rasch spricht es sich herum, dass Vater nichts auslässt. Es ist, als sei er sich selbst abhandengekommen, zumindest aber ein Gefangener der Perfektionsansprüche seiner Umgebung und seiner selbst.

Bei heftigen Gewittern werden wir Kinder hereingeholt und beobachten sie von oben aus der Wohnung heraus. Wild zucken die Blitze. Die Donner grollen. Wir Kinder stehen dann gemeinsam vor dem geschlossenen Fenster und beobachten wie gebannt das nicht enden wollende Schauspiel mit lauten Entladungen und blendenden Blitzen. Wir drücken uns dicht aneinander und erfahren hilflos und ohnmächtig, wie die Natur sich Bahn bricht. Das Um-sich-schlagen der Natur erinnert mich an Auseinandersetzungen meiner Eltern, in denen unser pedantischer und aufbrausender Vater oftmals aus der Haut fährt und mit Wut und Schlägen, die unsere Mutter und gar nicht so selten Diethild treffen, explodiert. Er kann ein um sich schlagender Wüterich sein, der zu rasch die Fassung verliert. Unser Vater scheint nach dem Schock des Weltkriegs, den er verwundet und in russischer Gefangenschaft überlebt, körperlich weniger, aber seelisch stark angeschlagen, ein gebrochener, mindestens melancholischer, wenn nicht depressiver Vertreter des starken Geschlechts zu sein. All das macht die Herzens- und Familienangelegenheiten natürlich noch komplizierter. In einer meiner ältesten Erinnerungen – ich mochte drei oder vier Jahre alt gewesen sein –, durchdringt mich ein Vorgefühl des Lebens, schneidend und heiß formt sich bei einem Schreckensgewitter mein Wunsch, ich möchte die Übeltaten meines Vaters eines Tages rächen, und so bleiben Gewitter in meiner Erinnerung stets lebendig und verbunden mit einem bösen Fluch.

Wir tun die selbstverständlichsten Dinge, bis wir merken, dass sie sich eben nicht von selbst verstehen. Der Hund, der an der Leine geführt wird und uns begegnet, gilt als friedfertiges Tier, bis er nach uns schnappt. Wir sehen diesen Hund danach mit anderen Augen. Der Argwohn nimmt dann zu in unserem Alltag und droht das Zusammenleben zu vergiften.

Wir Kinder holten in Holtorf abends in der Dunkelheit Milch bei einem Bauern in der Nähe, und Diethild wurde eines Abends auf dessen Hof von einem bellenden Kettenhund, vermutlich einem Schäferhund an besonders langer Kette, wild knurrend angefallen. Möglicherweise lief sie vor ihm schreiend davon. Ich war an dem Abend nicht dabei. Jedenfalls blieb dieser Biss ein Leben lang unvergessen. Viele Jahre war die Rede davon, und er lebte weiter als bedeutsames Ereignis. Manchmal ist es dann die Angst, die nach uns schnappt und dann sehen wir uns selbst misstrauisch mit anderen Augen. Das Paradoxe: Misstrauen ist nicht einfach das Gegenteil von Vertrauen, sondern es kann dieses gänzlich aufsaugen. Sind wir erstmal im Zustand des Misstrauens, können wir uns nicht mehr dafür entscheiden zu vertrauen. Der Zweifel hat ein dünnes Loch ins dünne Eis geschlagen, das wir Wirklichkeit nennen. Bei jedem Schritt hörten wir, wie dieses Eis unter uns knackt. Von diesem Schreck konnte sich meine Schwester lange nicht erholen. Eines Tages schaffte sie sich als erwachsene Frau selbst einen Retriever an, möglicherweise um dem Schatten der Vergangenheit zu entkommen. Vertrauen kann man sich redlich erwerben oder erarbeiten.

Im Alter von drei Jahren war eine Wasserbruch-Operation erforderlich. Ich kam in das abgelegene kleine Krankenhaus in Leese, südlich von Nienburg. Damals schien es von Holtorf aus fast unerreichbar zu sein. Mit dem klapprigen Fahrrad auf sandig, buckeliger Wegstrecke entlang der Bundesstraße war das eine Tagesreise von etwa fünfundfünfzig Kilometern hin und zurück. Mutter, die mich mit dem Fahrrad einmal die Woche dort besuchte, brachte mir sieben Apfelsinen mit, eine für jeden Tag. So wusste ich doch, wann sie wieder kommen würde. Als einziges Kind im großen Schlafsaal mit vielleicht sieben oder acht Betten lag ich dort. Die erste Operation gelang nicht vollständig und musste nach eineinhalb Jahren wiederholt werden, ich war inzwischen fast fünf. Der Wasserbruch oder Hydrozele ist der kleine Bruder des Leistenbruchs. So bezeichnen Mediziner eine Ansammlung von Wasser im Hodensack oder in der Leiste. Die Hydrozele ist bei Kindern immer angeboren. Am häufigsten tritt sie bei zu früh geborenen Jungen auf.

In dieser Adventszeit, kurz vor Weihnachten, versorgte sie mich mit dem Auftrag, die biblische Weihnachtsgeschichte auswendig zu lernen, um anderen Patienten zum Fest damit eine Freude zu bereiten. Das Lesen musste ich wohl gerade erlernt haben, denn es war im Jahr vor meiner Einschulung. Es bereitete mir Freude und die hochgehaltenen bunten Abbildungen mit Gegenständen des Alltags und der Bezeichnung darunter waren einfach verständlich und sehr sinnlich, sodass mir das Lesen gleich gefiel. Es ging gut und wie von allein, und ich konnte es wohl schon ziemlich gut vor der Einschulung. So machte ich mich daran, diese merkwürdige Weihnachtsgeschichte auswendig zu lernen. Die Aufgabe machte mir den Aufenthalt leichter als beim ersten Mal, und ich lernte die Geschichte mit den drei Königen, die den Stall in Bethlehem besuchen, um ein kleines Kind anzubeten, in drei Abschnitten auswendig und konnte sie Heiligabend ganz ordentlich und sogar mit Betonung vortragen. Schon schien mir der zweite Aufenthalt im Krankenhaus – obschon es über Weihnachten war – nicht mehr gar so schrecklich zu sein.

Gleich hinter dem Schulgebäude schlossen sich damals mehrere große Gartengrundstücke an, die mit Zäunen voneinander abgetrennt waren. In unserem Garten, nur durch eine hohe Hecke vom Dobben getrennt, befand sich ein grünes Gartenhaus, in dem Mutter sonntags bisweilen als besonderen Leckerbissen selbstgemachte, mit Schlagsahne gefüllte Windbeutel zur Teezeremonie anbot. Dort befand sich auch, tief vergraben im alten Sofa, ihr Versteck für Zigaretten, die sie heimlich rauchte. Zu Hause wurde viel auf Blechen gebacken, und wir Kinder halfen beim Verteilen der Butterstücke oder beim Teigkneten und Ausrollen. Ob Pflaumen- oder Butterkuchen, ob Tortenböden mit Erdbeeren und Schlagsahne, wir aßen Kuchen für unser Leben gern. Außer Obst aus dem Garten oder dem Eingemachten im Winter gab es kaum Süßigkeiten.

Große Ausnahmen blieben nur Weihnachten und Ostern. Zu Ostern suchten wir Kinder die mit Buntstiften von uns selbst angemalten Ostereier in Nestern aus Moos, welches aus dem großen Wald bei Nienburg, der Krähe, mitgebracht worden war. Im Garten, unter Obstbäumen oder unter Johannisbeerbüschen versteckt, fanden wir am Morgen des Ostersonntags Nester mit gekochten und handbemalten Ostereiern. In Stanniolpapier eingewickelte Schokoladeneier oder andere einfache Süßigkeiten gab es eher selten.

Unsere Großeltern, Opa und Oma, Vaters Eltern, waren inzwischen auch von Rostock geflüchtet und nach Holtorf umgezogen, wo sie unweit von uns den hinteren Teil eines kleinen Hauses von Verwandten zur Miete bewohnten. In unserem großen Garten hinter der Schule ist Opa zugange, der zusammen mit Vater scheibchenweise nach und nach im Frühjahr und im Herbst den ganzen Garten Reihe um Reihe umgräbt und für die Frühjahrsarbeiten vorbereitet. Sein Schädel, nur noch mit wenigen weißen Haaren bedeckt, glänzt in der Sonne. Oma Marie, eine geborene Fedler, stille Hausfrau und gute Köchin, ist nun wieder zurück in Holtorf, in ihrer alten Heimat, wo sie als Tochter auf dem wohlhabenden Fedler-Hof aufwuchs. Opa Ludwig stammt vom großen Bicknese-Hof in Landesbergen, zwanzig Kilometer entfernt. Er kam dort als 14. Kind einer großen Bauernfamilie zur Welt. Als 14. Kind muss man zusehen, wo man bleibt und versuchen, eine gute Ausbildung zu schaffen, um das Leben zu meistern. An eine Erbschaft ist da nicht zu denken. Eine höhere Schule hat er nicht besuchen dürfen, aber mit seiner mathematischen Begabung, Genauigkeit und Zielstrebigkeit schaffte er es nach seiner Lehrzeit, an der staatlichen Nienburger Baugewerkschule als Student angenommen zu werden. Diese Schule existiert bereits seit 1870 und ist ein Vorläufer heutiger Fachhochschulen mit Fachrichtungen des Bauwesens und Bauingenieurwesens; auch Bautechniker und Architekten werden dort ausgebildet.

Opa, ein ruhiger, in sich ruhender Mensch, der mit seiner Familie beruflich in deutschen Landen weit herumgekommen ist, war sein Leben lang als Ausbilder für das Ausbesserungswerk der Deutschen Reichsbahn tätig und unterrichtete die Bahnmitarbeiter in seinem Waggon. Mit diesem Waggon, in dem er wohnen und schlafen konnte, reiste er in verschiedene Städte im Deutschen Reich, um darin seine Fortbildungen abzuhalten. So kam es, dass Oma mit ihm in verschiedenen Städten Deutschlands einige Jahre hier und dort wohnte und mit ihrer Familie immer mal wieder umziehen musste. Einige Jahre lebten sie in Herne, später in Coburg und dann in Stettin, wo Vater geboren wird und schließlich längere Zeit in Rostock, wo sich unsere Eltern kennenlernten. Für Omas Kochkunst war dies eine Bereicherung. Opa hat es schließlich bis zu seiner Pensionierung zum Oberamtmann bei der Reichsbahn gebracht. – In den ersten Jahren nach seiner Übersiedlung nach Holtorf ging es in vielen Gesprächen lange um die ihm zustehende Pension, deretwegen es offenbar ein Problem gab, das vor Gericht für ihn schlussendlich erfolgreich geklärt wurde. Opa und Oma lebten als Pensionäre fortan geruhsam und fuhren zwei-, dreimal im Jahr zur Kur, die von der Beihilfe bezahlt wurde. Oma litt an chronischer Bronchitis, hustete viel und ausdauernd, und Opa pflegte seine Magen-, Gallen- und Verdauungsprobleme und ließ sich von Oma gern aufopfernd bemuttern.

Dunkles Unglück

Es ereignete sich im frühen März 1952.

Diethild, Wölke und ich waren zum nahegelegenen Konsum gegangen, um etwas einzukaufen. Dafür mussten wir die vielbefahrene Bundesstraße eigentlich nicht überqueren. Der Laden befand sich 300 Meter weiter auf derselben Straßenseite wie unser Wohnhaus mit der Schule. Auf dem Rückweg hatten wir drei dennoch die Straße aus Gründen gewechselt, an die ich mich nicht erinnere. Wir mussten daher gegenüber von unserem Zuhause noch einmal die Straße überqueren. Wir drei befanden uns hinter einem großen, geparkt stehenden LKW mit Hänger und gingen hinter diesem auf die Straße, um Sicht auf den Verkehr zu erhalten, und dabei geschah es: Der geparkte LKW vor uns setzte sich, ohne ein Zeichen gegeben zu haben, plötzlich ruckartig rückwärts in Bewegung – dabei wurde unser kleiner Bruder neben uns vor unseren Augen von den Hinterreifen des zurückfahrenden Fahrzeugs erfasst, zerquetscht und tödlich überfahren.

Verzweifelt und völlig aufgelöst liefen Diethild und ich über die Straße auf den gegenüberliegenden Schulhof und schrien aus Leibeskräften unserer Mutter, die aus dem Küchenfenster oben im ersten Obergeschoss herausschaute, die Schreckensmeldung in unvollständigen Sätzen zu. In den ersten Tagen danach blieb es sehr still bei uns. Ein kleiner Kindersarg wurde in unserem großen Kinderzimmer aufgebaut, und ich wurde von Mutter aufgefordert, meinem kleinen Bruder eine letzte Gabe mit in den Sarg zu legen. Da ich nichts außer zwei kleinen Spielzeugautos besaß, nahm ich von meinem kleinen toten Bruder Abschied, indem er diese als letzten Gruß von mir erhielt.

Die Beerdigung verschwimmt. Was bleibt, ist der rundliche helle Grabstein für sein Kindergrab auf dem Friedhof. Unser blonder Bruder, unser Sonnenschein: ein freundlicher, ruhiger, meist unkomplizierter und stillvergnügter Junge. Für unsere Familie ein Schicksal, das die Kräfte übersteigt. Die Tragödie war so einschneidend, dass Vieles von dem, was sich später ereignete, rückblickend als Folge des Unglücks erscheint. Im Gerichtsverfahren wurde der Fahrer des LKW verurteilt, weil er nicht in den Rückspiegel geschaut hatte und ohne es anzuzeigen einfach rückwärts losgefahren war. Unsere Eltern haben von ihrem Recht als Nebenkläger aufzutreten keinen Gebrauch gemacht und das Gericht sogar um ein mildes Urteil für den Fahrer gebeten, da nichts ungeschehen gemacht werden könne. Wölke soll „auf der Stelle" tot gewesen sein, hieß es.

Im Jahr darauf wurde ich zu Ostern eingeschult. Das Lesen ging leicht und fast wie von selbst. Der Weg ins Klassenzimmer war nicht weit, eine Tür weiter im selben Gebäude. Nachdem wir alle in der Klasse das Lesen ein wenig gelernt hatten, wurde ein kleines Leseheft mit der unvergessenen Geschichte einer Maus verteilt, die als Hausmaus mancherlei Gefahren zu bestehen hat, bis sie schließlich auswandert und ihr Glück in der Fremde suchen möchte, es jedoch auch dort nicht findet und auf ihrem wechselvollen Wanderweg endlich wieder vor dem altbekannten Kellerloch steht, welches sie aus ihrer Jugendzeit kennt. Und hoppla, wieder zu Hause ist. Wie schön! Eines Tages kam der Herr Schulrat in die Klasse, und unsere alte Lehrerin, Elly Hilmer, war ein wenig aufgeregt und ließ mich daraus vorlesen. Ich las und las und der Schulrat zog am Ende hochbefriedigt mit diesem Resultat von dannen. Alle fühlten sich ein wenig befreit, da dieser Besuch so vorteilhaft verlaufen war.

In den großen Ferien war ich zweimal für längere Zeit in Heidhausen bei Landesbergen auf dem Hof meines Patenonkels Ludwig zu Besuch. Seine beiden Kinder Elisabeth und Friedrich waren schon erwachsen und arbeiteten auf dem Hof. Zum Essen saß die ganze Familie am Tisch, auf dem mittig eine große Portion Bratkartoffeln für alle bereitstand. Mich beeindruckte, wie mit Brot und selbstgemachtem Käse die Bratkartoffeln von allen gemeinsam aus der großen Schale gegessen wurden. Zum Frühstück gab es eingemachte Marmelade und den eigenen goldgelben Honig, den Onkel Ludwig als Imker von seinen Bienenstöcken, die hinter dem Haus im Garten standen, erntete. Ich durfte helfen, die Kurbel zu drehen, um mehrere Bienenwaben, die in einer Zentrifuge eingeschoben waren, zu schleudern. Sogleich begann der goldene süße Honig aus dem Gerät in bereitstehende Gläser zu fließen.

In der Frühe und nochmals am frühen Abend ritten wir auf ungesattelten Pferden in den Bruch, um die Kühe zu melken. Auf der Stelle konnte ich dort kuhwarme Milch trinken, die mir so eigentlich nicht schmeckte, aber das Erlebnis blieb doch unvergesslich.

In Gegensatz zu manch anderer bäuerlicher Verwandtschaft in Eystrup und in Landesbergen, in Steimke, Holtorf
und weiteren Dörfern der Umgebung, die auf wohlhabenderen
Bauernhöfen wirtschafteten, wirkte Onkel Ludwigs kleiner Hof
mit sandigen Böden eher bescheiden. Daher hatte er sich auf
die Pferdezucht verlegt, wovon er eine Menge verstand. Onkel
Ludwig und Friedrich gewannen immer wieder Preise und
gute Platzierungen in Reiterturnieren. Das sorgte für eine ver-
besserte Vermarktung ihrer Pferdezucht.

Friedrich nahm mich manchmal auf seinem Motorrad
mit. Es ging von Dorf zu Dorf, auf löchrigen Pisten und ohne
Helm. Oder er fuhr mit mir auf dem Traktor die großen Milch-
kannen aller Nachbarn aus Heidhausen zur Molkerei nach
Landesbergen.

Wenn Diethild und ich draußen auf den Wiesen entlang
der Beeke, die sich durch die Holtorfer Wiesen schlängelte,
unterwegs waren, wuchs das Glück, unseren eigenen Atem zu
hören, kein Geräusch aus dem Dorf, den Wind in den Blättern
des Wäldchens, das sich weiter hinter den Feldern anschloss;
die Angst vor der verordneten Stille schwand endlich, fort von
der Schroffheit des mittäglichen Rückzugs in die Kissen, fort
von der kränkenden Stille, die die Summe oder das Echo all
der Gebote war. Lupinen und Schafgarbe pflückten wir unserer
Mutter.

Manchmal an schönen Wochenenden im Sommer fuhren
unsere Eltern mit uns auf zwei Fahrrädern an die Weser. Es gab
dort eine einsame Stelle, die wir für uns entdeckt hatten. Von
blickdichtem Gebüsch, Strauchwerk und Bäumen umgeben
bot sie richtig versteckt weißen Badestrand, auf dem mittags
unter kleinem Feuer Würstchen heiß gemacht wurden – so

genossen wir herrlich lange Tage mit Badefreuden. Bisweilen glitt ein Lastkahn hoch beladen mit Kohle oder Sand stromaufwärts an uns vorbei. Auf der Leine flatterte lustig bunte Wäsche, wir winkten und die Menschen winkten zurück. Ein großer Fluss, an dessen Ufer man aufwächst, lässt einen nicht los. Er bestimmt das Leben seiner An- und Bewohner, er prägt die Erinnerungen, den Geruch des Wassers behält man ein Leben lang in der Nase. Sein glitzerndes Wasser verbindet oder trennt Ufer und Denkweisen, manchmal auch Länder oder Staaten. Vater schwamm über den Fluss ans andere Ufer, als trainierter Sportler war er ein kräftiger Schwimmer, trieb dennoch weit ab und kam erst – mag sein – fünfzig Meter stromab ans andere Ufer. Die Kraft der Strömung beeindruckte uns.

Ein anderes Mal waren wir mit den Fahrrädern über ein Wochenende zum Steinhuder Meer unterwegs, wo mit Dreiecksplanen rasch ein Zelt aufgestellt wurde, unter dem wir auf nacktem Sandstrand die Nacht verbrachten. Eine völlig neue Erfahrung, die mich später als Jugendlichen dazu brachte, mir von meinem ersten selbstverdienten Geld ein Zelt zu kaufen, um sparsam unterwegs zu sein. Vater hub im Strand eine runde Sitzbank aus Sand aus, auf die wir uns alle wie an einen Tisch gemeinsam zum Essen setzen konnten. Das einmalige Wochenende blieb uns unvergessen.

Zwei alte Eschen-Sekretäre aus dem frühen Biedermeier sowie zwei noch ältere Eichen-Wäschetruhen, in denen die jungen Frauen früher zur Hochzeit ihre Aussteuer sammelten, wurden von Vater zusammen mit Tischler Fellmann in einem viele Tage lang andauernden Verfahren mit Salmiak abgebeizt. Danach wurde mit fusselfreiem, straff gespanntem Leinentuch Schellack-Politur aufgetragen. Wie aus alten unscheinbaren und stark verschlissenen Möbeln wieder herrlich aussehende Prunkstücke werden können, hat bei mir großen Eindruck hinterlassen. Die beiden Männer hatten sich angefreundet, und Fellmann baute für uns in der Folge zwei gleiche Fichtenholz-Bücherschränke nach Vaters Zeichnungen, die aus je einem geschlossenen dreiteiligen Unterteil sowie einem Oberteil mit drei Glastüren bestanden, und fortan wurden diese besonders geschätzten Möbel der Stolz der Familie. Aus einem holländischen Holzschuh bauten mir die beiden noch ein Segelschiff mit einem Mast, zwei Fock- und einem Bramsegel einschließlich Steuerung, Wanten und Ankerkette. Sehr stolz war ich auf das prächtige selbstgebaute Geschenk meines Vaters und habe es lange Zeit in Ehren gehalten.

Familienforschung

Vater war in Sachen Familienforschung mit mir an manchen Wochenenden auf dem Fahrrad allein unterwegs. Häufig ging es südlich des Steinhuder Meeres nach Bückeburg ins Schaumburger Land, ein ländlich geprägter Landstrich entlang der Weser, der jedoch vergleichsweise dicht besiedelt ist und wo vielfältige eigenständige Traditionen und Bräuche zu Hause sind. Bei unseren Fahrradausflügen bemerkte ich an solchen Wochenenden Frauen auf den Straßen, die gar keine Frauen zu sein schienen und die auf mich eher wie verkleidete Ziegen wirkten. Wir begegneten in den fünfziger Jahren und gerade an den Wochenenden diesen merkwürdigen Rotrockfrauen noch oft. Sie trugen die langen blutroten Röcke, unten mit breitem schwarzem Saum, mit sehr merkwürdigem auffälligem Kopfputz, auf dem Hörner zu wachsen schienen. Frauen hielten sich strenger und noch lange an ihre Kleidungstradition, die man bei den Männern seltener bemerkte. Die Bückeburger Hochzeitstracht in den Farben schwarz und weiß war nicht immer stilrein. Man hielt sich an das Motto: Selbst gesponnen, selbst gemacht ist die beste Hochzeitstracht! Das wichtigste Merkmal für die Alltagstracht ist der rote Rock, auch „Büffel" genannt, mit besticktem Saumband. Dazu gehören eine Schürze, deren Farbe variiert, jedoch nie einfarbig ist, eine kurzärmelige Jacke, das sogenannte Wams und ein großes, langes Schultertuch, das oft aus Schafswolle und sonntags aus feinem Leinen besteht und um den Oberkörper geschlungen wird. Zur Bückeburger Festtagskleidung gehört die besonders Aufsehen erregende, mit Perlen verzierte und bestickte Flügelhaube. Eben jene, die mir als Kind ein untrügliches Zeichen dafür zu sein schien, dass es sich hier nicht wirklich um Frauen, sondern wohl eher um verkleidete Ziegen mit Hörnern handeln müsse, die jedoch aufrecht gehen, wenn es nicht sogar der verkleidete böse Wolf in Ziegengestalt selbst war. Diese Vorstellung hat mich nicht mehr losgelassen.

Sonntags saß mein Vater oft in kalten Kirchtürmen und Archiven der Kirchengemeinden und blätterte in alten Folianten, in Kirchenbüchern mit den Personenstands-Eintragungen, weil er als Familien- und Heimatforscher nicht nur dem Namen Bicknese auf der Spur war. Ich spielte derweil mit der oft reichen Kinderschar der Pastoren auf den Kirchhöfen. Die Familien der Pastoren gelten noch heute als Vorbild in ihren Gemeinden und wohnen meist in schmucken Häusern in parkähnlicher Umgebung. Das bietet beste Voraussetzungen für kinderreiche Familien. Pastorinnen waren mir damals nicht bekannt. Die Haltung der Menschen und die Hochzeiten, die ich an diesen Wochenenden im Schaumburger Land erlebte, habe ich lebendig vor Augen.

An der alten Rostocker Universität hatte Vater Geschichte und Geografie studiert. Neben seiner Doktorarbeit über Bismarcks Sozialgesetze, die vielleicht einem toten Punkt zutrieb, beschäftigte er sich aus eigenem Antrieb mit der Genealogie, der Ahnenforschung auch zum Familiennamen Bicknese, welcher zu verschiedenen Zeiten in unterschiedlichen Schreibweisen erscheint. Mit „e" oder „ä" und anstelle von „ck" nur mit „k" oder sogar „g" geschrieben: Bignese. Die typisch plattdeutsche Bezeichnung für Gross-Nase oder big-nose taucht als Assoziation schlagartig auf, sowie man diesem Namen auf die Spur kommt. Und ähnlich erscheinen uns die Geschwisternamen Blankenese oder Langnese, ebenso bildhafte norddeutsche Namen, die uns allen ohne weitere Erklärung verständlich und geläufig sind.

Die Ahnen- oder Familienforschung orientiert sich überwiegend an neueren Quellen, die mit der Einführung der minutiösen Personenstandsregister durch Napoleon seit 1810 wesentlich erleichtert wurde. Das Lesen älterer Quellen aus dem 17. und 18. Jahrhundert wie Kirchenbücher oder Gerichtsbücher erfordert die Fähigkeit des Lesens alter Schriften und in katholischen Gebieten zumeist einiger Lateinkenntnisse. Veränderlichkeit der Familiennamen und ein ausgedehnter Heiratskreis der zu erforschenden Personen sind zu berücksichtigen. Sobald die Beschreibung der Zusammenhänge über die reine Darstellung der nächsten Generationen der Abstammung hinausgeht, spricht man von Familienforschung, zum Beispiel mit dem Ziel, die Lebensumstände entfernter Vorfahren herauszufinden und auch die geografische Verbreitung eines Namens zu erkennen. Um Ahnentafeln und Stammbäume zu erstellen sind das Sichten von Fotos, persönlichen Schriften und Briefen notwendig – und von mancherlei Daten, die Hinweise geben können und an die man zunächst gar nicht denkt. Herauszufinden sind zum Beispiel: Beteiligungen an historischen Ereignissen, beispielsweise an Kriegen; Wohnorte, konkrete Hausadressen und Höfe; Berufe, Ausbildung, Titel und Ämter; Beziehungen zu Taufpaten und Trauzeugen; Totgeburten und Todesursachen; Heiratsbeziehungen, auch Scheidungen sowie verschwägerte Familienbeziehungen; Religionszugehörigkeit mit Taufe, kirchlicher Heirat und Begräbnis.

Zu Beginn des 20. Jahrhunderts begann die eigentliche Entwicklung der Genealogie, und sie war von der naiven Vorstellung geprägt, dass mit genealogischen Daten ein direkter Beitrag zur Erkenntnis von typisch genetischen Familienmerkmalen zu leisten wäre. Man wollte sich vorstellen, man könne so zahlreiche Familienmerkmale klären, zum Beispiel „Gutgläubigkeit", „Ehrgeiz, „blondes Haar", „blaue Augen". Dass durch diese Methode keine seriösen Erkenntnisse erzielt werden, ist heute Allgemeingut, da die wichtige Auswirkung der Erziehung und anderer Umwelteinflüsse auf die Entwicklung psychischer Eigenschaften außer Acht gelassen wird. Vater hatte eine enorme Bandbreite von Ahnen bis ins beginnende 16. Jahrhundert zurückverfolgt und auf Karteikarten festgehalten, die in früheren Zeiten in manchen Dörfern mit landschaftsgebundenen Bezeichnungen einen beträchtlichen Prozentsatz der Einwohner stellten und nun einige Schubladen in seinem Schreibtisch und im Bücherschrank füllten. Der Familienname war selten und überwiegend mittig zwischen

Bremen und Hannover am Mittellauf der Weser zu finden. Der Übergang zur Heimatgeschichte ist fließend. Seit dem 16. Jahrhundert sind in Deutschland Kirchenbücher und Gerichtshandelsbücher für diese Nachforschungen vorhanden, sofern sie nicht vernichtet wurden. Daneben gibt es weitere Quellen wie Personalschriften, Pfarrverzeichnisse, Leichenpredigten, Universitätsmatrikel, Testamente und andere Akten, auch Passagierlisten von Auswanderern und Musterungslisten. – Wohin all diese Aufzeichnungen nach Vaters Tod gerieten, weiß ich nicht, da ich mit Gudrun, meiner Halbschwester, bei ihrem einzigen Besuch in Göttingen darüber nicht gesprochen habe. Da fiel uns Wichtigeres ein, über das zu sprechen sich für uns eher lohnte.

Ich habe dieser Begeisterung zu keiner Zeit übermäßige Beachtung geschenkt und konnte mich dafür wenig erwärmen, ja, empfand diese Beschäftigung als reine Zeitverschwendung. Wie viele Stunden, Tage und Wochen saß Vater an seinem Schreibtisch, um die Erkenntnisse seiner Feldforschung in sein Register einzuführen? In der Rückschau sehe ich ihn immer an seinem Schreibtisch, den Rücken demjenigen zugewandt, der es wagte, die Tür zu seinem Allerheiligsten zu öffnen und ihn in seiner Arbeit zu stören. Seine Karteikarten lagen überall herum, und der Umfang nahm ständig zu. Gelegentlich fuhr er, als wir schon in Hannover wohnten, ins dortige Archiv, wo die Genealogische Gesellschaft tagte, der er angehörte.

Zudem blieb die Ahnenforschung durch die Nazi-Herrschaft ohnehin lange ein stinkendes Kapitel deutscher Geschichte. In ihr waren Schlagworte wie Vererbung, Rasse, Heimat und Ehre verbreitet und miteinander verquirlt. Die Nazi-Politik stellte nach 1933 die Genealogie in den Dienst der Blut-und-Boden-Ideologie und des Antisemitismus. Das Berufsbeamtengesetz verlangte den Nachweis der so genannten arischen Abstammung, zum Beispiel durch den Ahnenpass. So wurde die Genealogie zur Sippenforschung. Die Kirchen erhielten den Auftrag detektivisch zu ermitteln, welche Juden im 19. und 20. Jahrhundert zum Christentum konvertiert waren und sich hatten taufen lassen. Mit Hilfe entsprechender Informationen aus den Kirchen konnten die Nachkommen der Täuflinge „als Juden entlarvt", ausgesondert und getötet werden.

Von mir aus sollten all unsere verblichenen Vorfahren geehrt ruhen dürfen. Wenn Vater mir doch das eine oder andere zu seinen sorgfältigen Ergebnissen zeigte und etwas dazu erzählte, dann ging das bei mir rechts rein und links raus. Als Kind hatte ich für derlei kein Ohr. Im Gedächtnis blieb mir nur, dass seine Forschung bis ins 16. Jahrhundert zurückreichte und sich unser Name Bicknäse früher überwiegend mit „e" schrieb. Ein Franzose hatte auch mal – aber wann war das? – bei uns in der Familie herumgestochert. So etwas merkte ich mir. Vater war ein pedantischer Bewahrer und Ordner seiner Siebensachen.

Heute erscheint die Beschäftigung mit der Ahnenforschung offenbar reingewaschen zu sein von der Blut-und-Boden-Ideologie sowie der Rassentrennung, sodass sich inzwischen wieder vermehrt Menschen damit arg- und sorglos beschäftigen mögen, insbesondere in den USA, wo man sich und seiner Familie vermutlich recht gern einen historischen Touch verleihen möchte, um sich selbst als Teil einer Herrengeschichte wahrzunehmen. Andere tun es, um sich ihrer eigenen Herkunft zu versichern.

Wiederbewaffnung

Zwei Tage vor Heiligabend fand 1954 unser Umzug mit dem großen roten Umzugswagen unserer Verwandten, der Nienburger Spedition Göllner, nach Hannover-Wiesenau an den Sonnenweg 35 statt. Vorne in der Fahrerkabine durfte ich mitfahren und erlebte meinen ersten Umzug, dem später noch viele folgen sollten. In einem kurz zuvor erbauten Mehrfamilienhaus mit zwei Aufgängen zu je acht einfachen Wohnungen bewohnten wir nun die rechte Erdgeschoßwohnung und lernten die Nachbarskinder Rappsilber und andere Mädchen und Jungen aus den umliegenden Eingängen kennen. Schräg gegenüber, hatte der Bäcker seine große Backstube, die wir manchmal vom Hintereingang aus betraten und beim Durchhuschen zum vorn liegenden Laden erleben konnten, wie das Frischgebackene auf langen Brettern aus dem glühenden Ofen gezogen wurde. Das tägliche Einkaufen blieb fortan eine meiner wichtigsten Aufgaben, und so holte ich jeden Tag frische Milch, die mit einem Zapfhahn in unsere Milchkanne gepumpt wurde. Gehen konnte ich nicht, es musste alles im Laufen, Rennen und Springen geschehen. Den Sonnenweg hinunter führte unser neuer Schulweg über den vielbefahrenen Schnellweg zum Flughafen Langenhagen, „Zubringer" genannt. Vorbei an beschädigten und zerbombten leerstehenden Wohnhäusern, in deren Kellern von uns noch verschiedene Schätze entdeckt und geborgen wurden. Weithin zerstörte Gebäude und ganze Straßenzüge wurden im Laufe der nächsten Jahre nach und nach abgerissen und neu errichtet. In unserer Umgebung mehrten sich in der Folgezeit die Baukräne; ringsum entstanden neue Wohnhäuser, jeder Eingang mit je acht oder zehn Wohnungen.

Mit den Kindern aus den dunklen Baracken, die in der Nähe aufgestellt waren, durften wir nicht spielen. Wir hatten dort aber bereits einen gewitzten Jungen kennengelernt, der unsere Sprache mit uns unbekannten und unverständlichen Ausdrücken rasch bereicherte, sehr zum Missfallen der Eltern. Wenn es Streit mit ihm oder anderen Kindern aus dessen Umgebung gab, stand mir Diethild bei. Sie war kräftiger als ich und oft zur Stelle, wenn es Ärger gab und Ernst wurde.

Gegenüber, auf der anderen Seite der Vahrenwalder Straße, gab es zum Leidwesen unserer Eltern wenige Monate später neues Leben in der Kaserne der großen Heeresoffiziersschule. Häufiger erschienen nun auf den Straßen im Wohngebiet frisch und grau eingekleidete Rekruten oder Offiziersanwärter mit Helmen in mittleren Einheiten, die in 100-Mann-Kompanien und in Kolonne im Gleichschritt marschierten und sich auf unterschiedliche Kommandos wie Puppen an Fäden bewegten.

„(…) Am 25. April 1953 kam zwischen der Bundesrepublik, den übrigen Mitgliedern der EVG sowie Großbritannien und den USA ein Abkommen über die Höhe des deutschen Verteidigungsbeitrages für 1953/54 zustande. Dieser betrug monatlich 950 Millionen DM.

Die Londoner Neunmächtekonferenz vom 28. September bis 3. Oktober 1954 mit den Teilnehmerstaaten Belgien, Bundesrepublik Deutschland, Frankreich, Italien, Kanada, Luxemburg, Niederlande, Großbritannien und den USA beschloss die Souveränität der Bundesrepublik, den Beitritt der Bundesrepublik zum Brüsseler Pakt (WEU) und zur NATO und erbrachte Zusicherungen der USA, Großbritanniens und Kanadas, ihre Truppen auf dem europäischen Kontinent zu belassen. Der NATO-Rat setzte am 18. Dezember 1954 unter Abänderung der Beschlüsse von Lissabon die Soll-Stärke der NATO-Streitkräfte in Mitteleuropa auf 30 Divisionen fest. Ausgleich für diese Verringerung bei der konventionellen Stärke sollte die zunehmende Ausrüstung mit taktischen Atomwaffen sein.

Mit den Pariser Verträgen vom 5. Mai 1955 erhielt die Bundesrepublik eine durch alliierte Vorbehalte eingeschränkte Souveränität und wurde in das Sicherheitssystem der Westeuropäischen Union einbezogen.

Die Bundesrepublik Deutschland trat am 9. Mai 1955 der NATO bei. Am 6. Juni 1955 wurde die Dienststelle Blank in das Bundesministerium für Verteidigung umgewandelt und der Sicherheitsbeauftragte Theodor Blank (CDU) wurde zum ersten Bundesverteidigungsminister ernannt.

Am 30. Juni 1955 wurde in Bonn ein Abkommen über die gegenseitige Verteidigungshilfe zwischen den USA und der Bundesrepublik durch den US-Botschafter James B. Conant und Außenminister Heinrich von Brentano unterzeichnet. In dem Vertrag sicherten die USA den neu aufzustellenden Streitkräften der Bundesrepublik Deutschland umfangreiche Rüstungslieferungen zu.

Am 13. Juli 1955 vereinbarten US-Botschafter Conant und Bundeskanzler Adenauer die Überlassung von amerikanischen halbautomatischen Sturmgewehren, Panzern, Artilleriegeschützen, Feldhaubitzen und Kampfflugzeugen an die Bundesrepublik. Im Gegenzug war Westdeutschland verpflichtet, die Waffen nur zur Verteidigung im Rahmen des NATO-Bündnisses einzusetzen und sie nicht an Dritte zu verkaufen oder zu überlassen. Die SPD-Opposition im Deutschen Bundestag stimmte erst in dritter Lesung dem Vertrag zu, der am 14. Dezember 1955 in Kraft trat.

Am 10. Oktober 1955 ernannte Bundespräsident Theodor Heuss die ersten Soldaten der neuen Streitkräfte und am 12. November 1955 wurden die ersten 101 Freiwilligen der Bundeswehr aus der Hand des Bundesministers für Verteidigung, Theodor Blank, vereidigt. Dieser 12. November gilt als der eigentliche „Geburtstag der Bundeswehr". (…) Der 12. November war gewählt worden, weil er der 200. Geburtstag des preußischen Heeresreformers Gerhard von Scharnhorst war.

Die Vorgesetzten praktisch aller Führungsebenen der neuen Bundeswehr waren aus ehemaligen Offizieren und Unteroffizieren der Wehrmacht, darunter notgedrungen auch vormals überzeugten Anhängern des NS-Regimes, rekrutiert worden. (…)."
Wikipedia, Stand 23.02.2024: Wiederbewaffnung.

Verschiedene Militärlieder absingend marschierten diese Kompanien stets aufs Neue in mehreren Zügen auf dem Sonnenweg an unserer Wohnung vorbei und bogen ab in die Friedrich-Ebert-Straße und in die Freiligrath-Straße, kehrten rechtsum wieder an uns vorbei und vollführten lächerliche Kommandos auf der Stelle, angeführt von ihrem Kompaniechef. „Au-gen-ge-ra-de-aus!" Derart angeregt begannen wir allerlei Blödsinniges zu singen: „Parademarsch, Parademarsch, der Hauptmann hat ’n Loch im Arsch" war nur eines davon. Hauptsache, es reimte sich.

Vater gab nebenbei einigen Schülern und Schülerinnen Nachhilfestunden. Dabei hatte er sich in die dunkelhaarige Claudia, eine seiner Schülerinnen, verguckt. Als ich einmal die Tür zu seinem Arbeitszimmer öffnete und die sehr hübsche Sechzehnjährige auf seinem Schoß sitzen sah, fühlte ich neben dem Ärger, dem Missfallen und der Ungerechtigkeit Mutter gegenüber gleichzeitig Neid in mir aufsteigen. Vater vergaß oft, dass er verheiratet war. Nicht, dass er seine Liesel nicht liebte, nein, das nicht. Er liebte sie schon. Vor allem ihren Charakter. Es mag wohl sein, dass seine Liesel für ihn erotisch nicht mehr sonderlich interessant war. Aber er war manchmal doch fröhlich und konnte sehr verführerisch sein, und so ließ sie sich doch immer wieder verführen. Und am nächsten Morgen, wenn draußen die Vögel zwitscherten, die Sonne die Katzen wach gekitzelt hatte und die Staubflocken durch die Räume schwebten, wenn es in der Küche nach Kaffee roch und nach guter Laune, dann hielten sie sich mitunter sogar für glücklich. Sie sei für ihn „Mutter, Wiege und Kamerad", sagte er dann – und meinte das romantisch.

An den Wochenenden gingen wir nun häufiger mit Mutter ins Kino. Eine neue und aufregende Erfahrung für uns Kinder. Um den Thielenplatz herum, in der Nähe des Hauptbahnhofs, gab es damals mehrere Kinos. An einem dieser Wochenenden trafen wir dort eine große Menschenmenge an, die sich versammelt hatte, weil die junge, frisch gekrönte Queen Elizabeth II. erwartet wurde. Sie trat nach einer Weile aus dem Eden Hotel, lächelte, winkte und bestieg einen großen Wagen. Erstaunt stellte ich fest, dass Mutter dieser jungen Queen sehr ähnelte.

Auf mehrtägigen Klassenausflügen in Landschulheime und auf langen Tageswanderungen, die er mit seinen Schülern unternahm, wurde ich mehrfach von Vater mitgenommen, solange ich selbst noch nicht zur Schule ging. Er galt als streng, wurde jedoch von seinen Schülern respektiert, soweit ich das mitbekam, weil er seinen Stoff verständlich rüberbrachte und sie bei ihm viel lernten. Seine Naturliebe und Wanderlust aus der Wandervogelzeit konnte er bei solchen Fahrten ausleben. Er zeigte uns Großsteingräber und andere Funde, kraxelte und kletterte mit dem Hämmerchen in Steinbrüchen auf der Suche nach seltenen Kristallspitzen oder Fossilien von Korallen und Muscheln herum. Kalzit, Limonit und Bergkristall fanden sich häufiger, sogar gelber gediegener Schwefel. Auf einer Klassenfahrt kam es zu einem schweren Unfall. Er stürzte beim freien Klettern in einem steilen stillgelegten Steinbruch bei Rohden im Süntel, ein Höhenzug im Weserbergland, aus zehn Metern Höhe von der Wand ab und brach sich dabei zwei Wirbel. Im Anschluss lag er längere Zeit in der orthopädischen Privatklinik Dr. Boueke in Hannover, wo er auf Mutters Rat rundum eingegipst wurde, damit er sich absolut nicht bewegen konnte. Das hatte vollen Erfolg: Nach gelungener Operation der Splitterbrüche und nach seiner Rehabilitation konnte er als Sportler später wieder seine goldenen Sportabzeichen machen. Den Iron Man gab's noch nicht.

Schundliteratur

Nach der Schule ging ich regelmäßig in die reichlich ausgestattete Bibliothek meiner Grundschule und brachte alle paar Tage neue Bücher mit nach Hause. Dort gab es noch sehr viel Lesestoff, den ich nicht kannte. Lebensgeschichten von Erfindern und Berichte von Entdeckern ferner Länder, die Kinder- und Jugendbücher der Engländerin Enid Blyton, die durften wir jedenfalls lesen. Wenn ich las, war ich nicht allein und konnte oftmals ebenso hoffen und mitleiden, was ich noch nicht formulieren konnte, und das bebende Glück des Lesenden fühlte:

Im Text eines anderen so viele eigene Gedanken und Vorstellungen finden, die mich bewegen. Schon bald hatte ich dort manches von dem gelesen, was mich interessierte.

Nachmittags war ich, meist als Indianer, mit Diethild und den anderen Kindern aus dem Block auf dem zerbombten ehemaligen Segelflug- und Truppenübungsplatz neben den Kasernen, die mit den Wachleuten am Eingang gerade wieder belebt wurden. In dieser Umgebung und in den mit Wasser gefüllten Bombentrichtern lernten wir, plumpe Kröten mit hässlichen Warzen, die sich nur im Wasser rasch bewegen können, von schlanken Laubfröschen zu unterscheiden. Frösche sind schlanker und leichter als Kröten. Ihre Hinterbeine sind länger und vor allem viel kräftiger. Sie können deshalb sehr gut und weit springen. Kröten können das nicht. Einen anderen Unterschied fanden wir durch Beobachtungen heraus: Das Froschweibchen legt seine Eier meist in Klumpen ab, die Kröte hingegen in Schnüren. Daran erkannten wir ziemlich genau, um welchen Laich es sich in den Tümpeln handelte. In Gläsern brachten wir Mutter Frösche und Kröten als Trophäen heim, und die geküssten Exemplare wurden noch eine Weile aufgehoben und gefüttert, weil deren Verwandlung zu Prinzen und Prinzessinnen noch nicht erfolgt war oder wir den Kuss möglicherweise noch intensivieren mussten. Zu Verwandlungen kam es nie. Mit selbst gebautem Bogen mit Pfeilen und geschnitzten Holzschwertern ausgerüstet, waren wir viel unterwegs und hatten unser Tun. Kindergärten haben wir zu keiner Zeit erlebt. Ob es diese damals bei uns überhaupt gegeben hat? Eltern, die die gesamte Freizeit ihrer Kinder verplanen und helikoptermäßig überwachen sowie jeden gelungenen Atemzug ihrer Zöglinge beklatschen, so etwas war undenkbar.

Sonntags um elf begann in der Kirche der Kindergottesdienst, zu dem Diethild und ich häufig hingingen, weil wir nichts Besseres zu tun hatten und so aus der engen Wohnung kamen, in der es mehr und mehr Streit gab und nach Bitterkeit und Fäulnis roch. Die kleine Wohnung war inzwischen aufgespalten in Kontinente. Und wenn Vaters laute Stimme vor unserer Kinderzimmertür zu hören war, dann war das ein doppeltes Draußen. Unsere Eltern versuchten diese Anderswelt vor uns zu verbergen, was ihnen jedoch misslang. Vaters Bürde, sein Kummer, den er in sich trug und darüber doch nie zu uns sprach, war bisweilen so greifbar, so manifest, dass es mich rührte.

Im Gottesdienst wurden die Geschichten aus dem Alten und dem Neuen Testament durch Erklärungen lebendig und gemeinsam besprochen. Die anderen Kinder, die wir in der Kirche trafen, blieben uns fremd. Freundschaften ergaben sich daraus nicht. An Rolf aus meiner damaligen Klasse erinnere ich mich noch. Sein Vater betrieb eine Fahrschule. Mit ihm fing ich Stichlinge in einem Bach entlang der Schnellstraße zum Flughafen und an Ingrid im Ithweg, die ich gern besuchte, um gemeinsam ihre Kaninchen zu füttern.

Meist spielten wir mit den Nachbarskindern aus dem Block. Wer kommt am schnellsten über den Zaun? Wir suchten die Kleingärten der Umgebung heim, um den Reifegrad des Obstes zu begutachten und von allem ein wenig zu probieren. In offenen Gartenhäuschen ließen wir uns bei Regen häuslich nieder, vollführten Doktorspiele mit eingebildeten Operationen aneinander, zogen den Rauch glühender Grashalme ein und imitierten das Rauchen der Erwachsenen. Einmal passierte es, dass das Heu in einem dieser Häuschen Feuer fing und Nachbarn zum Löschen erschienen. Es war noch einmal gut gegangen. Ein andermal fing eine Holztoilette Feuer, die an einer Baustelle für die Bauarbeiter bereitstand. Sie brannte vollständig nieder, nachdem wir das Papier im Plumpsklo angezündet hatten. Wir beobachteten das schaurig schöne Schauspiel aus sicherer Entfernung. Das war grandios! Oder wir setzten das trockene und sogar grüne Gras entlang der nahen Autobahn so in Brand, dass sich bei leichtem Wind das Feuer rasend schnell beidseits entlang der Autobahn ausbreitete. Auf diese Weise entstand von dem Grünzeug unheimlich dicker dichter Qualm, der den Verkehr schließlich vollends zum Erliegen brachte. Überhaupt das Feuer. Wir wanderten umher und setzten trockene Büsche in Brand und empfanden unsere Existenz bei solch vollem Erfolg als berauschend.

Obschon Geld bei uns zu Hause äußerst knapp war, hatte unsere umsichtige Mutter es im Laufe dieser Jahre trotzdem verstanden, fünfzehntausend D-Mark zu sparen. Wie das möglich war, blieb rätselhaft. Sie arbeitete inzwischen als angestellte Lehrerin an der Realschule in Langenhagen. Mit ihrer hübschen gesparten Summe war der Bau einer Doppelhaushälfte in der neu angelegten, nahegelegenen Ringstraße möglich, nur knapp einen Kilometer von unserer früheren Wohnung entfernt. Kaum war ich zehn Jahre alt, zogen wir dorthin. Diethild und ich erhielten jeder ein kleines Zimmer im ausgebauten Dachgeschoss. Das entfernte uns von unseren früheren Spielkameraden aus dem Sonnenweg. Außerdem stand für mich schon wieder ein Schulwechsel, diesmal ins Gymnasium, an.

Im Sommer 1956, während Diethild und ich in den großen Ferien mit dem Sportverein vier Wochen in ein Zeltlager auf den Priwall bei Travemünde an die Ostsee geschickt wurden,

waren Vater und Mutter gemeinsam mit einer kleinen Schüler-
gruppe mit einfachen Fahrrädern in die Dolomiten unterwegs.
Zwei bezaubernde Schülerinnen und drei stämmige sportliche
Schüler seiner zehnten Klasse hatten Vater dazu eingeladen,
kräftige und sportliche Jungs aus der Niedernhägener Bauer-
schaft in Isernhagen. Mit dabei die hübsche, brünette Schüle-
rin Claudia, Vaters Liebschaft des Jahres.

Wir müssen jetzt einmal kurz Luft holen. Denn nun erleben wir, wie diese überschaubare Gruppe teilweise mit der
Bahn, teilweise mit den Rädern zu ihrer Rundfahrt in den
Dolomiten bis zum Grödner Joch auf 2121 Meter Höhe unterwegs ist, wo es damals nur einen angelegten Karrenweg, aber
noch keine Straße gab. Vor Ort wird im Heu auf unbewohnten
Almhütten oder in kargen Bauernhäusern übernachtet, tagsüber sind sie im Gebirge unterwegs, wenn sie nicht die einfachen Fahrräder mit und ohne Dreigangschaltung zu Gebirgs-
pässen hochschieben, wo ein Großteil der deutschsprechenden
Bevölkerung noch immer von einer Rückkehr in die öster-
reichische Heimat träumt. Nach all den Granateinschüssen in
den Schützengräben kann Vater keinen Lärm mehr ertragen,
höchstens Kuhglocken, den Bergwind und das ferne Rufen der
Hirten und Raben, die um die Gipfel kreisen. Das Tagewerk der
Bauern ringsum beruhigt ihn, das Mähen, das Hämmern, das
Muhen der Kühe. Er ist ein Überlebender. Er ist aus der Zeit
gefallen. Ich glaube, Vater hatte Angst vor großen Gefühlen,
nicht weil er gefühllos ist, er hat Angst vor dem Gefühl, weil
er Verwertung und Gefühl oft in schmierigster Sentimentalität
erlebt hatte.

Die Urlaubsfotos speichern mit Akribie schwarz auf weiß
ab, was sich im Bildgedächtnis an realen Liebesumständen

fotografieren lässt. Also: Mit Frau und Geliebter. So zieht Vater sein Hemd aus und seine Schuhe, zeigt stolz seinen braun gebrannten Oberkörper und legt den rechten Arm um seine gutaussehende blonde Gattin, straff die Haare im Haarknoten zusammengebunden, züchtig im knielangen Rock. Sie schaut in die Kamera, als sei sie froh, der ehelichen Pflichten entledigt zu sein. Die Maske ist eine Schutzhaut. Oft getragen wächst sie sich ein. Den linken Arm legt ihr Gatte genüsslich um die brünette Claudia, zierlich mit zerzausten Haaren, seine Geliebte. Ihr Rock ist die entscheidenden zehn Zentimeter kürzer, ihr Blick die entscheidenden zehn Prozent entspannter.

Als begeisterter Hobbyfotograf gestaltete Vater schöne Schwarz-Weiß-Aufnahmen, stimmte Belichtung und Blende so aufeinander ab, dass ihm tatsächlich erstaunlich wirkungsvolle Porträts und schöne Stillleben gelangen. Reglose Gegenstände und Personen waren dafür Voraussetzung. An Schnappschüsse war kaum zu denken. Das Fotografieren war damals ein teurer Spaß, Material durfte nicht verschwendet werden. Von mir gerieten Aufnahmen selten zu seiner Zufriedenheit, meist war mein Gesicht verzerrt oder die Augen just in dem Moment geschlossen, wenn es drauf ankam. Ich kann es mir bis heute nicht erklären, warum ich nicht süß lächeln konnte wie meine Schwester, mit der es so gut klappte. Sie lächelte, wenn sie lächeln sollte und war auch sonst recht folgsam. Es gefiel mir nicht fotografiert zu werden, und ich schloss sicher ohne Absicht und ohne dass es mir bewusst war und ohne jemanden ärgern zu wollen, zumeist die Augen, sodass Vater darüber oft recht ärgerlich wurde. Mein Körper, mein Bild. Mir geht's auch heute noch so, dass ich mich nur selten und ungern ablichten lasse, mit dem Lächeln auf Befehl funktioniert es noch immer nicht

Wie Mutter es auf sich nahm, eine solche Reise in Dreier-Konstellation anzutreten, zeigt, zu welchen Auseinandersetzungen und Anstrengungen sie bereit war. Aber die Ehe der Eltern überlebte nur noch ein Jahr. Die Kameradschaftsehe für ein einvernehmliches Zusammensein ohne zu hohe Ansprüche, aber mit Verantwortung füreinander, war für Mutter, die ihren Mann als treue Gefährtin liebte, nicht das geeignete Rezept.

So wurden unsere Eltern auf Mutters Wunsch geschieden. Erst viel später erfuhren wir Kinder von verschiedenen, unterschiedlich verlaufenen Schwangerschaften bei unseren Hausmädchen, die wir geliebt hatten und die uns in Holtorf wie ältere Geschwister zur Seite standen; wir erfuhren von verschiedenen Schrecknissen, die Mutter durch ihren zügellosen Ehemann erlebt hatte. Von ihrem Treppensturz, als sie sich noch in Holtorf voller Verzweiflung ihr junges Leben nehmen wollte, hörte ich dagegen erst viele Jahre später. Ein schlecht verheilter Wirbelsäulenbruch führte zu Dauerschmerzen, die ihr Leben lang anhielten. Später schrieb sie zu ihrer geschiedenen Ehe den bemerkenswerten Satz: „Ich liebte Erich so, dass ich weggehen konnte."

Ungefragt wurde ich 1957 Schüler der fünften Klasse des Ratsgymnasiums, der altsprachlichen Traditionsschule für Jungen im Zentrum von Hannover. Mit Latein hatte ich damals wenig im Sinn. Und das einzige Mädchen in unserer Klasse erstaunte mich. Wieso ihre Eltern es für nötig befunden hatten, sie in diese Jungenschule zu schicken, blieb ein Geheimnis. Unsere Turnhalle auf dem Gelände des Niedersachsenstadions war bestens ausgestattet – ein Lichtblick. Ja, diese Sportstätte war eine Sensation für meine bescheidenen Vorstellungen.

Zu spät wurden die Lehrer schließlich darauf aufmerksam, dass ich die Texte an der Tafel nicht richtig lesen konnte. In Mathematik schrieb ich schlechte Klassenarbeiten, weil ich falsche Zahlen von der Tafel abschrieb. Meine Kurzsichtigkeit wurde erst festgestellt, als ich bereits einige Arbeiten verhauen hatte, und sie machte mich plötzlich zum Brillenträger, der nicht mehr hinten in der letzten Bank sitzen durfte. Weiter vorn geriet ich in das Blickfeld der Lehrer, denen ich trotz Brille weiterhin mit meinen schlechten Noten auffiel.

Nach der Schule ging ich gern zu Fuß bis zur alten Marktkirche und schräg gegenüber zur neuen Markthalle, trödelte durch Fußgängerpassagen und Geschäftsstraßen und genoss das Bild vieler Menschen in Bewegung, das Hin und Her, das Wogen und Hasten, die ungewohnten und unbekannten Auslagen und nicht zuletzt die merkwürdigen Angebote unmittelbar neben der Marktkirche in der Fußgängerzone: Gebrauchte Groschenhefte auf verschiedenen Tischen. Neue Hefte wurden dort kaum verkauft. Es gab Gebrauchtes in unterschiedlichen Stadien. Hefte von Akim mit Freund Bodo, Tarzan mit Jane und Donald Duck inklusive großer Verwandtschaft sowie den merkwürdigsten Geschichten dazu. Ein bis dahin für mich gänzlich unbekanntes Arsenal, welches die Hefte bevölkerte. Hier tat sich für uns Kinder eine neue, unbekannte Welt auf.

Da gab's die weniger zerrissenen Hefte, welche in noch gutem, das bedeutet ziemlich gut lesbarem Zustand waren und die zum halben Ursprungspreis verkauft wurden. Gleich nach der Lektüre konnten diese Hefte anderntags oder später wieder zurückgegeben und in andere Hefte einer noch stärker verbrauchten Gruppe wiederum zum halben Preis eingetauscht werden. Ich erinnere mich nicht genau. Es mochten wohl vier oder fünf unterschiedliche Gebrauchszustände gewesen sein, die auf mehreren Büchertischen verteilt lagen, sodass auf jedem Tisch Hefte aller Art zu einer Preiskategorie angeboten wurden. Im Winter, wenn die Tage früh dunkelten, waren diese Tische mit all ihren merkwürdigen Groschenheften ein geheimnisvoller Ort, nur beleuchtet von wenigen Gaslampen. Die Marktkirche, Hauptkirche der ev.-luth. Landeskirche Hannover, in deren Umkreis diverse Schattengeschäfte blühten, blieb mir schon deshalb in guter Erinnerung. Abends konnte ich unter der Bettdecke mit einer Taschenlampe bewaffnet immer wieder neu eingetauschte Hefte lesen, bis es nichts mehr zu tauschen gab, weil die zuletzt erhaltenen Hefte bereits mit zerrissenen und fehlenden Seiten das Ende des möglichen Tauschhandels markierten. Erst dann musste erneut Geld in Umlauf gebracht werden. Das war jedoch äußerst schwierig, es war sehr knapp und kaum zu bekommen.

Für Vater war all dies süchtiger Schundkonsum. Er bezeichnete das Sammeln und Verbrennen von Schund als wertvollen geistigen Sport und hielt daran fest, dass das Problem nur durch erzieherische Arbeit gelöst werden könne. Selbst Karl-May-Bände durfte ich aus der Schulbücherei nicht mit nach Hause bringen, da dies miese Machwerke seien.

Wegen der Unbestimmtheit des Schundbegriffs wurden damals seitens des Schriftstellerverbandes ungerechtfertigte Einschränkungen befürchtet. Und immer wieder setzte sich die Meinung durch, dass das Schundproblem vor allem mit positiven Maßnahmen, mit dem Angebot guter, das heißt pädagogisch wertvoller Schriften angegangen werden müsse. Noch Jahre später, 1965, fanden in der Schweiz und in Deutschland Aktionen gegen den Schund statt. In Bietigheim organisierte ein von Lothar Späth, dem CDU-Politiker und späteren Regierungschef Baden-Württembergs, präsidierter Stadtjugendring eine Umtauschaktion namens „Schundliteratur gegen gute Bücher", die mit der öffentlichen Verbrennung Tausender Schriften endete. Und in Düsseldorf verbrannte die evangelische Jugendgruppe „Entschiedene Christen" Groschenromane, Sexmagazine und Bravo-Hefte, aber auch Bücher von Autoren wie Camus, Kästner und Grass.

Nur sekundär erschien ihnen problematisch, dass ihre Aktionen eine ungute Nähe zu den berüchtigten Bücherverbrennungen der Nationalsozialisten von 1933 aufwiesen. In der Nachbesprechung räumte man zwar ein, die nationalsozialistische Parallele verkannt und die noch bestehende „Empfindlichkeit der älteren Generation", die sich noch stärker an die tragischen Vorgänge lodernder Schriften und zündender Appelle erinnere, unterschätzt zu haben. Hitler habe Geist verbrannt, „wir aber verbrennen Schund, Schmutz und Dreck."

Die Schundbekämpfung der 1950er und 1960er Jahre wurde nicht nur von katholisch-konservativer Seite, sondern auch von sozialdemokratischer Seite betrieben. Ob nun schlechte Lektüre tatsächlich eine Gefahr für leicht beeinflussbare und sensible Jungen und Mädchen darstellt, mag dahingestellt bleiben. Jedenfalls musste frühzeitig in den 60er Jahren darauf hingewiesen werden, dass auch das Buch seine Feinde hat: Ablenkung durch Radio, Fernsehen, Film, Sport, Auto- und andere Reisen und so fort. Viel mächtiger erscheint mir ohnehin die Gefahr, dass überhaupt nicht mehr gelesen wird, weder gute noch schlechte Bücher.

Großmutter Käte Decker – die Dichterin

Bei uns Kindern erhöhte sich vor Geburtstagen, Fest- und Feiertagen in den 50er Jahren die Spannung immer dann, wenn Post aus Mecklenburg kam. Aus dem anderen Teil Deutschlands, wo unsere Großmutter, Käte Decker, in Dargun lebte. Häufige Briefe, aber auch Pakete und Päckchen kamen bei uns gut an. Sie waren sorgsam und reichlich verschnürt. Wir konnten schon ahnen, welche Köstlichkeiten sich darin befanden. Eine gefühlte Ewigkeit mussten wir warten, bis der Geburtstag oder die Bescherung zu Weihnachten endlich nahte.

Vor dem Öffnen sollte das Geburtstagskind alle Knoten behutsam aufschnüren, denn die Kordel wurde wieder verwendet. Nach der ersten Schicht trat unter dem Packpapier (wurde auch wiederverwendet) in der Regel eine zweite Verschnürung zutage. Wenn der Karton endlich nach allerlei weiteren Knoten geöffnet vor uns lag, befanden sich darin unterschiedliche Äpfel, für jedes Kind eine andere Sorte von „seinem" Apfelbaum, selbstgemachte Quitten-Marmelade oder -Pralinen, welche unsere Großmutter in gebrauchten bunten Pralinenkartons drapiert hatte, selbstgebackene Plätzchen, Lebkuchen und knusprige Kekse verschiedener Art, liebevoll in Dosen verpackt sowie unterschiedliche getrocknete Früchte. Außerdem enthielten die Pakete neben Blüten und Zweigen entsprechend der Jahreszeit regelmäßig handschriftliche Gedichte von ihr oder Aphorismen und Erzählungen, Miniaturen oder Gedanken, die sich häufig gerade um uns und unsere Kindersorgen drehten. Ihre sehr persönlichen moralischen Ansprachen und christlichen Gedanken, die sie uns nahebrachte, waren ein selbstverständlicher Teil dieser Post und unserer Kindheit.

Texthefte, selbstgebundene Broschüren und Bücher mit wohlgemeinten Gedanken und seelsorgerischen Ermahnungen und Aufforderungen zu jedem einzelnen Tag des Jahres kamen bei uns an. Das alles gehörte zu den Bräuchen unserer Kindheit. Tradition ist, was wir von klein auf kennen. Dabei geht es um das Familiäre, das Gemeinschaftliche und Versichernde, das Teilhaben und Teilnehmen. Es geht um das Teilen.

Anderen eine Freude machen, sich Zeit nehmen für alles. Das Leben in Genügsamkeit und Gemütlichkeit umzuwandeln, bei Geburtstagen oder zu Sylvester das Jahr in aller Ruhe noch einmal Revue passieren zu lassen. Das macht den Zauber aus. Es ist das, was uns noch als Erwachsene zum Klingen bringt. Und das verstand uns unsere Großmutter wunderbar zu vermitteln. Das von ihr mit angelegte riesige Gartengrundstück, das bis ans Seeufer reicht, wurde liebevoll bis ins Detail geplant. Besonders liebte sie ihre Bäume, mit denen sie sprach. Auf verschlungenen Gartenpfaden und Wegen hat sie ihr Paradies auf Erden in stiller Schönheit genossen. Sollte sie wieder auf Erden weilen, stelle ich sie mir als Apfelbaum vor.

Sommer in Mecklenburg

Bei unserem ersten Besuch in Dargun, an den ich mich deutlich erinnere, es wird 1950 gewesen sein, ich war drei Jahre alt, gab es zuvor einen mehrtägigen Besuch in der Vögenstraße in Rostock bei Tante Erika, Vaters einziger Schwester. Sie lebte damals noch in Rostock mit ihren beiden Kindern Dietrich und Gisela, beide einige Jahre älter als wir, und mit unseren Großeltern väterlicherseits zusammen. Opa und Oma flüchteten bald darauf Anfang der 50er Jahre zu uns nach Holtorf, und Tante Erika zog kurz danach mit ihren Kindern nach Rothenburg/Wümme in Niedersachsen, wo sie am Gymnasium unterrichtete.

Eine geräumige Obergeschosswohnung in einem schönen Rostocker Altbau im Zentrum der Stadt bewohnten sie. Es gab einen runden Esstisch mit gedrechseltem Mittelfuß. Beim Essen habe ich mich vermutlich nicht entsprechend der Vorstellung dieser Tante verhalten. Jedenfalls musste ich aufstehen und wurde dazu verdonnert, mich im selben Raum, in dem bedrückt weiter getafelt wurde, in eine Ecke mit dem Gesicht zur Wand zu stellen. Ich hatte den Mund zu halten, bis das Essen der anderen beendet war. Ähnlich wie Heidi, ging es mir durch den Kopf, im Kinderbuch von Johanna Spyri, die von der Frankfurter Gouvernante, das Fräulein Rottenmeier, eine ältliche Jungfer, die mit strengen Sittenvorstellungen und ohne Verständnis für Kinder, Heidis Kummer nur verstärkte. Diese Erziehungsmaßnahme muss mich gehörig beschäftigt haben und muss mir in die Glieder gefahren sein, da ich sie nicht vergessen konnte. Die Einfalt dieser Erziehung meine ich sogar heute noch zu fühlen. Das stieß mich ab. Mochte mir nicht vorstellen, dass diese Frau, kalt wie eine Hundeschnauze, von ihren Schülern geliebt und verehrt werden könne. Solcherart vorsintflutliche Pädagogik habe ich nur dies eine Mal in meinem Leben erfahren. Bei anderen Altersgenossen kamen solche Maßnahmen gar nicht vor. Für unsere Eltern war das keine Methode, sie lehnten Derartiges ab. Die Frau, die meine Tante war, machte später eine steile Karriere und wurde als Tante Erika Stadträtin und zuletzt Studiendirektorin am einzigen Gymnasium in einer Kleinstadt in der Lüneburger Heide.

Mit ihr und ihren beiden Kindern – Cousin Dietrich und Cousine Gisela – hatte ich im späteren Leben wenig Kontakt. Mag sein, die Tatsache spielte dabei auch eine Rolle, dass die beiden Geschwister – unser Vater und eben diese Tante – sich nicht schätzten und stets auf Abstand blieben.

Mein Versagen gab den anderen, den älteren Kindern, die Möglichkeit zum Erfolg. Mein Missgeschick war Anlass zu ihrer Freude. Dies ist an unseren Schulen eine Standardbedingung, denn Wettbewerb als Erfolgsgewinn aus dem Versagen anderer ist eine Form alltäglicher Folter, die wettbewerbsfreien Kulturen fremd ist. In der Schule wird der externe Alptraum internalisiert fürs Leben. Ich lerne nicht nur Rechnen; ich lerne auch den essenziellen Alptraum. Um in unserer Kultur erfolgreich zu sein, muss man lernen, vom Versagen zu träumen. Als Kind gab ich nicht leicht meine angeborene Vorstellungskraft, meine Neugier und Verträumtheit auf. Durch die Liebe unserer Eltern werden Zugeständnisse zur Disziplin – und durch Disziplin nur allzu oft zum Selbstverrat. Die Schule des Lebens muss die Kinder dazu bringen, so denken zu wollen, wie die Schule will, dass sie denken. Was wir in Familien, Kindergärten und Frühschuljahren erleben, ist die erschütternde Kapitulation von Babys und Kleinkindern.

Im Rostocker Haus gab es damals eine wilde Katze, die mich sogar die Bodentreppe herunter verfolgte und mich am Ende noch kratzte. Vermutlich hatten wir Kinder ihren Bodenraum betreten, in dem sie mit ihren Jungen lebte und diese verteidigt. Beides zeigte, dass Kinder bereits im Alter von drei Jahren ihre besonderen Erinnerungen deutlich bewahren können.

Ein andermal fuhren Diethild und ich einige Jahre später gemeinsam mit dem Zug nach Dargun zu den Verwandten. Später reiste ich ein erstes Mal allein dorthin, als ich zehn Jahre alt war, dabei musste ich mehrfach umsteigen. Über die Zonengrenze in Helmstedt-Marienborn ging es bis Magdeburg. Dann Umsteigen nach Stendal. Dort noch einmal den Zug mit langen Wartezeiten wechseln und weiter bis nach Rostock. Von dort wurde ich mit einem dreirädrigen Betriebsfahrzeug, Typ Hanomag oder Ähnliches, von Adolf, einem Freund der Familie Decker, abgeholt und nach Dargun verfrachtet, wo ich Großmutter, Tante Irmchen und Onkel Jürgen sowie meine beiden etwas jüngeren Cousins Uli und Wölfi wiedersah. So robust und zu allerhand Späßen aufgelegt der eine, so folgsam verträumt und in sich gekehrt der andere. Onkel Jürgen, der etwas ältere Bruder unserer Mutter, wortkarger Buchhalter in einem Darguner Betrieb, ein bisschen dröge, wirkte aufgeräumt, gut aufgelegt und war voll brummender Freundlichkeit. Tante Irmchen, die auf die junge Brut auch mal lauter und herzhaft einwirken musste, wirkte selbst dabei immer herzensgut und war sehr erfrischend. Wenn sie sich über uns ärgerte, sahst du noch den liebevollen Schalk in ihren Augen, die gütig den Bestraften oder Ermahnten anlächelten. Bei beiden fühlte ich mich wohl und war mir sicher, sie tun mir nichts Unrechtes. Tante Irmchen war die eigentliche und wirkliche Seele des ganzen großen Anwesens. „Das Herz muss fest werden", schrieb sie mir im März 1956 in lakonischer Prägnanz, „aber nicht hart", ins damals noch übliche Poesiealbum.

1960, beim vorläufig letzten Verwandtenbesuch in der DDR durften wir abends mit einer Brause auf dem ausgefransten und durchgesessenen Sofa oft noch fernsehen. Bei uns im Westen hatte Mutter noch lange keinen Fernseher angeschafft, weil es Vordringlicheres anzuschaffen gab. In Dargun war es erlaubt, sich auf den Polstermöbeln leger zu räkeln und dabei die schwarz-weiße Fernsehschau von Karl-Eduard von Schnitzler zu erleben, der als Chefkommentator und Einpeitscher der DDR-Kultur schon bei Kindern in der DDR berühmt-berüchtigt war und über den viel gelacht wurde. Man nannte ihn nur Sudel-Ede. Er war das Gesicht einer der bekanntesten und umstrittensten Sendungen. Sein Schwarzer Kanal ging damals stets montags zur gleichen Stunde auf Sendung. Das Magazin war als ganz neue und polemische Konterpropaganda konzipiert und sollte die Verlogenheit westdeutscher Politik am Beispiel des westdeutschen Fernsehens entlarven. Als Kläranlage gewissermaßen. Und das blieb so dreißig Jahre lang bis 1989.

Großmutter, eine kleine, zarte, ja geradezu gebrechlich wirkende Frau, blieb ihr Leben lang bis zu ihrem Tod die Kommandeuse in dem Dreigenerationenhaus, wohl nicht immer leicht für ihre tüchtige Schwiegertochter, die dies am meisten zu spüren bekam. Das Anwesen war groß, mit seinem Hühnerhof gleich hinter dem Haus, einer alten reetgedeckten Scheune, in der wir toben durften, mittig ein, zwei hohe Birnbäume und am Rande andere Laubbäume im Rund. Dahinter der Durchgang in den eigentlichen Garten, der mit mancherlei Obstbäumen, vielen Apfelsorten, Johannisbeer- und Stachelbeerbüschen reichlich ausgestattet war, und in dem so ziemlich alles wuchs, was zum täglichen Leben an Gemüse erforderlich und denkbar ist. Außer vielleicht Kartoffeln, Mais und Spargel habe ich dort alles, was Küche und Gärtnerherz begehren, vorgefunden. Dazu Blumen und nochmals Blumen, zu jeder Jahreszeit viel Blühendes. Gepflegte Buchsbaumhecken säumten die Wege und sind Ausweis genug für eine lange Periode gewissenhafter fleißiger Gartenarbeit. Sie oblag allen miteinander. Zur Beerenernte saßen wir im Sommer mit Eimern bewaffnet an den Büschen und ließen uns nicht stören, bis unser Soll erfüllt war. Die Familie musste eine von der Ortsverwaltung zuvor bestimmte Menge als Deputat abgeben, das dann immer zum Wiegen auf einem Wägelchen zur Ortsverwaltung transportiert wurde. Großmutter saß zwischendurch zur Erholung in einer ihrer verschiedenen Lauben, welche von Hecken und Gebüsch umstanden, kleine Idyllen inmitten dieser Gartenlandschaft bildeten. Das Anwesen zog sich hinunter durch ein Wiesenstück und ein angelegtes Wäldchen bis an den Darguner Klostersee. Am Ende hohe Bäume, Ulmen, Pappeln und uralte Weiden, die in den Schilfgürtel ragten und Steg wie Bootshaus beschatteten.

Drüben auf der anderen Seeseite ein weißer Strand mit einer hübschen Badeanstalt und einer Gaststätte, wo sich die Darguner sonntagsmorgens nach dem Kirchgang zum Frühschoppen trafen und miteinander austauschten. Das große und schnelle Holzboot glitt herrlich leise von leichten Ruderschlägen angetrieben über den See zum gegenüberliegenden Steg oder wir schwammen hinüber. Die Badeanstalt mit weißem Sandstrand war in Großvaters langer Zeit als sozialdemokratischer Oberortsvorsteher auf seine Initiative hin angelegt worden, um Darguner Bürgern einen schönen Badeplatz und Erholung zu bieten. Nach Ende des Ersten Weltkriegs wurde er in Dargun gewählt und blieb über mehrere Wahlgänge bis 1933 in diesem Amt. Gleich nach der Machtübernahme wurde er von den Nationalsozialisten seines Amtes enthoben und seine Berufstätigkeit als tüchtiger Rechtsanwalt wurde ihm ebenfalls verboten, da bekannt war, dass er Sozialdemokraten und

Kommunisten, welche sich keinen Rechtsanwalt leisten konnten, immer mal pro bono beistand. Es waren schwere Zeiten für Dr. Decker in Dargun, nachdem er sich bis 1945 als Vertreter mit Lebensversicherungen über Wasser halten musste, um die Familie mit vier Kindern durchzubringen. Gleich nach 1945 wurde er zum Bürgermeister der Stadt ernannt. Dargun hatte inzwischen das Stadtrecht erhalten. Einige Jahre bekleidete er das Richteramt bis zu seiner Pensionierung. Ich habe ihn 1950 bei einem früheren Besuch noch als hochgewachsene Erscheinung in Erinnerung. Er ging am Stock und zog ein Bein nach. „Leben heißt kämpfen und siegen,“ war ein Motto dieses aufrechten Sozialdemokraten, der oft unterschätzt wurde. Aufgrund seiner spinalen Kinderlähmung, an der er zeitlebens mit einem verkürzten und versteiften Bein litt, starb dieser stille und tüchtige Anpacker im Mai 1951 mit nur 66 Jahren. Er hatte seiner Frau ein Leben als Schriftstellerin ermöglicht und etlichen Juden aus Dargun während der Hitler-Diktatur mit Rat und Tat aktiv zur Seite gestanden. Ursprünglich wollte er Theologie studieren, was damals am fehlenden Hebraicum scheiterte. Er war einer der wenigen, der Hitlers „Mein Kampf“ nicht nur vor 1933 gelesen, sondern auch frühzeitig die Gefahr verstanden hatte, die von Hitler und seiner Bewegung ausging; ein zynisches Programm, welches Deutschland unweigerlich in den Untergang führen musste. Während der Kapitalismus und mehr noch der Sozialismus den Menschen der Weimarer Zeit ein Leben in Freiheit und materieller Sicherheit versprochen hatten, verkündete der sich als nationaler Märtyrer in Szene gesetzte Hitler: „Ich biete euch Gefahr, Kampf und Tod!“ Mit dem Ergebnis, dass sich ihm fast eine ganze Nation zu Füßen warf.

Mutters jüngere Brüder, Rudi und Martin, wurden im zweiten Weltkrieg als vermisst gemeldet. Trotz aller Bemühungen unserer Mutter und des Roten Kreuzes gab es danach keine Hoffnung auf weitere Erkenntnisse über den Verbleib der beiden. Einer von ihnen, so wurde gemunkelt, soll kurz vor Kriegsende während des Zusammenbruchs des Tausendjährigen Reichs nahe der schweizerischen Grenze als Deserteur auf der Flucht erschossen worden sein. Allein Onkel Jürgen und Mutter haben als die beiden Ältesten der vier Kinder den Krieg überlebt. Bis zu ihrem Tod hat Mutter Beiträge für die Kriegsgräberfürsorge bezahlt und alljährlich großzügige Spenden für das Deutsche Rote Kreuz geleistet.

Sonntags blieben wir in Dargun von der Gartenarbeit verschont. Ein Tag der Ruhe, an dem wir Kinder in der reetgedeckten Scheune auf dem Heuboden oder auf dem weiten Anwesen bis zu den Mahlzeiten wild spielten. Die Roloff-Geschwister aus Ostberlin, aus dem Darguner Freundeskreis, waren damals ebenfalls während der Sommerferien in Mecklenburg zu Besuch. Mit der blonden Sabine in meinem Alter und dem fantasievollen Helmuth verstand ich mich sehr gut. In Sabine hatte ich mich ein wenig verliebt, war davon ganz erfüllt – und nicht schreibfaul, wechselten wir später noch etliche Briefe von West nach Ost und von Ost nach West, bis Sabines Eltern in Ostberlin dazwischenfunkten und die Meinung vertraten, ein solcher Briefverkehr schade der Familie. Westkontakte wurden seitens der Staatssicherheitsorgane argwöhnisch beäugt und sogleich in Aktenvermerken erfasst. Das beruhte im Übrigen auf Gegenseitigkeit. Im Westen wurde ebenfalls sämtliche Post aus der DDR und dem Ostblock zunächst umgeleitet und über Pullach bei München zum Bundesnachrichtendienst expediert.

Erst nach Durchsicht kam die Post zurück in die normale Verteilung. Vor allem Beamte, die mit regen Ost-Kontakten auffielen, waren in der alten Bundesrepublik auffällig und unbeliebt bei den Behörden. Schon aus diesem Grunde unterließen es leider allzu viele in vorauseilendem Gehorsam, ihre verwandtschaftlichen oder freundschaftlichen Kontakte intensiver zu gestalten. Besuche in der DDR waren für Beamte gleich ganz verboten, dies galt ebenso für unsere Eltern und für die meisten öffentlichen Angestellten bis hinunter in die untersten Behörden.

Die Mahlzeiten selbst waren in Dargun geprägt von Großmuttis christlich-pietistischer Erziehung. Im Stehen fassen wir uns an die Hände und sehen uns freundlich an. Wir dürfen uns erst nach Eintritt vollständiger Ruhe setzen, und sie spricht mit gesenktem Kopf und gefalteten Händen mit leiser Stimme ein Dankgebet, welches bisweilen mit Ermahnungen zu kleineren Verfehlungen bestückt wird. Schließlich nach einer weiteren Pause des In-sich-Gehens spricht sie das ‚Amen'. Befreit nach dieser Großtat bewegen wir unsere Finger und überzeugen uns, dass sie in der Zwischenzeit nicht festgewachsen sind oder sich aus anderem Grunde versteifen. Wir möchten unseren Hunger stillen und zugreifen, wo immer es geht. Es gibt jedoch gewisse Regeln, die allein durch Großmutters Vorbild unweigerlich verständlich werden. Sie wirken wie ein ständiges Bollwerk und wiederkehrende Impfung: Auf das Margarinebrot zum Ei keine Marmelade schmieren. Bedächtig kauen wie die anderen. Beim Kauen spricht man nicht. Die anderen anwesenden Erwachsenen, eingeübt in diese Rituale, melden sich kaum zu Wort. Onkel Jürgen ist die Ruhe ganz recht.

Es wurde wenig geredet, als gehe nicht nur von der Marmelade, sondern vom Sprechen eine Gefahr aus, als verlange das Essen eine innere Einkehr. Ich saß gerade oder achtete darauf, gerade zu sitzen und nicht mit dem Stuhl zu kippen, um eine Ermahnung zu vermeiden. Ich hörte im andächtigen Konzert der Stille das Kratzen und Klingen des Bestecks auf Porzellan, und obwohl das längere Reden und Lachen erlaubt und erwünscht war, wenn es nicht auf Kosten anderer ging, kam kein lebhaftes Gespräch zustande, weil nicht sprechen sollte, wer kaute, weil nicht sprechen sollte, wer einen anderen sprechen hörte und weil die Ereignisse des Vormittags nicht viel hergaben. Ein Ast war beim Klettern heruntergerissen worden, Primeln und Glockenblumen, welche auf den Gehwegen wild wuchsen, waren von eilig stürmenden Kinderstiefeln heruntergetreten worden, sodass daraufhin am Vormittag ein Schild aufgestellt worden war: „Auch diese Pflanze hatte ein Leben, auch sie ist Gottes Geschöpf." Solcherart Beschwerde und Verweis wirkte eindringlicher als lautes Schimpfen.

Das Graubrot gestrichen, gebissen, gekaut, wie es die Großmutter in einer fast störrischen Langsamkeit vormacht. Sie schiebt vorsichtig das Messer in die Margarine und verteilt diese gleichmäßig mit rätselhafter Hingabe. Ein für alle am großen quadratischen Esstisch mit gerundeten Ecken gerichteter Hinweis aus dem Repertoire: nicht zu dick, nicht zu viel, nicht zu schnell, und als sie endlich zubeißt, tut sie es mit einer solchen Behutsamkeit, also fürchte sie ein Lebewesen könne dabei zu Schaden kommen. Mein dazu ängstlich verkrampftes Schweigen fällt niemandem auf. Mir gefallen derlei monotone Zeremonien nicht, und der liebe Gott kann mich mal. Ich träume von einer Mahlzeit mit lauter Lebensmitteln, die nicht von Gottes Gnade vergiftet sind, nehme gern noch eine Scheibe des Brotes, ohne an den Weizen auf dem Feld, die Ähren, den Dreschflegel oder die Dreschmaschine, die Kornsäcke und beim Beißen und Kauen, ohne an die Gnade des Herrn, der uns das Brot geschenkt hat und uns nicht hungern lässt, zu denken und genieße die Zeiten, in denen Großmutti an ihrem riesigen Schreibtisch mit Blick in den Garten sitzt und dort ihre liebevollen Gedichte und moralischen Erzählungen schreibt. Dabei schaue ich ihr zu und versuche mir selbst etwas vorzustellen, was ich zu Papier bringen würde. Nach dem süßen Nachtisch mit prächtigen Johannisbeeren, leicht gezuckert, musste der Mund wieder geschlossen werden, und also fassten wir einander, diesmal im Stehen, an den Händen, als sei das Schweißband der Familie noch nicht fest genug und sagen: „Danket dem Herrn, denn er ist sehr freundlich und seine Güte und Wahrheit währet ewiglich. Amen."

Großmutters Arbeiten wurden kaum gedruckt, weil die neue Herrschaft sie nach 1945 als eher christlich-pietistische Schriftstellerin aus Kaiserzeit und Weimarer Republik zur Kenntnis nahm, die nicht auf den neuen SED-Staat einzuschwören war und daher kaum in die neue Zeit passte. Davon ahnte ich als Kind noch nichts und habe erst später ihr Leid begriffen: Als Mutter verlor sie zwei Söhne im Krieg, den sie nicht wollte. Was sie schrieb, atmete einen in sich ruhenden Geist voll pietistischer Frömmigkeit, christlicher Naturbetrachtung und sozialer Nächstenliebe. Ihre Ambitionen als Natur-Lyrikerin, Erzählerin und Stückeschreiberin für Kinder blieben in der DDR unbeachtet, nachdem sie noch in der ausgehenden Kaiserzeit als Lyrikerin hervorgetreten war und begonnen hatte, Gedichte zu publizieren. In der Zeit der Weimarer Republik gelangen ihr weitere Veröffentlichungen in Zeitungen und Zeitschriften, auch im Rostocker Hinstorff Verlag. Nach dem Aufkommen der Nazis endete dies, da vor allem ihr Mann als Sozialdemokrat sogleich in Ungnade fiel und als Jurist Berufsverbot erhielt. Es folgte die Zeit des DDR-Sozialismus bis zu ihrem Tod 1965, in der sie weiter in Dargun lebte. Bemühungen von Seiten unserer Mutter, für Großmutter die Mitgliedschaft im Schriftstellerverband der DDR zu bewirken, blieben erfolglos.

Als wohlbehütete, sehr zarte und einzige Tochter eines Professors der Chemie wuchs Großmutter in großbürgerlicher Umgebung mit christlicher Prägung in Berlin auf. Aus Sorge, sie könne ein Blaustrumpf werden, hatten ihre Eltern ihr nicht gestattet, das Abitur zu machen. Stattdessen besuchte sie eine Höhere Töchterschule bis zur Klasse 12. Ihr Vater, Leiter der Versuchsabteilung der Königlichen Porzellanmanufaktur zu Berlin, erwarb für seine Familie später ein ehemaliges Kapitänshaus auf dem Fischland in Dändorf bei Ribnitz als Alterssitz, wo sie zunächst manchen Urlaub verbrachten. Großmutters brennende Liebe zur umgebenden Landschaft erwuchs aus dieser Naturbegegnung. Die nahe gelegenen Künstlerdörfer mit ihren berühmten Gästen, welche in der Zeit zwischen 1880 und 1910 in Ahrenshoop auf dem Fischland und in Graal-Müritz, auf Hiddensee und in Nidden im ostpreußischen Samland auf der Kurischen Nehrung neu entstanden waren, hinterließen großen Eindruck auf die junge Käte und förderten ihre Poesie im Denken. Durch ihre Eheschließung mit dem Rechtsanwalt Dr. Friedrich Karl Decker kam sie 1918 nach Dargun. Vor allem Urgroßmutter Marquardt sperrte sich lange

Zeit gegen diese Verbindung und hatte sich etwas Feineres für ihre einzige Tochter vorgestellt.

Offenbar war der Einfluss bekannter Künstler und Schriftsteller, die zu der Zeit Graal-Müritz und Ahrenshoop belebten, für unsere Großmutter ein entscheidender Anstoß für ihre schöpferische Entwicklung. Ihre emotionalen Gedichte sind inhaltlich und thematisch stark auf die umgebende Naturmacht bezogen, andere sind Klagelieder und dringen tief in menschliche Tragödien. Dichtung als intensive Wahrnehmung des Augenblicks. Nie wird ihr Schreiben kriegerisch oder rechthaberisch, jedoch stets von einem religiösen Grundtenor begleitet. Käte ist ein Kind der grünen Reformbewegung, die um die Jahrhundertwende einigen Einfluss erlangt und in der Steiner'schen Lehre, etwa in seiner „Philosophie der Freiheit" von 1893 und dann 1918 noch einmal verlegt, die philosophisch-anthroposophischen Grundlagen für viel spätere Erfolge der Grünen in Europa legt.

Virginia Woolf sprach sich 1928 in ihrem bekannten Essay „Ein Zimmer für sich allein" dafür aus, dass Schriftstellerinnen einen Ort benötigen, um sich zurückzuziehen – und die Zeit und die Möglichkeit, sich aus dem Alltag herauszuziehen, sowie einen Verlag, der sie unterstützt. Käte Decker widerfuhr in ihrem Leben das große Glück, einen Mann an ihrer Seite zu haben, der es ihr mit großem Verständnis ermöglichte, nicht allein Mutter von vier Kindern in einem großen Haushalt und „Engel im Hause" zu bleiben, sondern auch eine schaffensfrohe Schriftstellerin zu sein, die ihre menschlichen Erfahrungen, manchmal mit einer Überdosis an Erinnerung, beschreibt. Der eigene Paradiesgarten und die umgebende Landschaft mit ihren verschwiegenen Seen, ihren erotisch lang gewellten

Höhenlinien, mit der grünen Hülle und Fülle Mecklenburgs und der nahen Ostsee und dem Fischland-Darß waren das Material für die Liebe der Dichterin zur Natur. Wie schön es wäre, fernab von aller Unbill zu leben, es blieb ihr Traum.

Abends durften wir Jungen zu Großmutter ins Schlafzimmer kommen, das betörend nach Baldrian roch. Sie lag bereits im Bette, hatte etwas zu lesen vor sich, wir saßen um sie herum, und nun las sie uns etwas Spannendes vor, zum Beispiel aus Karl Mays vielseitigen Abenteuer-Romanen. Abend für Abend. Kapitel um Kapitel. Für mich ein damals gänzlich unbekannter Schriftsteller, dessen Werke sich in den Bücherschränken meiner Eltern nicht fanden. Sie ließ sich dabei kaum ablenken von einem springenden Floh, der vom flinken Ulrich, der dazu verschwörerisch grinste, wie nebenbei gefangen und geknackt wurde, während sie zu meiner größten Überraschung und Bewunderung völlig ungestört weiterlas.

Obschon die mecklenburgische Schweiz wegen der deutschen Teilung uns Kindern weit entfernt zu sein schien, blieben uns unsere Darguner doch immer greifbar und nah. Bei den seltenen Besuchen nahmen wir unsere Verwandten nie als weit entfernt wahr.

Großmutter war eine moralische Institution, und sie blieb es für uns bis zu ihrem Tode 1965. Zweimal durfte sie uns im Westen als Rentnerin 1958 zu Diethilds und später, 1961, noch einmal zu meiner Konfirmation in der Bundesrepublik besuchen. Unauffällige Rentner konnten bisweilen für bestimmte Familienfeiern eine Besuchserlaubnis erwirken und durften die DDR für einige Tage oder sogar eine Woche verlassen. Bei Rentnern war der Osten offenbar nicht traurig, wenn diese als Republikflüchtige im kapitalistischen Westdeutschland zurückblieben und nicht in die DDR heimkehrten, konnte der DDR-Staat die Rente doch fortan sparen.

An Kritik pietistischer Lehrinhalte hat es nie gemangelt. Hermann von Pückler-Muskau sprach gar von einer „Heuchelanstalt". Die bekennende Kirche, allen voran der sehr bekannte Berliner Theologe Dietrich Bonhoeffer, hat das Grundanliegen des Pietismus als letzten Versuch bezeichnet, beim Menschen eine „erwünschte Frömmigkeit" erwirken zu wollen. Außenstehende Christen wie auch Nichtchristen kritisierten vor allem, dass sich Pietisten zu sehr auf die eigene geistliche Entwicklung konzentrierten. Dem missionarischen Eifer und Engagement unserer Großmutter begegnete Großvater mit großer Geduld, wenn auch mit gemäßigter Gegenliebe. Er ließ sie gewähren und hielt sich mit seinen Ansichten hier zurück. Mit Hegel hielt er es eher, welcher, selbst pietistisch geprägt, in seiner Religionsphilosophie im Pietismus „die Spitze der Subjektivität" vermutet.

So wurden unserer Mutter unterschiedliche gesellschaftliche Lebenskonzepte durch ihre Eltern zuteil. Sie war als Kind ihrer Zeit von Großmutti mit stark romantisch-idealisierten und überhöhten, unrealistisch beladenen Vorstellungen erzogen worden. Die Ehe galt ihr als eine einmalige Liebe, das ganze Leben begleitende Gemeinschaft durch dick und dünn. Im Hohelied der Liebe, 1. Korinther 13, ist diese Idee festgehalten: „Die Liebe ist langmütig, die Liebe ist gütig. Sie erträgt alles, glaubt alles, hofft alles, hält allem stand." Ein viel zu hoher Anspruch an eine Beziehung, die noch gar nicht richtig begonnen hatte. Diese Vorstellung ergab in der Wirklichkeit bei denen, die als junge Männer zum Krieg eingezogen worden waren und als psychisch Kranke heimkehrten, kaum einen

Sinn. Das idealisierte Bild von der Liebe passte nicht in diese Nachkriegszeit. Veränderungen in der Haltung unserer Mutter konnten wir schon als Heranwachsende und später zunehmend deutlicher wahrnehmen.

Zum Beispiel als Rolf Hochhuths weltberühmtes Theaterstück über Papst Pius XII. „Der Stellvertreter" 1963 zum gefeierten Anlass wurde und man erkannte, dass der faltige Hintern einer üblen Vergangenheit zur fleischgewordenen Diskussion und Erleuchtung vieler Menschen beitrug. Das zunehmend Freigeistige gewahrten wir in Mutters Äußerungen, ihrer Lebensweise und immer konkreteren Aussagen. Je älter sie wurde, desto mehr distanzierte sie sich von der Kirche und hielt sich mit Kritik an Staat und Kirche nicht länger zurück. So mochte sie auch andere gesellschaftliche Mängel nicht mehr länger übersehen und hinnehmen. Gerade ihr Blick auf die Frauen und ihre Situation als Individuum in der Gesellschaft hatte sich in den vergangenen Jahrzehnten, vor allem durch die 68er Bewegung, gehörig gewandelt. Das Überlieferte und idealistisch Überhöhte bröckelte.

Während meiner Schulzeit hatte ich sehr viel gelesen, und am Ende dieser Zeit stellte ich mir als Jugendlicher bisweilen vor, Journalist oder Schriftsteller zu werden oder im weitesten Sinne etwas mit Literatur und Kultur zu tun zu haben. Die ersten Gedichte, die mich unmittelbar sinnlich beeindruckten, waren die der expressionistischen Lyrik von Else Lasker-Schüler und ähnlichen Dichtern jener Jahrzehnte. Mit sechzehn Jahren begann ich Erzählungen und Gedichte sowie Reiseberichte über meine weiten Reisen, die ich mit wenig Geld und häufig allein per Anhalter unternahm, zu schreiben. Der aus Osnabrück stammende Erich Maria Remarque beeindruckte mich mit seinem oft unterschätzten Werk, besonders fiel mir sein Titel „Ein Funke Leben" auf. Der Mecklenburger Uwe Johnson war vermutlich der erste bekannte Schriftsteller, dem ich persönlich begegnete und 1966 bewirtete.

Mutter bat mich in den 70er Jahren während meines Studiums mehrfach – und später in den 80er Jahren wiederholte sie diese Bitte –, ich möge einen Beitrag leisten für die Veröffentlichung der Arbeiten unserer Großmutter. Gerade hatte ich begonnen, meine Texte und Gedichte zu veröffentlichen und war darin mäßig erfolgreich, da mir keine Arbeit zu lang und kein Brief zu viel oder zu mühsam wurde. Ich schaute mir Großmutters Gedichte wegen der Bitte meiner Mutter immer mal wieder an und versuchte mir vorzustellen, wo das Veröffentlichen in den mir bekannten Literaturzeitschriften und Kleinverlagen denkbar wäre. Meine publizistische Magisterarbeit über die Gründungsjahre der inzwischen recht bekannten und damals in Hannover ansässigen Literatur-Zeitschrift „die horen" half mir auch nicht dabei, zu einem besseren Verständnis ihrer Gedichte zu gelangen. Zu sehr klebte mir an den Texten ein allzu frommer christlicher Glaubensgedanke in saturierter Behaglichkeit, verbunden mit romantischen Vorstellungen, die für den Rückzug ins Private stehen. Während die Weltflucht in der Kunst erhebend wirken kann, ist sie in der gesellschaftlichen Betrachtung deplatziert. Auf mich wirkten Käte Deckers Texte auf seltsame Weise vereinzelt; sie widersetzten sich dem gesellschaftlichen Wandel. All dies machte es mir damals unmöglich, mich damit zu beschäftigen. Ich wusste nicht, wo und wem ich Großmutters Gedichte hätte anbieten sollen. Die Zeit war nicht danach, und mir war nicht danach.

Heute, Jahrzehnte später, kann ich dieser Kirchentreue etwas abgewinnen, und mag darin den vielleicht einzig möglichen Zufluchtsort für einen andersgearteten Gedankenaustausch der Menschen in der kleinen Darguner Kirchengemeinde erkennen. Zuflucht besonders für diejenigen, die in der vom SED-Staat durchdrungenen Gesellschaft kaum miteinander offen sprechen mochten. Für sie wird die Kirche ihr Freiraum gewesen sein, in dem sich ein wenig freieres Aussprechen wagen und ein Miteinander im Austausch erleben ließ.

Jugendzeit:
Entdeckerlust & Vertrauen

Ich befand mich jedoch im Westen und in den 70er Jahren des literarischen Undergrounds, der mich faszinierte. Da war eine ganze Landschaft von Stadtzeitungen und Literaturzeitschriften entstanden, von Kleinverlagen und einer Gegenkultur, an der ich mehr und mehr teilnahm. Ebenso an der Realisierung der Gegenbuchmesse seit 1977, die durch die AGAV (Arbeitsgemeinschaft alternativer Verlage und Autoren) in Frankfurt/Main zeitgleich mit der großen Frankfurter Buchmesse begründet wurde. Hilmar Hoffmann, damaliger Kulturdezernent in Frankfurt/Main, war dabei ein wegweisender Ratgeber und Helfer.

Den Tisch der vor mir ausgebreiteten Landschaft der imaginären Literaturgeschichte wollte ich freiräumen und mich in diesen Freiräumen unbekümmert bewegen. Auch wenn ich selbst keineswegs unbekümmert war, wollte ich in meiner Literatur wenigstens so erscheinen. Hinter dieser Art von Texten konnte ich verschwinden, ähnlich dem Reiter im Western, der hinter dem Horizont das Bild verlässt. Die Abwendung von der chiffrierten Sprache in der Lyrik hat mein Leben begleitet. Das lebte ich in den 70er Jahren politisch mit der Teilnahme am Häuserkampf und in vielfältigen Diskussionen der unterschiedlichsten politischen Gruppierungen. Darin, was sich am besten, am leichtesten in Literatur ummünzen ließ, wollte ich mich jedoch nicht einrichten. An Orten fühlte ich mich angekommen und beheimatet, wenn ich ihnen meine Gedichte abtrotzen oder entgegenhalten konnte. Ich musste nicht nur in die Ferne reisen, um über sie zu schreiben. Meine Umgebung war mir jetzt Stoff genug.

Dann erschien mir mein Dasein vollständig zu sein, wenn ich unwiderstehlich direkt das Abenteuer Dichtung gebrauchen konnte, jenseits aller kultivierter oder existenziell verbrämter und verschlüsselter Lyrik. Hereinströmen sollte durch mich das, was nicht hineindarf. Eine Lücke sein im Zaun der Welt. Blühen im Eis der Gegenwart. Der Expressionismus hatte ausgedient, und Paul Celan und all seine Begleiter und Begleiterinnen sollten geehrt ruhen dürfen. Den Titel meines ersten Gedichtbandes „Spinnfäden für brechende Köpfe" empfand ich als Versuch, den eigenen Ton in der Lyrik zu finden, als eigenen angestrebten Brutalismus wie in der Architektur. Nicolas Born, der mir damals mehrfach aus seinem Haus im Wendland schrieb, empfahl roh und nicht artifiziell zu schreiben. In der Pop Art entdeckte ich Neues, was aus der Kunst einen Angriff oder Affront machte. Keine Reime, weder blumige noch exotische Metaphern, keine metrischen Formen, alles nicht aufwendig, aber sehr sinnlich und geradeheraus, die radikale Subjektivität. So unterschiedliche Autoren wie Peter-Paul Zahl, Peter Schütt und gerade auch Ingeborg Drewitz bestärkten mich auf diesem Weg. Ja, hineinstürzen wollte ich, in jede Höhe.

Manche Meinungsmacher, die nun öffentlich mit dieser Art umgingen und sich damit in Feuilletons ohne Gespür für poetisch Neues auseinandersetzten, schrieben bisweilen das Ende der Literatur herbei. Ich wollte, ganz im Gegenteil, die Lyrik erneuern, indem ich ihr das religiös Verbrämte, das Weihevolle nahm und sie hereinholte in unser tägliches Tun und in das bisweilen turbulente Geschehen um mich her. Sogar die Namen in den Gedichten waren oftmals die richtigen.

Heute weiß ich, dass es mir in meinen Gedichten immer um etwas geht, das mir gehören soll, nur schwer mit vielen anderen Teilbares, so sehr ich die Teilbarkeit von Erfahrungen gegen alles Verdunkelnde und Verrätselte betont habe, und so sehr es mich verdrießt, dass ich, indem ich auf Leser zuschrieb, auch Leser ausschloss, sogar Freunde und meine Frau. Ich habe ihr manches zugemutet im Abenteuer der Dichtung, wo die Überraschungen zünden, die ich von mir und für mich erwarte, wenn ich auf dem weißen Blatt ins Offene vorstoße, während mich nichts mehr langweilt, als das aufzuschreiben, was ich schon weiß. Dennoch muss ich mitteilen und aussprechen, wie gut es mir heute geht.

Nachdem sich unsere Eltern 1957 aufgrund ihrer bevorstehenden Scheidung bereits getrennt hatten, lebten wir Kinder zunächst zwei Jahre mit Mutter in Hannover zusammen. Sie, die beweisen wollte, dass sie den Mann nicht braucht, der ihre Liebe nicht zu schätzen weiß und der seinem Wiederholungszwang unterliegt, ist nicht mehr hingerissen von der Art, wie er sich ins Chaos stürzt. Für ihn eine verstörende Botschaft. Sie war bereit, ihr Leben selbst in die Hand zu nehmen und zu finanzieren. Er zog aus dem soeben fertiggestellten Neubau in Langenhagen aus und mietete sich eine Wohnung in Hannover in einer beeindruckenden Villa an der Waldersee-Straße, der Eilenriede gegenüber. Von diesem Ort, an dem er nun wohnte, war ich sehr angetan. Am meisten begeisterte mich dabei wohl die Tatsache, dass er nun getrennt von uns lebte und alltägliche Aufregungen mit ihm jetzt deutlich abnahmen. Gelegentlich kam er vorbei und besuchte uns.

Wanderlust und Internat

An meine ersten beiden Reisen mit Vater in dieser Trennungszeit erinnere ich mich gern. Die gemeinsamen Sommerferien 1958 und 1959 am Grundlsee im steirischen Salzkammergut in Österreich erscheinen mir noch heute in hellem Licht. Er und Herr Berg, sein Lehrerkollege aus der reinen Jungenschule, an der Vater inzwischen in Hannover unterrichtete, hatten eine mehrwöchige Sommerfahrt für Schuljungen im Alter von dreizehn bis fünfzehn Jahren angeboten und ein wunderschönes, herrlich altes, gründerzeitlich knarrendes Holzhaus in Grundlsee-Mosern für diesen Zweck von einer Wienerin angemietet. Ich durfte mitfahren. Mit dem Zug ging es gemeinsam von Hannover über Freilassing nach Bad Aussee. Dann weiter mit dem Postbus an schroffen Abhängen der Traun entlang in die kleine Ortschaft Grundlsee. Ich war 11-jährig das erste Mal in den Bergen und davon sehr begeistert.

Die Eigentümerin kam zur Übergabe mit ihrem tschechischen Skoda aus Wien angefahren und zeigte uns das Haus Bräuhof 49 mit dem klangvollen Namen „Seerose". Ein typischer dreistöckiger Holzbau mit dunklen knarrenden Dielen und Stiegen, einem schindelgedeckten Walmdach, welches damals überwiegend für Wiener Jugendgruppen als Ferienhaus genutzt wurde. Dazu war Paula Schramml, eine stämmige

Frau aus Grundlsee, als Köchin engagiert. Sie bereitete landestypische Knödelsuppen und wundervolle Schweinsbraten mit viel Gemüse zu, die uns Jungen herrlich schmeckten. Wir ahmten den steiermärkischen Dialekt nach und ließen ihn über die Zunge gleiten. Standen keine Wanderungen auf dem Programm, machten wir den See unsicher und mieteten schöne Holz-Ruderboote am nahegelegenen Steg. Da wurde auf dem Grundlsee um die Wette gerudert und jedes Bootshaus auf beiden Seiten des Sees inspiziert und unsicher gemacht. Manchmal ruderten wir bis in die Nähe von Gössl, fast sechs Kilometer von Grundlsee entfernt, ans andere Ende des Sees. Wir genossen das Baden im kalten Gewässer. Die Jungen waren zwei bis drei Jahre älter als ich. So entspann sich ein Wettstreit, der mir guttat.

„Hat der Berg ein' Hut, wird das Wetter gut", hieß es. Und bei gutem Wetter gab es anstrengende Wanderungen auf die umliegenden Berge und zu den Alpenvereinshütten. Allmählich nahm unsere Kondition zu, und so konnten wir nach und nach weiter entfernte und höher liegende Ziele erreichen. Das Tote Gebirge ist eine Gebirgsgruppe der Nördlichen Kalkalpen in der nördlichen Steiermark und im südlichen Oberösterreich. Es erreicht seinen höchsten Punkt im Großen Priel mit 2515 Metern. Wir lernten im Toten Gebirge den Vorderen und Hinteren Lahngangsee, die Pühringer Hütte und den Loser, den Toplitz- und den Kammersee kennen. Das kalte Wasser des Kammersees war eine Herausforderung für uns Jungen, hineinzuspringen und für einen Moment das eiskalte und erfrischende Quellwasser zu ertragen. Das Wasser dort soll kaum zehn Grad gehabt haben.

Damals wurde im Toplitz-See jahrelang nach echtem und falschem Geld aus der NS-Zeit getaucht. Angeblich sei dort ein Schatz gegen Ende des Zweiten Weltkrieges versenkt worden, berichtete der Stern, der solche Tauch-Unternehmungen antrieb, finanzierte und seine Leser damit über längere Zeit köderte. Von dem anderen Schatz im Altausseer Salzbergwerk wurde damals kaum gesprochen. Dort hatten die Nazis unvorstellbare Mengen an geraubten Kunstschätzen auf Zügen in das Salzbergwerk gefahren. Der Eingangsbereich des Stollens am Loser sollte 1945 gesprengt werden, so die Anordnung von allerhöchster Nazi-Leitung. Nur dem bewaffneten Widerstand der Grubenarbeiter, die ihren Arbeitsplatz zuletzt mit Waffengewalt entschlossen verteidigten, ist es zu verdanken, dass es nicht zum Äußersten kam und die örtlichen Nazigrößen in den letzten Kriegstagen vertrieben wurden.

Die Wanderlust unseres Vaters kam nicht von ungefähr. In seiner Jugend- und Wandervogelzeit in den 20er Jahren, die sich in seiner Generation prägend ausgewirkt hatte, war wichtig, dass ein steiler Fels im Weg steht. In seiner Seele wohnte eine Pflicht, die Berge nicht einfach nur schön sein zu lassen, sondern zu besteigen. Trotz enger Finanzen blieben Vater und Mutter Mitglieder im Deutschen Alpenverein.

Die Geschenke der Natur sind in den Alpen so zahlreich, dass man sich dafür täglich bedanken muss. Österreich hat auf seinem kleinen Gebiet einige der höchsten Berge in den Alpen, eindrucksvolle Panoramen, schroffe Schluchten und kristallklare Bergseen zu bieten. Die Wildspitz mit ihrem umgebenden Gletschergebiet in den Ötztaler Alpen wetteifert mit der Erhabenheit des Großglockners in den Hohen Tauern. Wir Jungen waren stolze Besteiger des Großen Priels, des höchsten Gipfels im Toten Gebirge und des Dachsteins mit 3000 Metern

Höhe und genossen nach schwitzendem Aufstieg samt Verpflegung im Rucksack und Schlechtwetterkleidung den Ausblick auf die umgebende Steiermark und das unter uns liegende Salzkammergut. Die Erfahrung einer Landschaft ist vor allem eine Selbsterfahrung.

Der Süden des Landes wiederum beschenkt Österreich mit einsamen Tal-Landschaften und grünweichen Hängen am Faaker See und am Wörthersee. Und erst, wer die Weite und die Lyrik des Lichts in den Karawanken kennengelernt hat, versteht, dass jeder menschliche Versuch, Schönheit entsprechender Art herzustellen, zum Scheitern verurteilt ist. Millionen von Jahren hat sich die Natur Zeit genommen, um uns heute das Versprechen anzubieten: Hier sollst du sein und zur Ruhe kommen.

Wie sonst ist es zu erklären, dass das Wandern unsere liebste Freizeitbeschäftigung ist? Jeder wandert, und auch wenn er heute noch verächtlich darüber spricht, morgen kann er schon ein Paulus sein. Das Fahrradfahren in Deutschland, das Skating sowie weitere Fortbewegungen haben eine große Lobby und sind nicht mehr wegzudenken. Doch kein Label ist erfolgreicher als jenes der Wanderlust und des Wanderlandes. Die Attraktivität dieser Art von Volksbewegung nimmt sogar – gerade im Verlauf der Corona-Epidemie – noch weiter zu.

In diesen Sommertagen schnüren wieder Millionen von Menschen ihre schwersten Schuhe. So besohlt, muss man sich ja nicht gleich den schwersten Weg vornehmen. Doch es ist im Sommer ausgemacht: Wir sind dann einmal weg. Wir sind auf Wanderschaft. Klobigen Fußes ist man unterwegs, denn man weiß, was sich geziemt. Wer in den Bergen sozialisiert ist, nimmt den Wanderschuh nicht leicht. Das Lächeln über die

Großstadtsandalen gilt auf dem Dachstein den Flachländlern, die sich mit der Seilbahn hochkutschieren lassen.

Auf Schusters Rappen unterwegs zu sein, ist unsere zweite Natur. In der Seele des Bergfreundes wohnt eine Pflicht, die Berge nicht einfach nur schön sein zu lassen. Wir sind wir, weil wir dem Gebirge nahe sein wollen. Seine Abstoßung und seine Schroffheit ziehen uns gleichsam magnetisch an, als ob wir eine Art Verwandtschaft fühlten.

Widerspenstigkeit zum Beispiel. In der Lust am Widerstand, am trutzigen Beharren auf seiner Autonomie erkennt sich der Bergler am Berg wieder. „Feldspat, Gneis und Glimmer, die drei vergess' ich nimmer." In den Bergen suchen wir, wenn wir gehen, den Aufstieg und den Fels. Und was wir in der Höhe zu finden hoffen, ist nicht die Einsicht in unser höheres Selbst. Wandernd erwarten wir die physische Sensation: den kurzen Atem, das stechende Herz und die übersäuerten Muskeln. Die vollkommene Erschöpfung am Gipfel, wo wir zusammensacken, den wärmenden Pullover oder die Jacke überziehen und hineinbeißen in ein Stück Käse oder harte Salami – und dann einen Schluck Obstler oder ein Stück Schokolode zu uns nehmen. Was will man mehr?

Man wandert von Hütte zu Hütte und übernachtet dort in der Bergeinsamkeit. Am Abend findet man schnell Kontakt zu seinen Nachbarn. Auf der Bank rücken wir eng zusammen, wenn spät abends noch Wanderer eintreffen, mit denen niemand gerechnet hat und für die eigentlich schon kein Platz mehr im Matratzenlager vorhanden ist. Man isst zusammen, trinkt einen Roten und erzählt sich mehr als man sonst von sich preisgibt. Die Sinnlichkeit ist anders, intensiver und dichter, als wenn man am Strand eines Gewässers oder am Meer als eine von vielen Sardinen halb oder ganz nackt liegt und wippende Brüste, welche stolz hergezeigt oder vor sich hergetragen werden, kaum betrachten soll. Man wird eine unsinnig getarnte Freiheit schnell entlarven und ihrer bewusst. In den Bergen sind Sinnlichkeit und Körperlichkeit schöne Empfindungen, die gemeinschaftlich wahrgenommen werden.

Anders als im Tal sind im Gebirge keine Fragen offen. Bei Orientierungsschwierigkeiten hilft eine topographische Karte. Metaphysisch derart angeseilt ans Netz der Wanderwege und gestellt auf den doppelten Boden seiner Wanderschuhe geht man ins Gebirge. Einen Fuß vor den anderen gesetzt, den Wanderstock ins Geröll gestoßen, auf dem Gletscher die Steigeisen montiert, wenn es sein muss. Sicherheit geht vor. Und mit jedem gewonnenen Höhenmeter verstärkt sich die Gewissheit: Na, es läuft doch! Oben warten der Gipfel oder die Hütte und das Hüttenleben. Alles wirkt einfach, denn es geht ja immer bergauf. Wandern scheint die einfachste Sache der Welt zu sein. Und bald, sehr bald sind wir wirklich dort, wo wir sein wollen – über dem Berg.

Wandern im 21. Jahrhundert ist keine verordnete Pflicht mehr. Keine Leibesertüchtigung oder moralische Erziehung, wie es unsere Eltern vormals praktizierten. Heute sind wir informierte Wanderer. Wir wissen zum Beispiel, dass wir mit den Füßen denken. Gehen und Denken sind untrennbar miteinander verbunden. Schon die aristotelische Schule des Denkens hat den Gedanken mit physischer Bewegung verknüpft. Die Vorstellung eines Denkens als Fortbewegung auf einem Weg zieht sich seitdem wie ein feiner roter Faden durch die Geschichte der Philosophie. Wandernd und in

Bewegung lassen wir uns nicht an die Kette und nicht festlegen, nicht vereinnahmen. Aufstiege, Abstiege, Durststrecken und Gipfelerlebnisse: Das Unterwegssein ist ein philosophisches Therapeutikum und eine Lebenshaltung. Es ist ein Seelenzustand.

Und Wandern ist über allem anderen auch gelebte Demokratie. Offen für alle, folgt es keinem Regelwerk, und es erfindet sich immer wieder neu. Ohne Mitgliedskarte, Vorbildung und Qualifikation ist jeder eingeladen. So etwas lieben wir hierzulande! Beim Wandern sind wir alle gleich. Dass dabei auch die Naturliebe auf ihre Kosten kommt, ist im Grunde nur ein Nebeneffekt. Es ist das Schicksal der Berge, Gegenstand unserer Fantasie zu sein.

Aus dieser Kinder- und Jugendzeit entstand meine Liebe zu hohen und höchsten Bergen und herrlichen Alm-Landschaften mit seinem ureigenen und einfachen Leben im Almbetrieb. Seitdem stellte ich mir gern vor, einmal in den Bergen mit weitem Ausblick zu leben und eine Hütte zu bewirtschaften.

1959 mussten Diethild und ich ins Internat nach Bad Nenndorf umziehen. Mein vierter Schulwechsel. Wir wurden nicht gefragt, es war einfach eine Notwendigkeit. Mit nur zweiundzwanzig Jahren hatte sich Mutter 1943 bereits kurz vorm Staatsexamen befunden. Das war nur möglich, weil sie zwei Schuljahre überspringen konnte und bereits mit sechzehn Jahren das Abitur am Gymnasium – zeitgleich mit ihrem zwei Jahre älteren Bruder – ablegte. Ihr Staatsexamen konnte sie an der Rostocker Universität im letzten Kriegsjahr aufgrund der ersten Schwangerschaft und wegen des allgemeinen Zusammenbruchs im Deutschen Reich nicht mehr beenden. Nun bestand für sie die Möglichkeit, an der Göttinger Georg-

August-Universität ihr Lehramts-Studium innerhalb von zwei Semestern in einem Sonder-Studiengang zum Abschluss zu bringen und im Anschluss beamtete Lehrerin zu werden. Deshalb unser Internatsaufenthalt von 1959 bis 1960 in einem evangelisch-lutherischen Haus. Die Auseinandersetzungen zwischen Katholiken und Protestanten waren noch präsent und fühlbar. Unser Vater, ein überzeugter Lutheraner, konnte nicht enden wollende Litaneien gegen die Katholiken loslassen. In Hannover, wo wir aufwuchsen, war die Welt durch und durch protestantisch. Es gab kaum Katholiken. Man sprach frei heraus von einem katholischen Bildungsdefizit. Katholische Schüler gab es selten. Damals herrschte unter Protestanten noch das selbstgerechte Vorurteil, Katholiken würden sich nicht anstrengen, weil sie ohnehin in den Himmel kommen. – Gerade in südlichen Gefilden und Ländern ist diese Vorstellung und Lebensweise zum Teil bis heute verbreitet, weil der Katholik nicht wie der Protestant seinem Gewissen verpflichtet ist. Er empfängt den Geist von außen. Also genügt es, reglos da zu sein, ohne eigenes Zutun, wie ein Hohlkörper. So die prägende Vorstellung der Protestanten.

Bis dahin waren wir recht behütet aufgewachsen und hatten dabei auch unsere Freiheiten genossen. Diethild war damals fünfzehn, ich zwölf Jahre alt. Zu Hause hatte es nach dem Aufstehen ein gemeinsames Frühstück gegeben, bevor wir uns mit Butterbroten – jeder für sich allein – auf den Weg zur Schule machten. Diethild mit dem Fahrrad, ich mit der Straßenbahn.

Die Abläufe waren im Internat ganz anders. In dieser Zeit von Zucht und Ordnung, wo körperliche Strafen und andere repressive Maßnahmen an der Tagesordnung waren, schliefen wir zu je vier Zöglingen in doppelstöckigen Betten in Gemeinschaftsräumen, in denen auch die Schularbeiten erledigt wurden. Wecken um Viertel vor Sechs. Waschen, Zähneputzen im allgemeinen Waschraum mit Gemeinschaftsduschen. Dann gingen wir zu den Morgengebeten mit Andacht und anschließendem Frühstück in ein anderes Gebäude. In die Schule wurden wir mit einem Bus nach Barsinghausen gefahren und nach Schulschluss zurückgebracht.

Ich gehörte zu den Jüngsten. Auf unserem Flur wohnten nur Jungs, alles Fünft- und Sechstklässler. In der Etage darüber Mädchen, zum Teil älter als wir, auch meine Schwester. Von Beginn an gefiel mir das Internatsleben gar nicht. Herr und Frau Hundertknochen herrschten im Erdgeschoss und im ersten Obergeschoss über Jungen und Mädchen mit unbewegter Strenge. Prügelstrafen für kleine Verfehlungen mit breitem Ledergürtel auf den nackten Po waren völlig normal. War das übergriffig? Herr Hundertmark kam bei mir dabei mächtig ins Schwitzen. Von meinem Vater war ich Ähnliches gewohnt und hielt diese Art von Erziehung damals noch für gegeben. Keiner wäre auf die Idee gekommen, damit zum Jungendamt oder gar zur Polizei zu laufen, um Anzeige zu erstatten.

Ich befand mich in der Pubertät, wusste aber nichts darüber. In meinem Körper war noch nichts explodiert. Im Internat wurden wir Glieder eines Massenkörpers. In der immerwährenden Wiederholung des Tagesablaufs erfuhren wir einen Vorgeschmack der Ewigkeit. Wir schliefen, Bett über Bett, und nachts nahm man teil an einem Traum, den der Massenkörper träumte: von Titten, von Freiheit und Flucht, von Mädchen, Freizeit und Kuchenstücken. Im Schlafraum fand auch die Blitzaufklärung statt. Die Älteren haben den „Frischlingen" erklärt, „wie es geht". Nach den ersten Nächten war ich aufgeklärt.

Uniformen trugen wir nicht. Dennoch konnten wir uns in der ewigen Wiederholung der Tagesabläufe mit Kierkegaard „nach vorn erinnern". Was war, wird sein. Was sein wird, war. Da löst sich die lineare Zeit allmählich auf und wird zu einem einzigen Kreis.

Im Speisesaal saßen wir mit sechzehn Personen an einem Tisch. Oben die Ältesten, unten die Jüngsten. Dazu zählte ich. Die Essensplatten und Terrinen wurden stets von oben nach unten durchgereicht. Das heißt, die Älteren haben zuerst abgeschöpft. Eine Art von Darwinismus, der einem beibrachte, dass man sich durchsetzen muss, etwa indem man bei Älteren Unterstützung findet.

Im Vorkonfirmanden-Unterricht, an dem ich teilnahm, mussten wir ständig Psalmen, Bibelstellen, Glaubensbekenntnisse, Liedertexte und nicht etwa nur das Vaterunser auswendig lernen. Jeder Text wurde kontrolliert und musste oft mehrfach zu verschiedenen Gelegenheiten immer mal wieder auswendig hergesagt werden. In dieser scheinreligiösen, sich nicht hinterfragenden Gesellschaft, die sich in den letzten hundert Jahren offenbar kaum verändert hatte, lebten Diethild und ich eng beieinander.

Abschied von der Religion: politisch interessiert

Als wir noch in Hannover-Langenhagen gewohnt hatten, waren die Kirchen sonntags meist brechend voll. Im Anschluss an den Gottesdienst gab es den Kindergottesdienst, in dem wir verschiedene Geschichten aus dem Neuen Testament hörten und in Kleingruppen darüber sprachen. Von einem Wandel in der Kirche spürte ich erst Jahre später etwas, während des Zweiten Vatikanischen Konzils von 1962 bis 1965, welches damals von Protestanten noch mit einer Hoffnung für ein mögliches Zusammengehen beider Kirchen begleitet wurde.

Die Pubertät war eine Phase des Aufbegehrens gegen ein erstarrtes System, zumal große Veränderung für mich damals diffus in der Luft lag. Wir Kinder des Kalten Kriegs wurden permanent mit dem Gift der angeblichen Bedrohung aus dem Ostblock infiziert. Niemand dachte daran, dass gerade die gegenseitige Bedrohung durch Ost und West eine Ruhe des Gleichgewichts schuf; ein Frieden, der paradoxerweise gerade in der klaren Abgrenzung der beiden Machtblöcke begründet lag.

Lesen war meine Leidenschaft. Für eine Weile vergaß ich die eigene Welt und verlor mich zwischen Buchdeckeln in einer anderen – um daraus verwandelt zurückzukehren. Das Leben in mehreren Welten war mir längst zur zweiten Haut geworden. Nicht etwa, weil mir die erste nicht gereicht hätte, aber weil mir die anderen Welten eine Vorstellung davon gaben, wie das Dasein und das Zusammenleben auch eingerichtet sein könnten. Ich las Bücher verschiedener Atheisten, von denen ich jetzt hörte. Dabei lernte ich mich zurückzuziehen von einem aktiven Denken und Begreifen und erlernte das passive Staunen und Denken. Wir wurden zu Vasen-Menschen gemacht, auf dass der Inhalt über uns komme. So lernten wir auch mannigfache Psalmen und andere Texte aus Bibel und Gesangbuch. – Mehrstimmiges Singen gefiel mir schon damals. Mit Diethild übten wir bei Spaziergängen auf den umliegenden Feldern Mehrstimmiges ein, das uns einander nahebrachte. Das Internat befand sich am Rande des Ortes, unweit des Bahnhofs. Wir litten in dieser Zeit beide an Heimweh.

Die tägliche Andacht mit Gebeten empfand ich im Internat als Delirium. Mir schien das sich so aufgeklärt dünkende Kirchenvolk der Protestanten verlogen und irregeleitet, die das Glaubensbekenntnis ohne Protest und Nachdenken nachsprachen. Der alleinige Gott mit seinen Geboten, der neben sich keine Konkurrenz duldet, schien mir äußerst konstruiert zu sein. Ein Gott, der alles Weitere davon abhängig macht, dass diese Gehirnwäsche „du sollst keine Götter haben neben mir" Bestand hat, schien mir ein unmöglicher Ausgangspunkt für ehrlich gewollten Frieden auf der Welt. Diese Religion erweckte in mir ein lustvolles Misstrauen gegenüber vorgegebenen Worten, gegen Floskeln, Phrasen und Plattitüden, das ich gern auch am Frühstückstisch zeigte. In der Disziplin der produktiven Skepsis gegenüber fertigen Versatzstücken unserer Sprache fand ich meine Begabung, die Sprache und die fertigen Begriffe nicht zu akzeptieren.

Es droht immer eine Katastrophe, wenn sich das Präfix mono auf menschliche Angelegenheiten bezieht. Man stelle sich einmal die letzten fünfzehn Jahrhunderte ohne Religionskriege vor, vielleicht sogar ohne religiöse und rassistische Intoleranz. Man stelle sich eine nicht von der Religion behinderte Wissenschaft vor. Nicht alles, aber viel Elend dieser Welt kommt in meiner Vorstellung von machthungrigen, alleinseligmachenden, dogmatisch regierten monotheistischen Religionen. Diese trotzige Haltung zu gesellschaftlich führenden und anerkannten Institutionen und zur Welt wollte ich früh erkunden und weiterdenken. Religion vergiftet. Sie verleiht ein Mandat, im Namen des alttestamentarisch jüdischen oder des christlichen Gottes oder Allahs, alle möglichen Dinge zu begehen und eins dafür, die männliche Vorherrschaft und die Machtverhältnisse in Gesellschaft und Familie stabil zu halten.

Als Agnostiker in Bezug auf Religion und Gewalt, tut es mir heute trotz allem leid, dass die über fünf Jahrhunderte gewachsene Gedankenwelt des Protestantismus praktisch aus dem täglichen Leben der Menschen in der Bedeutungslosigkeit verschwunden ist. Dennoch, es war und ist falsch, wie die Justiz seit 1945 wieder mit den Kirchen umgeht: Ähnlich wie man eine Kirche betritt – leise, respektvoll, auf Zehenspitzen. Diese Leisetreterei muss aufhören! Ein frühes scharfes Schwert der Justiz hätte die Missstände in den Kirchen und in deren Folge ihre Erosion vielleicht aufhalten können. Eigenverantwortliche und eigenmächtige Justiz aller Kirchen neben einer allgemeinen und öffentlichen Justiz darf es nicht länger geben. Macht und Machtmissbrauch lagen zu allen Zeiten eng beieinander.

Die Humanistische Union (HU), der ich angehöre, wertet die Zahlen jährlich aus:

„Die Kirchen, laut Verfassung seit hundert Jahren offiziell vom deutschen Staat getrennt, werden weiterhin von vorn bis hinten bedient. Die Staatsleistungen in den Ländern steigen sogar unaufhörlich angesichts stark schrumpfender Mitgliederzahlen in den beiden Kirchen. Davon entfallen etwa 59 Prozent auf die evangelische und 41 Prozent auf die katholische Kirche. Auffällig ist, dass die Abgeordneten der Länder in den Haushaltsberatungen in keinem einzigen Bundesland diese Staatsleistungen angesprochen, geschweige denn kritisch diskutiert haben. Auch nicht in den Ländern, die extrem viel Geld für die beiden Kirchen – gemessen an ihrer Einwohnerzahl und der Zahl der tatsächlichen Kirchensteuer-Zahler – vorgesehen haben. Seit dem Inkrafttreten des Grundgesetzes ergeben sich kumuliert Zahlungen der Länder von über 20 Milliarden Euro."

„Für ihre gesellschaftlich nützlichen, sozialen Aktivitäten in Krankenhäusern, Schulen, Kindergärten, Pflegeeinrichtungen, beim Denkmalschutz und in der Entwicklungshilfe werden sie ohnehin auf andere Weise nahezu vollständig öffentlich finanziert und genießen darüber hinaus umfangreiche Steuer- und Abgabenprivilegien. Nach Auffassung der Humanistischen Union gibt es seit Jahren keinen Sachgrund mehr für die Weiterzahlung der Staatsleistungen. Auch gehört die Mehrheit der Steuerzahler inzwischen nicht mehr der evangelischen oder der katholischen Kirche an. Die institutionelle Förderung exklusiv dieser Religionsgemeinschaften mit jährlichen Steigerungsraten aus allgemeinen Steuermitteln ist den Steuerzahlern nicht länger zuzumuten."

Grundrechte – Report, Frankfurt/Main: Fischer Taschenbuch 2022

Wichtig waren mir meine Mitschüler in der Schule. Sie waren dort recht freundlich. Auch Frau Möhlmann, unsere Klassenlehrerin, die uns im Schulgarten und im Fuchsbachtal Nr. 15 in Barsinghausen Einfaches und Grundlegendes zu Natur und Gartenbau beibrachte, war eine erholsame Klassenlehrerin. Die Mitschüler kamen ebenfalls als auswärtige Fahrschüler überwiegend aus bäuerlicher Umgebung und mussten wie ich nach Schulschluss häufig längere Zeit bis zu ihrer Bus-Heimfahrt überbrücken. Zuweilen unternahmen wir dann in Kleingruppen Spaziergänge in den nahen Wald und übten anregendes Knutschen und Küssen mit den Mädchen, hinter Bäumen versteckt. In meinem Poesiealbum finden sich neben frommen Sprüchen noch mancherlei schöne Eintragungen von Mädchen und Jungen aus meiner Klasse, von Lehrern und Verwandten aus der Zeit, die die damalige Gedankenwelt abbilden.

Von Pflichterfüllung, von Müssen und nicht von Mögen war die Rede; frisch, fromm, fröhlich, frei ans Werk und ohne langes Nachdenken ging es darum, die Pflicht zu erfüllen. Welcherart und was immer das sein mag, wurde zu der Zeit kaum hinterfragt. Zum Nachfragen und Diskutieren wurden wir nicht erzogen, das entwickelte sich erst später, nach der Internatszeit. Hier eine kleine Auswahl manch gutgemeinter Wünsche und Sprüche, die mich so begleiteten:

„Sage nie, das kann ich nicht.", „Was geschehen muss, sei rasch getan."

„Was man mutig anpackt, wird gut.", „Wer schaffen will, muss fröhlich sein."

„Nimm dein Schicksal ganz als deines und gewinne daraus Selbstvertrauen."

„Das Herz muss fest werden, aber nicht hart."

„Jede Entscheidung ist gut, wenn man sich nur entscheidet."

„Spare, lerne, leiste was. Dann hast du, kannst du, giltst du was."

„Ziel erkannt, Kraft gespannt."

„Sage nie, das kann ich nicht! Vieles kannst du, will's die Pflicht."

„Leben heißt kämpfen und siegen!", „Mit Gott mutig voran!"

„Kein Geist, und sei er noch so reich, kommt einem edlen Herzen gleich."

„Zu deinem Umgang wähle dir nur gute Menschen für und für, und frage nicht, ob arm ob reich, vor Gott sind alle Menschen gleich."

Du durftest hier nicht anfangen zu fragen, was denn ein guter Mensch sei und woran man ihn erkennt. Du hattest selbstverständlich zu wissen, was gemeint sei.

Einmal im Monat kam Vater aus Hannover zu Besuch. Inzwischen hatte er sich einen VW-Export angeschafft, den er recht behutsam fuhr. Mit Vater unternahmen wir längere Spaziergänge im Kurpark, beobachteten Vögel und Eichhörnchen, die hier überaus zutraulich waren. Sie huschten uns über die Schulter. Geld war knapp bei uns. Trotz der schwierigen sozialen Situation hatten unsere Eltern es aber geschafft, uns im Internat unterzubringen, möglicherweise ohne den vollen Preis bezahlen zu müssen. Ich kann mich nicht erinnern, dass uns unser Vater jemals in ein Café oder Ähnliches eingeladen hat. Mit seinem VW Käfer, mausgrau, bewegte er sich stolz, wenn auch zu Beginn noch etwas ungelenk. Seine Fahrkünste besserten sich mit der Zeit, und wir waren nicht ängstlich. Wer einen VW Käfer fuhr, hatte nicht das kleine Los gezogen und strebte auch nicht sichtbar nach Höherem. Dieses Auto war das Hochplateau des sozialen Aufstiegs, womit sich alle trafen, der Lehrer und der Metzger, die Krankenschwester und der Verleger.

Bei seinen Besuchen führte sich Vater gern als Fotograf vor. Ein Hobby, das er mit Blendeneinstellung, Entfernungsmesser und diversen Zusatzaufsätzen nicht nur auf den Wanderungen gern zelebrierte, immer vom Wunsch geleitet, das perfekte Foto zu zaubern. Das Gelungene, das Perfekte, welches nach seiner Vorstellung eine Welt voll gelassener Anmut zeigt und beseelte innere Freude und Harmonie bezeugt. Mit Diethild gelang ihm diese Vorstellung bisweilen. Mir war diese Zurschaustellung einer Stimmung, die nicht gerade meine war, lästig. Ja, ich empfand und empfinde auch heute noch diesen Zwang zum Lächeln und zur Darstellung eines seligen Gesichtsausdrucks als Kitschtheater und Lügenfassade. Vielmehr wollte ich schon früh gern tatsächliche Stimmungen wiedergeben und darstellen. Es handelte sich – schon damals – um nichts Geringeres als um einen Kulturkampf zwischen Vater und mir, den er nicht gewinnen konnte. Das rein Dekorative gegen eine Realismus-Konzeption hat kaum eine künstlerische Chance. Das dekorative Familienbild ist zwar massenhaft in Umlauf und auch heute weiter groß in Mode, aber als Zeugnis einer realen Situation taugt es kaum.

Das eigentliche Gebiet der menschlichen Freiheit umfasst das innere Feld des Bewusstseins und fordert hier Gewissensfreiheit im weitesten Sinne, ferner Freiheit des Denkens und des Fühlens, unbedingte Unabhängigkeit der Meinung und der Gesinnung bei allen Fragen, seien sie praktischer, künstlerischer, philosophischer, wissenschaftlicher, moralischer oder theologischer Natur. Dieses Prinzip verlangt die Freiheit des Geschmacks und der Studien, die Freiheit, einen Lebensplan selbst zu entwerfen, der eigenen Charakteranlagen entspricht.

Obwohl uns unser Zuhause sehr fehlte, waren wir doch recht froh, wenn die väterlichen Besuche am späten Sonntagnachmittag endeten. Mit unserem strengen und häufig humorlosen Vater gab es selten Spaß, und ein freier Meinungsaustausch, wie ich ihn mir als Möglichkeit bereits lebhaft ausmalte, lag in weiter, noch tonloser Ferne. Zumeist blieben es Monologe unseres Vaters, die sich leider häufig wiederholten.

Zum anderen war er für uns ein lebendiger Anreger dafür, über gesellschaftliche und zeitgeschichtliche Fragen nachzudenken. Der 1962 vom niedersächsischen Ministerialbeamten im Innenministerium Fritz Tobias erschienene und damals vielfach besprochene Titel „Der Reichstagsbrand – Legende und Wirklichkeit" (Grote, Rastatt 1962), der zuvor bereits seit Ende 1959 im Spiegel vorabgedruckt worden war, war eines der ersten zeitgeschichtlichen Bücher mit klarer politischer Aussage, welches er mir zu Weihnachten schenkte. Darin wird die gern verbreitete Darstellung von der Alleintäterschaft des Holländers van der Lubbe untersucht. Alle dokumentierten Fakten weisen jedoch auf Teile der SA unter der Leitung des damaligen Reichstagspräsidenten Hermann Göring hin. Nur vier Wochen nach der Ernennung Adolf Hitlers zum Reichskanzler leitet die Zerstörung des Reichstagsgebäudes auch politisch das Ende der parlamentarischen Demokratie ein. Am Tag nach dem Brand unterschreibt Reichspräsident Hindenburg eine Notverordnung „zum Schutz von Volk und Staat" und „zur Abwehr kommunistischer staatsgefährdender Gewaltakte". Diese sogenannte Reichstagsbrandverordnung setzt Grundrechte der Weimarer Verfassung wie die Freiheit der Person oder die Meinungs- und Versammlungsfreiheit außer Kraft, führt die Todesstrafe für das politische Delikt „Hochverrat" ein und bietet bis 1945 die Grundlage für die „Schutzhaft" von Kommunisten und Sozialdemokraten. Ich war vierzehn Jahre alt und schwer beeindruckt vom Inhalt des Buches und den daraus zu ziehenden Lehren, die mir unser Vater frühzeitig mit auf den Weg gab. – Der sonntägliche Internationale Frühschoppen mit Werner Höfer im damals noch einzigen Fernsehprogramm, war eine Pflichtveranstaltung. Vater kommentierte gerne dabei. Gegen den Großhandel, gegen die katholische Kirche, gegen die Unionspolitik, geprägt vor allem von Konrad Adenauer und von seinem engsten Ratgeber Hans Globke, 14 Jahre im

Bundeskanzleramt, oder gegen Hans Filbinger, der schon in Nazi-Deutschland hohe und entscheidende Ämter innehatte.

Bereits in Holtorf hat Vater uns Kinder zu Filmvorführungen in seine Schulklassen geholt, wenn er zu bestimmten Themen Filme vorführte. Über Auschwitz und andere Vernichtungslager wurden wir anschaulich früh und erschreckend drastisch informiert, im Anschluss daran wurde ausführlich darüber gesprochen. An Deutlichkeit mangelte es daher nicht. Anderes Thema war die Heldenverehrung für den misslungenen Attentatsversuch von Stauffenberg. Nach Meinung unseres Vaters ein falsches Signal für einen Mitläufer, eines eher aus militärischen Gründen bloß enttäuschten und beleidigten Junkers.

Nicht auszudenken, wenn solche Ehre Georg Elser erführe. Ein Einzelgänger, Facharbeiter, eher anarchisch angehaucht, ohne Zuordnung zu bürgerlichen Kreisen. Bis zum heutigen Tage ist von ihm, der am 8. November 1939 das erste Attentat auf Adolf Hitler völlig selbständig und einsam couragiert ausführte, kaum die Rede. Auch nicht von Graf von der Schulenburg, der gemeinsam mit Eugen Gerstenmaier dazu bereit war und ein Attentat auf Hitler vorbereitet hatte oder von Oberst Henning von Tresckow. Es gab eine ganze Reihe von Menschen, die Attentate gegen Hitler vorbereitet hatten und von denen heute kaum jemand spricht.

Nach Vaters Meinung verläuft eine nur schmale, fragile Grenze zwischen Tätern, Opfern und Komplizen. Eine Grenze, die er uns versuchsweise mit seiner Wandervogel-Begeisterung aufzeigte und die als Bewegung von den Deutsch-Nationalen sowie den Braunhemden in der Weimarer Republik sogleich aufgegriffen wurde, um sich dieser, aber auch jeder ähnlichen

Gruppierung in der deutschen Bevölkerung zu versichern und diese durch Gleichschaltung zu vereinnahmen. An solcherart Aufklärung war unserem Vater gelegen. Im Laufe der Zeit konnte ich mehr und mehr Verständnis für ihn aufbringen. Seine vom Krieg verzerrte Psyche, Kleinlichkeit und Pedanterie musste ich nicht lieben.

Über den Krieg, an dem er in Dieppe und anderen Orten an der französischen Kanalküste teilnahm und später, viel schrecklicher, an der Ostfront in der 6. Ersatzarmee für Stalingrad, erlebte er als verwundeter junger Leutnant den vollen Schrecken und die Erbarmungslosigkeit des Krieges auch im Rückzug als geschlagene Armee. Er gehörte zu all jenen, die das Schweigen angesichts der Schwere der eigenen Erfahrung für die einzig angemessene Kommunikationsform mit dem Rest der Welt hielten. Doch unübersehbar die Abgründe hinter seinen graugrünen Augen – das elementare Verlorensein.

Frühzeitig wurde ich so auf unsere jüngste deutsche Geschichte aufmerksam gemacht, durch klare Ansichten und Äußerungen von einem, der sich nur spärlich und selten über Einzelheiten seines Kriegseinsatzes ausließ – darüber nicht sprechen mochte. Im Laufe der Zeit verdichtete sich dies für mich zu einer gehörigen Portion Misstrauen gegenüber einem allmächtigen Staat, einfachen Rezepten und jedem Gleichschritt gegenüber. So wurde ich von beiden, Vater und Mutter gleichermaßen, wenn auch auf unterschiedliche Weise, sozialisiert.

Die Wege im Deister, dem nördlichsten Ausläufer des Weserberglands, gefielen mir. Bisweilen wanderte ich allein nach der Schule auf versteckten Pfaden im Wald von Barsinghausen nach Bad Nenndorf in einer Röhre unter der Autobahn

hindurch und hing dabei meinen Gedanken nach. Die Wald-
einsamkeit erfrischte mich und wirkte inspirierend. Unbe-
schwert probte ich dabei unwillkürlich laut sprechend Dialoge,
und es entstanden imaginierte Szenen, Spiele und Situationen,
nur begleitet vom Vogelgezwitscher und dem Knacken der
Zweige unter mir.

Zelten in England

Nach Ende der Internatszeit begann ein völlig neues Leben
in Wolfsburg. Die junge aufstrebende Volkswagenstadt, wie
sie sich selbst nannte, eine Stadt im Grünen, mit stattlichen,
in sich abgeschlossenen Neubauvierteln, die sich rund um
das Zentrum an grüne Wälder schmiegen und in der an allen
Ecken und Enden mächtig gebaut und erweitert wird. Die
Stadt wuchs unaufhörlich und hatte offenbar noch viel vor.
Oft schlich ich mich in der ersten Zeit ins Dunkel der Kinos
und genoss gebannt Abenteuerfilme und Wildwest-Geschich-
ten auf der Leinwand, die ich zuvor nie zu sehen bekommen
hatte. James Dean, die Kult-Ikone eines jugendlichen Rebellen,
stand – wie bei vielen meines Alters – für mich obenan und
sogar noch vor Elvis und anderen abgefahrenen Rocklegenden,
die damals erst selten im Radio gebracht wurden. Die eigene
Unsicherheit wurde mit Pomade überspielt, die ich mir mit tollen Wellen an den Kopf dätschte.

Was für eine Entdeckung, dass der VW Käfer in Ame-
rika Kult war. Auf Geschwindigkeit kam es bei ihm nicht an,
sehr wohl aber auf Verlässlichkeit. Dass das Volksauto von
Ferdinand Porsche eine Eingebung und Planung des Hitler-

regimes gewesen war und dass Wolfsburg unter Hitler nicht so hieß, habe ich damals erst in Wolfsburg begriffen. Bei ihrer Gründung auf der grünen Wiese, wo sonst nichts stand außer Kühen, hatte man die Stadt „Stadt des KdF-Wagens" genannt, in Anlehnung an das zukünftige Auto des NS-Reisedienstes. Damals schufteten Zwangsarbeiter in Schichten für die Kriegswirtschaft. Von „Kraft durch Freude" konnte während des Krieges keine Rede mehr sein. So erfuhr der Käfer die Gnade seiner späten Geburt. Er wurde das Symbol der Rückkehr zur Zivilgesellschaft, freie Fahrt für freie Bürger. Der VW-Konzern mit den weiteren sechs Werken in Niedersachsen ist seit Neubeginn in der Bundesrepublik ein Staatskonzern, an dem das Land Niedersachsen bis heute zu 20 Prozent beteiligt ist.

Wir drei machten 1961 das erste Mal einen gemeinsamen Urlaub: Diethild, Mutter und ich. In den Sommerferien fuhren wir mit einem Sonderzug von Hannover nach London, um die englische Lebensart kennenzulernen und natürlich um unsere Sprachkenntnisse dabei zu verbessern. Mit meinem grünen Hauszelt, dem Grundig „Party-Boy" und all dem dafür nötigen Gepäck blieben wir zunächst einige Tage in London auf dem Crystal-Palace-Campingplatz im Süden der Stadt. Tagsüber fuhren wir mit den berühmten alten Doppeldecker-Bussen und anderen Verkehrsmitteln kreuz und quer durch London und besuchten Madame Tussauds Wachsfigurenkabinett und eine Reihe anderer Sehenswürdigkeiten, die im damaligen London als obligatorisch für Erstbesucher galten. Abends spielten wir mit anderen Campern Federball und lernten nette junge Leute aus Japan, Algerien und Frankreich kennen. So auch Nadji, einen jungen Algerier, welcher mit seinem französischen Freund Faycal ein paar Meter weiter in einem kleinen Zelt ebenso wie wir einige Tage blieb, um London zu erleben. Dass wir mit unseren Englisch-Kenntnissen tatsächlich eine Menge anfangen und uns nicht nur verständlich, sondern bereits unterhalten konnten, war dabei eine angenehme Erkenntnis.

Der freundliche und hochgewachsene Nadji mochte wohl fünf oder sechs Jahre älter sein als ich. Die beiden Freunde besuchten die Ecole de l'Air, die erste Pilotenschule in Algier, während der junge Staat Algerien damit beschäftigt war, sich vom Joch der französischen Kolonialherrschaft zu befreien. Mit ihm und seinem Freund freundeten wir uns an; auch nach dem Urlaub blieben wir durch Briefe weiter in Verbindung. Meine Schwester begann damit, und ich setzte die Brieffreundschaft fort, nachdem Diethilds Begeisterung erlahmt war.

Einige Tage später erreichten wir mit dem Zug Bournemouth. Mutter hatte dort ein Jahr zuvor, während eines Sprachaufenthaltes, bei einer Familie gewohnt, die wir kurz besuchten, bevor wir in das nahegelegene Poole weiterfuhren. Dort stellten wir unser Zelt für den Sommerurlaub am Meer auf dem riesigen Caravan-Platz Rockly Sands auf. Hier standen auf mehreren Quadratkilometern Caravans, die an Urlaubsgäste wochenweise vermietet werden. Wir trafen Bewohner aus Mittelengland und besonders viele Schotten aus dem Norden, die wie wir Urlaub machten und sich unser kleines Zelt, in dem wir hausten, lächelnd betrachteten. Überwiegend sehr zugewandte Menschen und offen mit uns sprechende Nachbarn, die sich gern austauschten und mitteilten. So erfuhren wir von vielen freundlichen Schotten aus Glasgow, die im Bergbau tätig waren und ihre Jahresurlaube – so auch in diesem Jahr – gern im Süden Englands verbrachten.

Nach den Tagen am Strand trafen wir sie abends im Palladium, einem hohen Glasbau mit Kuppel, in dem bis in die späte Nacht zu Live-Musik getanzt wurde. Wir waren immer dabei und empfanden diese Abende wie auch den ganzen Urlaub als eine gelungene und glückliche Zeit. Auf dem Camping-Gelände gab's eine Halle, die dicht besetzt war mit Geld- und Glücksspielautomaten aller Art. So etwas kannten wir gar nicht. Meine Erfahrungen mit Geldautomaten begannen und endeten hier am einarmigen Banditen, der nur Penny-Stücke benötigte und fleißig meine Ersparnisse futterte.

Die Wochen vergingen überwiegend bei gutem Wetter. Wenn es stürmte und draußen ein eklig donnerndes Gewitter mit Starkregen und heftigstem Sturm die Standfestigkeit unseres Zeltes prüfte, so standen wir mit unserem Hauszelt im Gegensatz zu einigen Camping-Nachbarn recht solide da. Manch ein Nachbar, dem sein Zelt unter der Regenlast zusammenbrach, staunte darüber.

Mit öffentlichen Verkehrsmitteln fuhren wir über Salisbury nach Stonehenge und besuchten das berühmte Megalith-Bauwerk aus der Jungsteinzeit. Die eindrucksvolle Kultstätte war damals noch offen zugänglich. Wir bewegten uns durch die mächtig aufragenden Fels-Ungetüme und lauschten den Vermutungen eines Führers, wie und wann und auf welche Weise diese Steine hierher befördert sein mochten. Zur Mittsommernacht fällt der Sonnenaufgang in die Mitte des Kreises. In der neureligiösen Nutzung und Esoterik spielt Stonehenge eine immer wieder neue Rolle und die Forschung an diesem Objekt will nicht abreißen; die tollsten Theorien wurden schon geäußert. In nahezu allen Kulturen der Menschheit spielt unsere Sonne die rituell entscheidende Rolle im Bewusstsein der Menschen. Im christlichen Kirchenbau ist es bis zum Ausgang des späten Mittelalters nicht anders.

Gegen Ende des Urlaubs verbrachten wir noch einmal einige Urlaubstage in London, bevor es mit dem Zug bis Dover, von dort mit der Fähre nach Ostende und weiter mit dem Sonderzug zurück nach Hannover ging.

Neue Kultur

Unser Lateinlehrer auf dem Gymnasium blieb mir fern und fremd. Er kam sich ganz großartig vor und bombardierte uns Schüler mit seiner Kreide und der Bezeichnung „Du Ross!", wenn wieder mal eine falsche Antwort kam. Er war unerfreulich und irgendwie ein Fossil, ein bisschen tot. Seine Kriegs-Saga war für mich uninteressant und dass er auch Fraktionsvorsitzender der EsPeDe im Stadtrat war, war mir Hinweis genug, was da für ein Haufen versammelt sein mochte. Meine Leistungen ließen nach. Um nicht noch länger an mir herumzurätseln und herumzuzweifeln beauftragte Mutter 1961 den Diplom-Psychologen Doettinchem damit, ein Gutachten anzufertigen. Vielleicht wollte sie das dann in ihrer Vorstellung als Erklärung meiner Person all jenen hinhalten, die meinen Widerspruchsgeist und meine Abwehr gegen abgenutzte Wörter, welche allen als Widerspenstigkeit galt, entgegenhalten und verständlich machen. Was heutzutage vielleicht normal erscheint – an allen Ecken und Enden begegnen uns inzwischen die Praxisschilder psychologischer Heerscharen –, war in den frühen 60ern eher selten. Nach diversen Sitzungen erhielten wir ein psychologisches Gutachten:

„(…) Hinter seiner Anspruchshaltung verbirgt sich ein „innerer Mensch", dessen Bedürfnisse anderer Natur sind, als sie etwa durch fleißiges Arbeiten, schulische Erfolge und reifere Kontakterlebnisse befriedigt werden können. Der äußere Rahmen seines Daseins bedeutet für ihn vielmehr ein Gefängnis, aus dem nur mit naiver Wucht auszubrechen er sich ständig wünscht.

Lediglich seine gute Intelligenz lässt die Einfügung in die Gemeinschaft mit ihren Forderungen gelingen. Sein schulisches Versagen liegt also nicht in der Struktur und dem Niveau seiner Intelligenz begründet, sondern in der diffusen Dynamik und Thematik seiner aus tieferen Schichten kommenden triebhaften Wünsche und Bedürfnisse. Diese Kräfte konnten im Verlauf seiner Entwicklung so wenig reifen, dass ihm heute jede Möglichkeit zur Bindung an Dinge und Menschen fehlt – und damit die Voraussetzung zum strebenden, zielgerichteten Handeln.

Seine Verinnerlichung ist eine seinen Jahren entsprechend zu große, äußert sich als Introvertiertheit. Dass diese ihn nicht zum Sonderling macht, verdankt er seiner kräftig entwickelten, nach außen gerichteten Lebensenergie (Gefühlsenergie).

Er ist einem amerikanischen, gut bewährten und auf deutsche Verhältnisse umgestellten Test unterzogen. Danach beträgt sein Intelligenzkoeffizient 127 % (vgl. Volksschüler: 94 – 96; Realschüler ab 105, Gymnasiasten ab 110 bis etwa 125 bis 128 als Spitzengruppe).

Derzeit befindet er sich in der Pubertät., er ist sehr sensibel, labil, leidet unter der Tendenz zu Explosionen, die jedoch nicht ausbrechen, da er ihnen vom Verstand her Hemmungen entgegenstellt. Seine kritische Haltung nach außen neigt zur Opposition. Seinen Anlagen entsprechend kann er zu einer ausgewogenen Natur kommen. Er hat es jedoch sehr schwer, da sich in ihm die verschiedenartigsten Anlagen sammeln, die sonst jede für sich ein Leben bestimmen können. Bei ihm liegt ein leichtes Überwiegen der praktischen Intelligenz vor. Merkfähigkeit gut. Situationen erfasst er gut. Offensichtliche Konzentrationsstörung als Störung der Intensität und auch als Störung, das Ziel anzupeilen. In seinem selbstkritischen Bild ist er der Gefangene in der Zelle, der herauswill und doch nicht weiß, was dann wird und wie es weitergehen soll. (…)."

Psychologisches Gutachten, Doettinchem, 1961

Nach der Beurteilung durfte ich abermals die Schule wechseln und nach der Lateinschule besuchte ich fortan die Ferdinand-Porsche-Realschule, die mir besser gefiel. Abgesehen von meinen recht guten Englisch-Kenntnissen lernte ich als zweite Fremdsprache zusätzlich Französisch. Den Stoff aus den zwei Jahren, die meine Mitschüler mir voraus waren, lernte ich in wenigen Monaten, und es gelang mir danach, mich am Unterricht gut zu beteiligen.

Kognitive Hochbegabung gilt auch heute noch als das Maß der Dinge, dabei wird Intelligenz ebenso überschätzt wie Lebenskompetenz unterschätzt wird. Hohe Intelligenz gilt als Tor zum Erfolg. Ihre Markenzeichen sind normalerweise gute Noten, der Besuch des Gymnasiums und eine universitäre Karriere. Diese verbreitete Überzeugung stimmt so nicht. Entscheidend für den Erfolg ist eine Kombination aus Gewissenhaftigkeit, Begeisterungsfähigkeit und Ausdauer. Diese Fähigkeiten, die heute in der Wirtschaft meist Soft Skills oder Future Skills genannt werden, tragen bei der WHO den schönen Namen Lebenskompetenzen.

Wir alle wissen: in unserer Leistungsgesellschaft geht es nach wie vor eher um greifbare gute Schulnoten und Zertifikate. Das begabte und formbare Kind ist die Vision der heutigen Mittelschicht.

Eine andere Komponente ist die Pragmatik, auch als kristalline Intelligenz bekannt. Sie ist kulturell geprägt und bildet die Grundlage für den Erwerb von Expertise. Ab dreißig nimmt die Pragmatik zu, erreicht in den Vierzigern ein erstes Hoch und klettert in den Fünfzigern noch einmal nach oben. Doch sie ist abhängig von Übung, Motivation und Durchhaltevermögen – also von überfachlichen Kompetenzen. Viele Indizien sprechen heute dafür, dass Lebenskompetenzen Intelligenz schlagen. Für Heranwachsende sind sie das Rüstzeug, mit dem sie sich auf eine unwägbare Zukunft vorbereiten können. Solche Kompetenzen sind wie alle anderen Persönlichkeitsmerkmale sowohl genetisch als auch sozial geprägt. Unsere Gesellschaft sollte sich vor allem für den nichtgenetischen Anteil interessieren. Dazu gehört für Familien und Schulen die Aufgabe, das weitere soziale Umfeld für die Entwicklung von Lebenskompetenzen positiv zu beeinflussen.

Zu Beginn dieser Jahre entstand zur großen Überraschung der Deutschen Beate Uhses Versandhaus mit einem Katalog für Sexartikel aus Flensburg. Durch eine Vielzahl von zum Teil aufsehenerregenden Prozessen, die sich über zehn Jahre hinziehen, wurde ihr Unternehmen mit allem Möglichen, was zum Sex und zur Verhütung oder zur Luststeigerung beitragen sollte, erst recht bekannt und schließlich gesellschaftlich anerkannt. Diese mutige und sehr selbständige Frau prägte vor Gericht den unvergesslichen Satz: „Nicht ich stehe hier vor Gericht, sondern der Orgasmus der Frau." In den Jahren danach kamen allmählich auch Oswald Kolles Aufklärungsfilme in die Kinos. In ihnen wurde den Westdeutschen die körperliche Liebe erklärt und nähergebracht.

Im soeben errichteten sogenannten Italienerdorf lebten einige tausend italienische Gastarbeiter, die ganz überwiegend aus Süditalien als Produktionshelfer für das Volkswagenwerk in Wolfsburg angeworben wurden. Diesseits der Alpen bildeten die Gastarbeiter zu der Zeit die größte ausländische Community in Westdeutschland. An den Wochenenden gab es bisweilen Streit zwischen Deutschen und Itakern, wie sie in bestimmten Arbeiterkreisen abschätzig genannt wurden. Bei Prügeleien saßen bei den einen die Fäuste, bei den anderen die Messer locker und man las zum Wochenbeginn in der Wolfsburger Allgemeinen oder den Wolfsburger Nachrichten von derartigen, manchmal auch blutigen Auseinandersetzungen morgens am Frühstückstisch. Tatsächlich gab und gibt es noch immer in dieser mittelgroßen Stadt zwei Tageszeitungen, sehr zur allgemeinen Verwunderung und Freude. Überwiegend ging es bei den Streitigkeiten um Mädchen und Frauen, manchmal um das eingebildete Gefühl einer Überlegenheit gegenüber Konkurrenten auf dem Arbeitsmarkt.

Später kamen in Wolfsburg und auch andernorts türkische Gastarbeiter und eine größere Zahl von Arbeitskräften aus Tunesien hinzu. Man war in den Folgejahren davon abgekommen, weitere Italiener ins Land zu holen, wohl, weil die damals starke Bindung an die PCI, die kommunistische Partei Italiens, von Adenauer als eine Gefahr für die deutsche Demokratie ausgemacht worden war. So holte Erhard als Wirtschaftsminister neue Arbeitskräfte aus der Türkei, von außerhalb der EWG, der Europäischen Wirtschaftsgemeinschaft, wie sie damals noch hieß und glaubte, die so Beschäftigten nach fünf oder zehn Jahren leichter wieder in ihre Heimatländer zurückschicken zu können.

Mich beeindruckten in dieser Stadt eine ganze Reihe moderner Bauten, die von erstklassigen international bekannten Architekten geplant waren. So auch das lichtdurchflutete Alvar-Aalto-Kulturzentrum des finnischen Stararchitekten neben dem städtischen Rathaus. Es enthielt die Stadtbücherei, die städtische Volkshochschule sowie ein Kulturzentrum für Jugendliche mit vielfachen Anregungen und Spielzimmern, die von kleinen Gruppen unterschiedlich genutzt wurden. Alles kostenlos. Das Jugendparlament, dem ich zeitweise angehörte, tagte in einem großen Forum in Form eines Amphitheaters. Es wurde unser Übungsraum für die freie Rede in parlamentarischer Form. Statements zur Politik und zu aktuell lokalen gesellschaftlichen Anlässen und Fragen wurden im Rahmen des Jugendparlaments abgegeben und debattiert.

Alvar Aaltos beeindruckende Architektur öffnete in mir eine neue Sichtweise auf uns umgebende Dinge, die großen Einfluss auf uns ausüben. Solche Architektur aus Skandinavien und Nordeuropa überhaupt stand für eine weiche, humane, menschenfreundliche Variante der Moderne. Einen Auftrag nach dem anderen erhielt dieser Architekt in Wolfsburg, der in unserer von den Nationalsozialisten konzipierten Planstadt einer neuen Gesellschaft, inhaltlich und gestalterisch nicht gegensätzlicher und weiter von der NS-Ideologie hätte entfernt sein können. „Aalto" bedeutet schließlich „Welle" auf Finnisch. Er widersetzte sich mit sanfter Eleganz statt Pathos einem Zeitgeist, der damals im nüchternen Norddeutschland nahezu alle profanen Räume nachstrebten. Im Alvar-Aalto-Kulturzentrum hielt ich mich begeistert und häufig am frühen Abend auf. Dort, wo ich andere und zumeist zwei, drei Jahre ältere Freunde traf, die mit mir neue, noch unbekannte Spiele spielten und überhaupt ganz neue Anregungen, Gespräche und Diskussionen in mein Leben brachten.

Beim Müller-Chor machte ich auch bald mit. Müller, ein begnadeter Musikpädagoge, hatte nicht nur einen guten Schulchor aufgebaut, sondern daneben auch einen kleinen Chor mit etwa dreißig Teilnehmern, Erwachsene und ältere Schüler, gemischt. Motetten, Madrigale und andere überwiegend alte Musik gehörten zu unserem Repertoire, mit dem wir auf Konzerten auftraten und zweimal sogar erfolgreiche LPs produzierten. Die wöchentlichen Übungsstunden am Donnerstagabend besuchten Diethild und ich sehr gern. Musik hatte eine beruhigende Wirkung auf uns. Außerdem gab es ältere Schüler dort, die ich so Woche für Woche näher kennenlernte. Jedes Jahr zum Advent gab es mit diesem guten Team eine gemeinsame Party, auf der es hoch herging und mit Ausdauer getanzt und gefeiert wurde.

Mutter war damals Klassenlehrerin einer reinen Jungenklasse. Einige aus diesem 10. Jahrgang lernte ich als Schüler des 8. Jahrgangs näher kennen. Mit Peter und seinen Klassenkameraden, Klaus, Horst und anderen freundete ich mich an und traf mich mit ihnen im Kulturzentrum. Bei miserablen Familienverhältnissen half Mutter ihren Schülern zu besseren Wohnmöglichkeiten, etwa durch Unterbringung im städtischen Jugenddorf. Dort konnten Schüler ein eigenes Zimmer bewohnen, wenn das bei ihren Familien schlicht unmöglich war oder sie häufig geprügelt und zu Arbeiten herangezogen wurden, sodass sie außerstande waren, ihre Schularbeiten zu

Hause zu erledigen. Einem von ihnen half sie, sich gegenüber seiner Familie zu behaupten. Dessen Mutter hatte mit wechselnden Männern eine Kinderschar gezeugt, die unter ständigem Druck standen, den die Mutter mit ihren wechselnden Liebhabern erzeugte. Schwieriges soziales Umfeld war mir bislang unbekannt geblieben. Wir lernten Heinrich und seine Halbschwester Renate kennen. Für mich merkwürdige Verhältnisse aus einer fremden Welt.

Abends, wenn keine Busse mehr verkehrten, ging ich die drei Kilometer gern zu Fuß zum Rabenberg, wo wir drei nun wohnten. Am Rande des Waldstücks, durch das der Fußweg führte, kamen bisweilen düstere Gedanken auf. Der Wind blies um die Ecken. Kein Mensch zu sehen. Auf der Straße in dieser Stadt, in der angeblich die Messer locker sitzen sollten, war niemand. Nur ich. Von hinten bis vorn, soweit das Auge reichte, sonst niemand. Bis dann doch einer kam. Mir entgegen. Es war mein Mörder. Wer sonst würde sich in einer menschenleeren Stadt nächtlich herumtreiben? Ich habe manchmal die Straßenseite gewechselt – und bin der Angst davongegangen. Der Philosoph Hegel schreibt über die Nachtzeit, in der wir „sicher auf der Straße" gehen, zumindest solange wir uns keine großen Gedanken machen. „Diese Gewohnheit der Sicherheit ist zur anderen Natur geworden", heißt es in seiner Philosophie des Rechts. Wehe aber, man verliert das Vertrauen darauf, dass beim Spaziergang in der finsteren Nacht nichts geschehen wird. Dann bleibt man besser zu Hause.

Das Vertrauen ist ein scheues Wesen, das sich schon beim leisen Verdacht aus dem Staub machen kann, das Misstrauen aber bleibt gerne ein bisschen länger. Gemeinhin gilt Vertrauen als etwas, was aus guten Erfahrungen in der Vergangenheit und der Hoffnung auf das Gute im Menschen entsteht. Ohne Vertrauen kommt man nirgendwohin. Deshalb gibt es so große Worte wie Urvertrauen. Unseren Eltern bringen wir das Urvertrauen entgegen. Wir wollen glauben, dass sie uns auf ewig in die Arme schließen werden. Auf den Arm nehmen uns andere. Keinen Schritt könnten wir tun, wenn wir nicht glauben würden, dass die Erde uns trägt. Hätten Menschen bezweifelt, dass man das Meer befahren kann, hätten sie keine neuen Kontinente entdeckt.

Wer sich Vertrauen erschleichen möchte, hat oft die besseren Tricks. Alle gesellschaftlichen Mitspieler haben ihre Methoden, Lügen wie Ehrlichkeit aussehen zu lassen. Die besten Tricks haben die Religionen und Kirchen auf Lager. Ihre Geschichten sind abenteuerlich. Trotzdem haben sie das Vertrauen zur Geschäftsgrundlage gemacht und nennen es Glaube. Der ungarische Schriftsteller Peter Nadas hat in einem schönen Aufsatz darauf hingewiesen, wie der große Puppenspieler namens Gott von den Menschen verlangt, ihm zu vertrauen. Ihm, der alles weiß. Würde man im richtigen Leben jemandem vertrauen, der alles über uns weiß?

Es gehört zur Vernunft des Menschen, dass er sich selbst vertraut. Ein Teil dieser Vernunft kann sein, auch dem anderen zu vertrauen. In Sachen Vertrauen gibt es keine Laien. Wir alle sind Experten der Hoffnung und der enttäuschten Erwartung. Wir wissen, dass der Mensch dem Menschen ein Wolf ist, manchmal aber ist er auch nur ein Mensch.

Das gefährliche Leben ist die beste Schule des Vertrauens: Es will frühzeitig und in allen Lebenslagen geübt werden. Mit dieser Maxime machte ich mich früh auf, um auf weiten Reisen allein dem Leben in seinen unterschiedlichsten Facetten zu begegnen. Um es zu entdecken und möglichen Gefahren nicht auszuweichen. Um sich selbst kennenzulernen und das Leben zu erlernen, halte ich grundsätzlich das Zutrauen, das wir auf Reisen und beim Alleinreisen gewinnen, für unersetzlich. So kann das nötige Vertrauen entstehen, wenn ich viel erreichen will und dabei viel riskieren muss.

Alle Philosophen wollen es genau wissen. Das Misstrauen ist ihr Metier, das Vertrauen aber ist eine psychologische Praxis, mit der sich gerade die am wenigsten Vertrauens-würdigen auskennen. In der Mafia etwa spielt das Vertrauen eine große Rolle, weil der Verrat die größte Gefahr für das Geheimsystem ist. Die Familie gilt als Ort des Vertrauens. Hier ist die Parallelgesellschaft mit allem, was sie so parallel macht, im kleinsten Kreis unter sich. Vertrauen kann man schenken und geschenkt bekommen. Misstrauen aber kostet Geld. Im wahrsten Sinne des Wortes. In den Regelsystemen des Marktes gilt Ähnliches.

Erste Liebe – erste Jobs

Diethild besucht inzwischen die Tanzschule Giebel und ist von sich, ihrem Tanzstunden-Herrn Harald und den neuen Erfahrungen begeistert. Ich höre etwas von Mittel- und Abschlussbällen und werde neugierig. Regelmäßig sonntags wird dort am frühen Nachmittag Tanztee zelebriert, zu dem ich auch bald erscheine und im damals noch sehr ordentlichen Aufzug meine ersten Tanzschritte wage, die Diethild mir zu Hause leicht und geschwind beibringt: Mit Boogie-Woogie, Foxtrott, Cha-Cha-Cha, Rumba, Langsamer Walzer geht's los. In der Tanzschule lerne ich gleich zu Beginn die hübsche und scheue blondhaarige Bärbel aus der Parallelklasse kennen. Mit ihr werden die Wochenenden nun anregend und sehr angenehm. Einen Tanzkurs besuche ich auch später nicht. Unsere endlosen Spaziergänge am Schillerteich oder im nahen Wald wirken auf uns belebend. Wir können nicht genug voneinander bekommen. Beim Küssen bewegt sie ihre Zunge wie schwankendes Seegras. Für mich ist ihre feuchte Mundhöhle ein Korallenriff im lauwarmen Ozean. Es entstand eine eigentümliche Sinnlichkeit.

In den frühen 60er Jahren sind der romantische Kuss und die Sehnsucht nach der ersten intimen Begegnung etwas vom Erregendsten für junge Leute. Sexuell passiert noch wenig. Die Rolle des mittelalterlichen Minnesängers gefiel mir damals recht gut, als einer, der sich am liebsten in einer Sehnsucht ergeht, die fast in Nostalgie umschlägt. Wir warten einfach ab, schreiben einander Gedichte, schauen mal, was sich ergibt und haben keine Eile. Die Liebe ist manchmal wie ein guter Tee, man kann sie etwas ziehen lassen.

Die Sonntagnachmittage gehören nun uns. Später gehen wir auch zu verschiedenen Rhythm-and-Blues-Veranstaltungen an nahezu jedem Freitag- und Samstagabend, da inzwischen eine reiche Szene mit Live-Musik entstanden ist. Der damals 22-jährige Bob Dylan fällt mir wegen seiner besonders poetischen Texte und Songs frühzeitig auf. Mit Elvis Presley bin ich „lonesome tonight", und verschiedene Rock-'n'-Roll-Sänger erlebe ich intensiv zum Modetanz Twist. Ja, und dann natürlich die frechen Stones, deren Kraftmucke bei mir gut ankommt. Aus meiner Klasse gibt es einen Bassisten sowie einen Schlagzeuger bei den Blizzards, und natürlich gehen wir dorthin, wo ihr angesagter Rhythm and Blues neben abgefahrenem Rock 'n' Roll zu hören ist und wir unsere Jungs erleben können. Als Vorgruppe treten sie bisweilen im Hamburger Star-Club und im Grünspan auf, wenn die Beatles oder andere bekannte neue Gruppen dort spielen. Im Wolfsburger Gewerkschaftshaus oder einem großen Saal der Kirche und andernorts, auch außerhalb von Wolfsburg, sind wir am Wochenende manchmal per Anhalter bis nach Hamburg-Altona unterwegs, wo die angesagten Gruppen spielen. Und das wird so finanziert: Mein erster Job als Zeitungs- und Illustrierten-Austräger ist denkbar schlecht bezahlt: Ich muss den Abonnenten nicht nur ihre bestellten Hefte zu Hause zustellen, sondern zugleich das wöchentliche Geld bei ihnen kassieren. Das ist nicht immer leicht. Entweder sind sie nicht erreichbar oder im Urlaub, und ich muss es mehrmals wiederholen. Das kostet Zeit und Nerven. Jeden Donnerstagnachmittag liefert die Lesering-Firma aus Braunschweig neue Illustrierte in unseren Keller für die darauffolgende Woche an. Dabei wird das Geld für die letzte Lieferung abgerechnet. Nur ein klitzekleiner Teil davon bleibt mir. Immerhin habe ich das doch eine ganze Weile durchgehalten – ich glaube anderthalb Jahre – und an den Nachmittagen die Dinger bei Wind und Wetter mit dem Fahrrad ausgeliefert. Soraya, Soraya und immer wieder Soraya und ihr Schah prangen auf dem Titelbild der Gelben, Blauen und anderen bunten Blätter. Nicht zu vergessen die prallen Burda-Mode-Hefte mit beiliegenden Schnittmusterbögen, die ich in die Briefschlitze steckte, wenn die Empfänger zum Kassieren nicht daheim waren. Immerhin lerne ich hier auch andere, bis dahin mir unbekannte Magazine wie den Stern oder den Spiegel kennen, die mich mit dreizehn Jahren zu interessieren beginnen. Ich kann sie kostenlos lesen.

In späteren Jobs, die ich während der Schulzeit und in den kleinen Oster- und Herbstferien ausführe, verdiene ich deutlich mehr Geld. Leicht fand ich immer wieder einfache Arbeiten, um unabhängig vom spärlichen Taschengeld zu bleiben und mir etwas hinzuzuverdienen. Am besten bezahlt wurde das Ablesen und Wechseln der Wärmeröhrchen für die damaligen Firmen Glorius und Brunata. Jedes Jahr, zumeist von Frühjahr bis Sommer, wurden nahezu alle Wolfsburger Wohnungen, die ausnahmslos durch Fernheizung vom Kraftwerk des Volkswagenwerks geheizt wurden, abgelesen, und diese Wärmeröhrchen mussten jährlich ausgewechselt werden. Das war eine Bereicherung und machte Spaß. So konnte ich gut verdienen. In einem festgelegten kleinen Bezirk musste man in jedes Zimmer an den Heizkörper kriechen, den Verbrauch ablesen und notieren, das Röhrchen mit der zum Teil verdampften Flüssigkeit nach unten herausziehen, durch ein neues, volles Röhrchen ersetzen, bis zum ersten Strich hochdrehen und den Vorgang mit Plombe und Plombier-Zange beenden. Das war's. Etwa hundertfünfzig Wohnungen bildeten einen Abschnitt, und wir haben damals jeder für sich mehrere solcher Abschnitte im Eiltempo erledigt, was zu einem Stundenlohn von umgerechnet bis zu sechs DM führte. Damals als Schüler ein grandioser Erfolg! Diethild und Mutter haben sich das auch nicht entgehen lassen und mitgemacht.

Es gab noch eine ganze Reihe weiterer Jobs, mit denen ich in den kleinen Ferien gern Geld verdiente, ansatzweise auch mal in der Landwirtschaft. Aber das Rübenverziehen brachte nur Genickstarre und kaum Geld ein. Bei Woolworth habe ich mal Regale ein- und ausgeräumt und bei der Inventur mitgeholfen. Immerhin haben mein Schulfreund Uwe und ich eine ganze Reihe unterschiedlicher Arbeiten gemeinsam erledigt. Auf dem Bau arbeiteten wir für eine Elektrofirma. In den neuen Stadtvierteln, die rasch hochgezogen wurden, mussten die Mehrfamilienhäuser oder Blocks, welche im Rohbau fertig und innen verputzt waren, mit Schaltern und Steckdosen ausgestattet werden. Das machten wir im Akkord. Für jeden solcher Punkte gab es eine festgelegte Summe. Im Anschluss wurde jede Wohnung von uns nach Fertigstellung „ausgeklingelt". Mit einfacher Klingel oder einer Lampe überprüften wir unsere Arbeit auf Funktion. Bei derselben Firma haben wir auf Gerüsten die Fassade des Wohnhauses des Unternehmers und die Anbauten seines Betriebes erneuert. Mit Peter lernte ich das Tapezieren und Renovieren. Seine Mutter hielt sehr darauf, dies alle paar Jahre mit neuen Mustertapeten geschehen zu lassen. So lernte ich frühzeitig unterschiedliche einfache Arbeiten kennen. Das macht selbständig und braucht neben erheblichem zeitlichem Aufwand den nötigen Biss, sprich: die Entschlossenheit, mit Eigenmotivation Ziele zu verfolgen und mögliche Hindernisse zu überwinden.

In meinem Jungenleben drehte sich alles um die „feste Freundin". Kein Sieg beim Florett-Fechten oder beim Basketball und schon gar keine Prüfungsnote konnte mit ihrer Wirkung auf Selbstgefühl wie Prestige konkurrieren. Und jeder kleinste Schritt zu mehr Körpernähe musste gleich zum nächsten Schritt führen. „Zusammen schlafen", wie wir uns kaum zu sagen trauten, war das eine Ziel, mit dem wir beständig beschäftigt waren und worauf überall freizügige Bilder im Marilyn-Monroe- und Brigitte-Bardot-Stil verwiesen. Der Wunsch, mit einem befriedigenden Übergang vom erotisch-masturbatorischen zum erotisch-koitalen Stadium zu gelangen, beherrschte all meine Gedanken. Genauso klar hatten wir das bedingungslose Verbot im Kopf, dass die feste Freundin verpflichtete, aus Angst vor Schwangerschaft als der schlimmstmöglichen Wendung die Erfüllung des einen Wunsches bis zur Heirat – oder wenigstens bis zu einer Art von Verlobung – aufzuschieben. Nichts war unmöglicher als das, was wir am meisten begehrten. Erst nach Schulabschluss kamen dann die ersten Gerüchte über die Anti-Baby-Pille in Umlauf. Doch zunächst war sie verschreibungspflichtig und nur für verheiratete Frauen. Daher dauerte es noch eine Weile, bis entsprechende Utopien Wirklichkeit wurden; es sei denn, man hatte das Glück, eine verheiratete Frau kennenzulernen.

Diese irre Verschachtelung der erotischen Leidenschaft mit der Ehe, die wir ebenso frustrierend wie natürlich fanden, war überhaupt erst nach 1800 im Zuge der Romantik zu einer Institution der bürgerlichen Welt geworden. Erotische Intensität sah man zuvor als einen Gegensatz an, der außerhalb der auf Dauer angelegten Verbindung lag – nie entschiedener als im Mittelalter. Die ursprünglich ehe-ferne Extremversion einer ekstatischen Zweierbeziehung war dann seit dem 19. Jahrhundert zum Selbstverständnis verheirateter Paare geworden. Nun sollte nur noch allein die „leidenschaftliche Liebe des Lebens" zum Traualtar führen, „Vernunftehen" galten seitdem als Notlösung. Und obwohl dies Modell Ehegatten und Nachkommen regelmäßig überforderte, behielten Scheidungen den Status eines zu vermeidenden Versagens.

Ausgerechnet im soeben errichteten Reihenhaus des Schulrats hatten wir im Obergeschoss eine Dreizimmerwohnung bezogen, nachdem wir zunächst provisorisch nahebei eine kleine Wohnung für die erste Übergangszeit innehatten. Der direkte Vorgesetzte unserer Mutter, ein älterer Herr aus der Kriegsgeneration, der noch genau wusste, wie alle Menschen zu leben hatten, wohnte als Vermieter im Erdgeschoss desselben Hauses. Eine äußerst unglückliche und ungeschickte Mutter hatte ihre sonst recht ausgeprägte Lebensklugheit deutlich vermissen lassen. Hier sollte man auf Zehenspitzen die Treppe hinaufschleichen und bloß nicht auffallen. Mit solcherart selbst gewählten Einschränkungen stand die Befreiung von Vorschriften aus übler Vergangenheit für mich als Jugendlicher von vornherein auf sehr wackligen Füßen. Mutter war mit 39 Jahren gerade noch als Lehrerin verbeamtet worden und nun glücklich, dies quasi in letzter Minute erreicht zu haben. Die wirtschaftliche Zukunft für unsere kleine Familie schien sich zu entspannen, wenn auch noch mit jedem Pfennig gerechnet werden musste. Bei Tisch überlegten wir gemeinsam, wie das vorhandene monatliche Budget genutzt werden sollte. Wir waren alle drei daran beteiligt. Jeder von uns wusste, wie schwach es um die Finanzen stand. Verschiedene dringende Anschaffungen standen an. Da Mutter buchstäblich nichts vom gemeinsamen Hausstand in Hannover mitnehmen und haben wollte, außer einem Biedermeier-Sekretär und einem der Bücherschränke aus der Holtorfer Zeit, mussten wir uns erstmal mit „Jaffa-Möbeln" behelfen. Wir stapelten beispielsweise Apfelsinenkisten aus Holz übereinander und hingen einen Vorhang für einen Schuhschrank davor. Wir waren gut darin uns zu behelfen. Das lernten und organisierten wir ohne fühlbare Mühe. Unser Beisammensein genossen wir. Beim gemeinsamen Mittagessen nach der Schule wurde über Politik und über gemeinsam gelesene Bücher diskutiert.

Mutter war bestrebt, bloß nicht negativ aufzufallen. Zumal sie gerade verbeamtet worden war und schon ihre schmerzhaften Rückenprobleme verschwiegen hatte. Und das alles im Haus des Schulrats, des mittelbar Vorgesetzten. Kamen künftig Mitschülerinnen oder Schulfreunde zu Besuch, erfuhren wir von ihrer Angst, dem Vorwurf ausgesetzt zu werden, Beihilfe zur Kuppelei geleistet zu haben. Mag man sich heute gar nicht mehr vorstellen. Sie sorgte dafür, dass solcherart Besuche seltener wurden und schließlich zu meinem größten Missvergnügen ganz ausblieben. Mit derlei Zwang zur Anpassung und Leisetreterei wird man seine Kinder rasch los. Bedeutung hatte der Kuppelei-Paragraf in Deutschland bis 1973. Der Kuppelei machten sich nach damaliger Rechtsprechung auch diejenigen Eltern schuldig, die ihren Kindern den Kontakt mit ihren möglichen Sexualpartnern im elterlichen Haus erlaubten oder durch Vernachlässigung der Aufsichtspflicht zuließen.

Tramptouren

Ausgestattet mit meinem grünen Hauszelt, zwei Luftmatratzen und Schlafsäcken, die damals noch mächtig auftrugen, hatten Schulfreund Uwe und ich auf unserer Reise per Anhalter durch Great Britain ständig eine Menge zu schleppen. Mit einer Rückfahrkarte von Hannover nach London hatten wir vier Wochen Zeit, nach Schottland und wieder zurückzutrampen, unser Englisch weiter zu verbessern und auf der Reise jede Menge kleiner Abenteuer zu erleben. Zunächst kampierten wir auf dem Crystal-Palace-Campingplatz im Londoner Süden, den ich bereits von meiner Reise mit Mutter und Schwester kannte.

British Museum und Tate Gallery standen auf unserem Programm, dazu die üblichen Verdächtigen für die flache touristische Neugier: St. Paul's Cathedral, Houses of Parliament, die Westminster Abbey, Krönungsstätte der britischen Monarchen, alles Plätze, die man damals noch kostenfrei besuchen konnte. Big Ben und den Trafalgar Square mit seinen imposanten Löwen, auf denen jedes Kind reiten möchte, Tower Bridge und den Tower mit seinen Kronjuwelen, der schon damals Eintritt kostete. Am anderen Tag waren der St. James's Park sowie der Hyde Park mit der Speakers' Corner dran – und, unerlässlich, der Buckingham Palace mit dem Changing the Guard.

In London gab es an vielen Ecken die beliebten „ABC"-Läden oder „Lyon's", eine Self-Service-Kette, wo man Pies oder erschwingliche Fish 'n' Chips, schön fettig in Zeitungspapier eingewickelt, bekam und eine ganze Reihe anderer typisch englischer Fertigessen. Markenzeichen der einfachen Leute. Diese Essen kennen keinen Schnickschnack, man bekommt, was man bestellt, solche Essen riechen nach Schweiß, Bratfett, ehrlicher Handarbeit, dem Bodensatz der Gesellschaft. Die Preise ähnelten denen in Deutschland, waren sogar für Schüler erschwinglich, sodass wir keinen Hunger litten.

Nur aus Neugier gingen wir in das berühmte Kaufhaus Harrods, wo wir natürlich nichts kauften, jedoch die prächtigen Auslagen bewunderten. Für uns Lateinschüler war das Motto dieses Hauses: „Omnia omnibus ubique" – „Alle Dinge für alle und überall" ein Ansporn fürs Leben.

Im Laufe dieser ersten Woche, die wir in London verbrachten, besuchten Uwe und ich abends den Piccadilly Circus mit seiner grellen überdimensionalen Neon-Werbung, damals noch von den Briten als Mittelpunkt der Erde bezeichnet, und gleich nebenan verliefen wir uns am Abend in den engen Gassen von Soho, dem bekannt-berüchtigten Vergnügungsviertel, auf der Suche nach der Carnaby Street, die sehr angesagte Straße mit Kleidung, wo sich die gerade bekannter werdenden Beatles fantasievoll eindeckten. In den Tavernen lockten uns Frauen auf der Suche nach Freiern an. Während Uwe draußen wartete, ging ich als Mutiger in eines dieser Etablissements, um zu sehen, was es zu erleben gab. Neben dem Angebot interessierten mich der besondere Geruch und die besondere Grammatik dieser Orte und dies lenkte auch später meine Schritte immer mal wieder in dunkle Etablissements dieser Art mit den heruntergelassenen Jalousien. Mit aufgerissenen Augen gelang es mir kaum, die Frauen einzeln wahrzunehmen und die Summe Geldes, die ich mir für diese Übung eingesteckt hatte, wurde mir rasch entlockt und war futsch, noch ehe irgendetwas passiert war. Ein tragikomischer Akt.

Auf unserer Fahrt durch England standen wir häufig an kleinen Verkehrsstraßen, da die ersten Autobahnen gerade erst erbaut wurden. Dazu gehörten eine Umfahrung von Preston und die M1, die damals gerade erst von London bis nach Mittelengland führte, andere Autobahnen waren in Planung oder im Bau. Wir fuhren überwiegend auf kleineren Straßen durch Heckenlandschaften in den Norden Englands. Bisweilen verloren wir die Orientierung und einmal, nördlich von Newcastle upon Tyne, mussten wir die hilfsbereite Polizei einschalten, weil wir vergessen hatten, wo unser Zelt steht. Campingführer gab's noch keine oder kannten wir nicht, und die kleinen Campingplätze, die wir meist zufällig fanden, blieben sogar den Menschen, die in der Gegend wohnten, meist verborgen. In Dorfläden deckten wir uns mit Lebensmitteln ein, und abends bauten wir unser Zelt gewöhnlich gleich ein paar Meter weiter dort auf, wo wir aus dem letzten Auto stiegen. Auf einer Wiese, rechts oder links der Straße, überall fanden wir einen Platz, und niemals gab es deswegen Aufregung oder einen aufgebrachten Menschen, der uns vertrieben hätte. Wir dachten zu keiner Zeit, dass wir bei den Engländern nicht willkommen wären oder dass uns etwas geschehen könnte. Keiner von all den Menschen, denen wir auf unserer langen Reise begegneten und die uns beim Weiterkommen unterstützten und halfen, einen geeigneten Platz zum Aussteigen und Weiterkommen zu finden, hat uns je spüren lassen, dass die Deutschen zur damaligen Zeit in England noch sehr unbeliebt waren. Davon bemerkten wir nichts. Im Gegenteil: Die Menschen waren hilfsbereit, hörten sich unsere Erzählungen und Pläne schmunzelnd an und gaben uns wertvolle Ratschläge fürs Weiterkommen.

In Edinburgh lernten wir zwei hübsche Schülerinnen kennen, die uns später noch Briefe nach Deutschland schickten. In manchen Wohngegenden sahen wir erstaunt, wie morgens Brötchen an den Wohnungstüren in dafür bereit gehängte Beutel verteilt wurden und Milchflaschen vor die Wohnungstüren gestellt wurden. Ein origineller Service der frühen 60er Jahre, der ein paar Jahre später auch in Deutschland von unserem Bäcker angeboten wurde. Später, auf unserer Rückfahrt durch den romantischen Lake District, von dem Engländer und Schotten gleichermaßen schwärmen, blieben wir einige Tage zur Erholung von den Strapazen, bevor diese Reise ohne Ziel an der walisischen Grenze entlang weiter in Richtung Südengland ging. Das Schleppen des umfangreichen Gepäcks war ermüdend und blieb der einzige Grund, warum wir beide manchmal gereizt waren. Den Seesack trugen wir oft gemeinsam. Im Ganzen gesehen ergänzten wir uns recht gut. Wenn ein Fahrzeug anhielt, um uns mitzunehmen, saß ich meist vorn, um den Fahrer pflichtgemäß zu unterhalten. Der stille und kräftigere Uwe setzte sich nach hinten und schleppte dafür manchmal etwas mehr als ich. Unseren Sprachkenntnissen tat die Reise gut. Meine einzige Landkarte von Great Britain, die ich noch zu Hause präpariert und auf ein Stück Bettlaken geklebt hatte, war unser Kompass. So blieb sie in Form. Wir trugen sie auf der ganzen Fahrt wochenlang unterm Hemd vor der Brust, stets griffbereit.

Musik in Autos war damals noch eine Seltenheit. Ab und an fuhren wir in Kleinbussen mit, in denen große Boxen installiert waren, und es wurde etwas gespielt, sehr laut, das dröhnte und swingte und exzentrisch quietschte und das Gefährt lawinenhaft vorwärts trieb, die Libido peitschte, etwas, das grösser war als wir, eine Kunst ohne Künstlichkeit, und dann wurde auch noch im Auto Verschiedenes geraucht, was wir nicht kannten. Beim Aussteigen die Gelegenheit, an frischer Luft einige Worte zu wechseln: „Was war das denn?" – „Miles Davis mit dem Pianisten Herbie Hancock!"

Einmal pulten wir uns in Wolverhampton hundemüde in stockdunkler Nacht aus einem Fahrzeug und waren zu erschöpft, um noch lange nach einem geeigneten Zeltplatz zu schauen. Wir bauten unser Zelt sogleich an Ort und Stelle dort auf. Am nächsten Morgen weckte uns ein Stimmengewirr von Menschen, die sich in der Nähe um unser Zelt geschart hatten und uns neugierig musterten. Und was machten wir für Gesichter, als wir bemerkten, dass das Zelt mitten im Grün eines verkehrsreichen Kreisverkehrs stand, umbrandet vom Verkehr, der unseren Tiefschlaf allerdings nicht gestört hatte.

Unsere Reise setzten wir bis nach Torquay an der englischen Riviera in Südengland fort. Von dort aus ging es allmählich zurück nach London. Wir hielten uns weiter im Süden auf, reisten an der Küste entlang bis nach Poole, nahe Bournemouth, wo wir denselben riesigen Caravan-Platz Rockly Sands für zwei Nächte nutzten, auf dem wir im Vorjahr mit Mutter und Diethild einige Wochen kampiert hatten.

Zurück in London waren wir längst pleite. Aber leider gab es noch drei Tage bis zur feststehenden Abfahrtszeit unseres Sonderzuges zu überbrücken. Diese Zeit verbrachten wir nachts überwiegend in der Waterloo-Street-Station, schliefen auf dem Steinboden vor dem Eingang zur Kirche, welche ein lebhaft frequentierter Teil des Bahnhofs ist. Aus einem Bodengitter im Eingangsbereich strömte warme Luft aus einem Gebläse, sodass wir einigermaßen warm die Nächte überstanden. Außerdem kam uns ein Zufall zu Hilfe: Wir fanden heraus, dass Zwei-Pfennig-Geldstücke, die wir uns von deutschen Touristen erbettelten, in die im Bahnhof vorhandenen Six-Pence-Automaten passten. So, mit Zwei-Pfennig-Stücken gefüttert, konnten wir aus den Automaten kleine Schokoladentafeln sowie verschiedene Arten von Gebäck und Süßigkeiten ziehen und uns über Wasser halten. Im kostenlosen British Museum hielten wir uns tagsüber auf und bestaunten dort mancherlei, was die Briten voller Übermut präsentieren: eine gewaltige Übersicht über eine viele Jahrhunderte lang andauernde und hier stolz präsentierte Geschichte gewalttätiger Eroberungen, Plünderungen und Raubzüge.

Die Reise hat uns Jungen für mancherlei die Augen geöffnet. Für weitere Reisen fühlte ich mich besser vorbereitet. Während meiner folgenden Schulzeit unternahm ich vor allem in den kleinen Pfingst- und Herbstferien mit sehr wenig selbst-verdientem Geld einige weitere Reisen per Anhalter, meist allein, durch Südfrankreich mit seinen Seealpen, dem Piemont in Norditalien und durch die Schweiz. Während der Winter-ferien war ich mehrfach auf Skiurlauben in Österreich am Dachstein-Südhang unterwegs, einmal gemeinsam mit meiner Schwester.

Familie Bessel wohnte uns schräg gegenüber in dem Rei-henhaus vorn an der Straße direkt am Waldrand. Die drei Kin-der, zwei Mädchen und ein Junge, waren älter als ich. Im Winter liefen wir gemeinsam Schlittschuh auf dem nahen, wenn auch winzigen Stemmelteich und kamen uns beim Eishockey näher. Dabei erfuhr ich, dass es mit dem Vater, einem Chefarzt im Wolfsburger Krankenhaus, immer mal zu Streitigkeiten wegen gesellschaftlich-politischer Auffassungen vor allem zwischen Vater und Sohn kam. Der Herr Vater, schon ein erfolgreicher Arzt vor 1945, hatte offenbar stockkonservative Ansichten und Vorstellungen, gerade was die Zukunft seines Sohnes betraf. Der wurde im Laufe der Jahre immer weniger zugänglich und einsilbiger und dann, gleich nach Schulende, mit dem Abitur in der Tasche, verließ er seine Familie wortlos und ging in den Osten. „Der hat rübergemacht!", hieß es, und alle waren ent-setzt und taten so, als sei dies ein Weltuntergang, jedenfalls ein Sakrileg. Ich habe nie wieder etwas von ihm gehört. So etwas gab es auch. Gleich bei uns gegenüber.

An allen Wochenenden sahst du in Wolfsburg überwie-gend Männer, welche einträchtig neben ihren Nachbarn auf den Parkplätzen an den Straßen vor ihren Wohnblocks damit beschäftigt waren, ihre neuen Volkswagen auf Hochglanz zu putzen und zu polieren. Jährlich gab's zum Vorzugspreis ein neues Fahrzeug für Werksangehörige; nach einem Jahr in Gebrauch durfte der Einjährige meist mit Gewinn weiterverkauft werden. Die lohnende Geldanlage wurde peinlichst gewienert und mit Besitzerstolz wurde jährlich das neueste Modell vorgeführt.

Diethild und Peter waren miteinander befreundet. Oft kam er abends zu uns, und wir aßen gemeinsam und überlegten, ob und wie und wo wir die kommenden Sommerferien verbringen wollten. Für Diethild und Peter waren es die letzten großen Ferien ihrer Schulzeit. So unternahmen wir zu viert, Mutter, Diethild, Peter und ich eine Campingreise mit zwei Zelten an den Faaker See in Kärnten im südlichen Österreich mit Blick auf die Karawanken. Nah am See schlugen wir unsere Zelte auf und unternahmen von dort aus schöne und unvergessliche Wanderungen zur Berta-Hütte vom Österreichischen Alpenverein bis hoch zur Spitze des Mittagskogels auf 2.143 Meter Höhe, von wo aus wir bei schönem Wetter Richtung Süden weite Ausblicke nach Titos Jugoslawien und Slowenien hatten und nach Norden auf den Faaker- und Ossiacher-See. Bei insgesamt knapp 1.600 Metern Höhendifferenz war das eine schweißtreibende, doch landschaftlich sehr schöne Tour auf einen dominanten Aussichtsberg, dessen Spitze die Grenze zwischen Jugoslawien und Österreich bildete.

Der Weg führte teilweise über losen Schotter und Geröll und erforderte daher festes Schuhwerk, gesunde Knie, Trittsicherheit und Schwindelfreiheit. Von der Berta-Hütte ging es in südlicher Richtung auf einem markierten Wanderweg zuerst über einen breiten Sattel, später folgte teils schrofferes Gelände bis zur Scharte, und so erreichte man das Gipfelkreuz des Mittagskogels. Diesen Weg von der Hütte hoch zum Gipfel gingen wir gleich mehrfach, weil er uns so gut gefiel und wir unsere Kondition und Kraft genossen. Auf der Hütte lernten wir tolle Jungs und Mädels aus Wien kennen, die die Hütte den Sommer über bewirtschafteten. Wir freundeten uns mit ihnen an. Einer von ihnen hatte ein Auge auf Diethild geworfen, und ich glaube, es gab später noch einen Briefwechsel. Jedenfalls hatten wir immer guten Appetit auf das Standardessen, das täglich wechselte: Einmal waren es riesige Portionen Nudeln mit Gulasch, anderntags Gulasch mit Nudeln. Einmal halfen Peter und ich zwei verunglückten älteren Frauen, die sich gleich unterhalb des Gipfels die Beine verstaucht hatten und trugen sie auf einer Stoffbahre, die wir von der Hütte herbeiholten, zurück. Wir genossen diese Wochen und kamen uns großartig vor. Peter, ein eher fülliger Typ, für den Sport immer Mord gewesen war, so jedenfalls die von ihm gepflegte Attitüde, war selbst überrascht von seinen Möglichkeiten und Leistungen – und davon, wieviel Freude ihm diese Auf- und Abstiege bereiteten. Dagegen war ich immer dünn und schnell, ein Strich in der Landschaft, und wurde erst im Laufe der Zeit ein ausdauernder Schwimmer, wobei mir meine Schwester Vorbild blieb. Vom Zeltplatz aus spazierten wir abends häufig in eine nahegelegene Wirtschaft, wo wir uns ein Viertel Kalterer gönnten. Dieser gemeinsame Urlaub war sehr erfreulich und das Gefühl einer Gemeinschaft wuchs.

„Die Arche" und der Pastor: die DDR-Arbeit

Eine inspirierende neue Einrichtung war die Industriediakonie „Arche", eine Einrichtung der evangelischen Landeskirche in der Wolfsburger Stadtmitte. Der damalige hannoversche Landesbischof Hanns Lilje gehörte zu den Initiatoren für das Vorhaben, in Zusammenhang mit dem VW-Werk eine Industriediakonie aufzubauen. In einer Baracke in der Kleist-Straße entstand 1960 das Industriepfarramt. Zur Zielgruppe gehörten neben den Industriearbeitern auch soziale Randgruppen. Die Einrichtung stand in der Tradition französischer Arbeiterpriester. Dort gab es regelmäßig interessante Diskussionsabende und Seminare zu allgemein gesellschaftspolitischen Themen, die ich gelegentlich besuchte. Zudem bot Pastor Rudolf Dohrmann heiß begehrte Wochenendseminare in Ost- und Westberlin an, die ich manchmal mit Diethild oder Peter besuchte. So lernten wir Pastor Dohrmann kennen, einen beeindruckenden Menschen, der Theologie bei Karl Barth in Zürich studiert hatte und den die Begegnung mit Horst Symanowski von der Gossner Mission so nachhaltig prägte, dass gelebter Glaube und politisches Engagement in seinem Leben untrennbar verbunden waren.

Mit ihm lernten wir Westberlin kennen und gewannen erste Eindrücke von Ostberlin, das mit der S-Bahn bis Friedrichstrasse rasch und leicht erreichbar war. In den Buchläden stöberten wir und fanden preiswerte Schätze. Vorträge von SED-Offiziellen, die uns ziemlich eintönig erschienen, standen ebenfalls auf dem Programm. Peter kannte sich in Berlin recht gut aus, kamen seine Eltern doch beide aus Berlin. Die geteilte Stadt war auf der Transitstrecke über Helmstedt/Marienborn mit dem Bus von Wolfsburg aus ziemlich gut und schnell zu erreichen. Die Kontrollstellen mit den zermürbenden Wartezeiten und Gepäckkontrollen hinderten uns nicht, die Großstadt Berlin auf diese Weise immer mal wieder zu besuchen. Sie erschien mir gar nicht so lebendig und groß, wie behauptet wurde, eher ein wenig düster, träge und verschattet im Gestern.

1963 wurde die Arche unter Pastor Rudolf Dohrmann von der Politischen Nachrichtenpolizei zehn Stunden durchsucht, da man bei ihm Druckschriften aus der DDR vermutete. Im Spiegel wurde darüber mehrfach berichtet. Hier ein längerer Auszug:

Agent Gottes

„Die vier Beamten der Nachrichtenpolizei betraten die kirchliche Stätte morgens um halb neun und blieben zehn Stunden, doch war ihr Aufenthalt nicht innerer Einkehr gewidmet.

Das Interesse der politischen Polizisten galt vielmehr einem VW-Kalender für das Jahr 1962 und anderen Habseligkeiten des Pastors Rudolf Dohrmann, der in einer Holzbaracke, der ‚Arche‘, das evangelische Industriepfarramt der Volkswagenstadt Wolfsburg leitet. Die Polizeiaktion wurde nicht nur – laut Lokalzeitung – mit ‚einer an einen Überfall erinnernden Plötzlichkeit‘, sondern auch mit der gebotenen Gründlichkeit vollzogen, ging es doch um die vom Amtsgericht Wolfsburg formulierte Vermutung, ‚dass die Durchsuchung zur Auffindung von Beweismitteln für Verbindungen des Beschuldigten (Dohrmann) zu politischen Stellen und Organisationen der sowjetischen Besatzungszone dienen wird‘.

Auf Weisung des Lüneburger Oberstaatsanwalts Baumann filzten die Fahndungsbeamten sogar den Gottesdienstraum, kramten in der sogenannten Teeküche der ‚Arche‘ zwischen Abendmahlsgeräten und lüpften die Betten der drei Dohrmann-Kinder. Der Pastor selbst, der in der benachbarten Gemeindeschule arglos in Religion unterrichtete, als die Aktion begann, wurde in einem Polizeiauto abgeholt und auf das Kommando ‚Jacke ausziehen!‘ einer Leibesvisitation unterzogen.

Gegen Quittung nahmen die Rechtshüter am Abend 156 Gegenstände mit, die sie teils ‚sichergestellt‘, teils ‚beschlagnahmt‘ hatten, darunter – außer dem alten VW-Kalender – ein Einzelstück des SED-Organs ‚Neues Deutschland‘ und einen Brief der staatsbejahenden ‚Arbeitsgemeinschaft Demokratischer Kreise‘ in Niedersachsen. Auf eine Vernehmung des Pastors Dohrmann wurde dagegen verzichtet.

Dohrmann begegnete dem Vorgehen der Obrigkeit mit professioneller Demut. Drei Tage später verlas er bei einem ‚Informations-Abend‘ in seiner überfüllten ‚Arche‘, was schon Paulus den Korinthern geraten hatte: ‚Darum richtet nicht vor der Zeit, bis der Herr komme, welcher auch wird ans Licht bringen, was im Finstern verborgen ist.‘ Dohrmanns geistiges Wirken war freilich zu keiner Zeit im Finstern verborgen gewesen, sondern im Gegenteil noch im Herbst vergangenen Jahres von der Evangelisch-Lutherischen Landeskirche Hannover – Landesbischof: D. Dr. Hanns Lilje – ausdrücklich gutgeheißen worden.

Auch durch, die staatsanwaltschaftlichen Maßnahmen gegen Dohrmann ließen sich die niedersächsischen Kirchenväter nicht irre machen. Nach einer Sitzung des Bischofsrates, dem die Landessuperintendenten angehören, ließ das Landeskirchenamt vorletzte Woche wissen, man habe ‚keinen Anlass zum Einschreiten‘ gegen den Amtsbruder in Wolfsburg gefunden.

Allerdings hat Oberstaatsanwalt Baumann in Lüneburg sowohl die kirchlichen Stellen als auch Dohrmann selbst darüber im Unklaren gelassen, welcher strafrechtlichen Verfehlungen der Pastor sich schuldig gemacht haben soll. Baumann auf Anfrage: ‚Ich weiß es schon, worum es sich handelt, aber wir wollen jetzt keine neuen Geschichten in die Presse bringen. Der Stand des Ermittlungsverfahrens gestattet es nicht.'

Aus dem Durchsuchungsbefehl, den die Nachrichten-Polizisten ihm vorhielten, weiß Dohrmann nur, dass er in den Verdacht ‚zersetzender Propaganda' geraten ist, ein Sachverhalt, der unter den Paragraphen 100 d (Landesverräterische Beziehungen) des Strafgesetzbuches fällt: Dazu Dohrmann: ‚Meine Tätigkeit soll moralisch unmöglich gemacht werden.'

Der 49 Jahre alte Geistliche hat seine Tätigkeit freilich nicht darauf beschränkt, in der Wolfsburger ‚Arche' Gottesdienste abzuhalten. Das Industriepfarramt, dem er vorsteht und dem drei weitere Pfarrer angehören, hat sich vielmehr die Aufgabe gestellt, ‚das Wort Christi nicht von der Kanzel zu predigen, sondern mitten unter den Arbeitern'.

Dieser Weg ist Dohrmann von dem ‚Industriepfarrer' Symanowski gewiesen worden. Er hatte dessen ‚Seminar für kirchlichen Dienst in der Industrie' in Mainz-Kastel absolviert, bevor er vor drei, Jahren in die VW-Stadt ging, um das Evangelium am Fließband zu verbreiten. Außerdem versammelte er regelmäßig jugendliche Volkswagenarbeiter in der ‚Arche', mit denen er aktuelle politische Themen diskutierte.

So unbekümmert, wie er die modernen Methoden der Seelsorge in Wolfsburg betrieb, entfaltete er – als Präsidiums-Mitglied der sogenannten Goßnerschen Missionsgesellschaft – seine industriediakonische Tätigkeit auch außerhalb seiner Pfarre.

Die Goßner-Missionare, die auf Weisung der evangelischen Kirche arbeiten und sich seit längerem auf Seelsorge
unter Werktätigen – so im indischen Stahlwerk Rourkela –
konzentrieren, sind neuerdings auch in den volkseigenen
Betrieben der Sowjetzone tätig geworden, was zunächst zu
Misshelligkeiten führte.

So weiß Pastor Fahlbusch von der ‚Aktionsgemeinschaft
für Arbeiterfragen‘ im Referat Sozialarbeit der hannoverschen
Landeskirche zu berichten, dass die Goßner-Missionare, die in
die DDR-Industrie ‚hineingeschmuggelt‘ wurden, zunächst ‚als
Agenten behandelt, verhaftet und verhört‘ wurden, bis das Vorhaben am Ende ‚einigermaßen gut‘ auslief: Die DDR-Behörden
respektierten den missionarischen Drang der Goßner-Leute –
nicht zuletzt dank des Einsatzes von Pastor Dohrmann, der
forsch in die Zone fuhr, ‚um seine Freunde loszueisen‘.

Dazu Dohrmann: ‚Die Arbeit der Industriediakonie ist
weder von einem Belasteten noch von einem landesverräteri-
schen Verbrecher getan worden. Allerdings: Ich war als Agent
tätig und habe für eine fremde Macht gearbeitet und tue es
auch in Zukunft, als Agent Gottes in dieser Welt.‘

Vor jeder Zonenfahrt meldete Dohrmann seine Ostkon-
takte ordnungsgemäß beim hannoverschen Landeskirchenamt an und berichtete nach Rückkehr über seine Erlebnisse.
Versicherte der Pastor: ‚Meine gesamte Tätigkeit geschah und
geschieht in kirchlichem Auftrag. Ich habe zu keinem Zeitpunkt und an keinem Ort außerhalb dieses Auftrages gestanden und gearbeitet.‘ Das hannoversche Landeskirchenamt
ist daher auch über die Wolfsburger Polizeiaktion bestürzt.
Pastor Fahlbusch: ‚Wir wissen auch nicht, was dahintersteckt.
Uns liegt aber daran, dass die Sache durchgepaukt wird,

sonst gerät unsere Arbeit noch in den Geruch konspirativer Tätigkeit.'

Mit Erlaubnis der Strafverfolgungsbehörde – Oberstaatsanwalt Baumann: ‚Vorher können wir uns ohnehin nicht schlüssig werden' – und mit finanzieller Unterstützung der ‚Niedersächsischen Landeszentrale für politische Bildung' ist Pastor Dohrmann am vorletzten Sonntag als Führer einer Gruppe von VW-Arbeitern einstweilen für zwei Wochen nach Israel geflogen.

Vor der Abreise schickte er der Lüneburger Staatsanwaltschaft noch ein Paket Akten nach, das die Fahndungsbeamten nicht mitgenommen hatten."

Der Spiegel, Ausgabe 10/1963

Dieser engagierte Pastor ist für mich bis heute einer der wenigen Theologen geblieben, den ich ohne Vorbehalte akzeptiere. Ein Vorbild. Er organisierte in Zusammenarbeit mit der IG Metall 1965 zum ersten Mal ein deutsches Arbeitslager in Auschwitz. Rund vierzig Mitarbeiter aus dem VW-Werk fuhren nach Polen und arbeiteten in Auschwitz und Birkenau. Es folgten weitere Fahrten und 1967 eine erste Gruppe mit Aktion Sühnezeichen aus der Bundesrepublik Deutschland. „Versöhnung hat politische Gestalt". Das war sein Programm: Das Wort von der Versöhnung in die Realität dieser Welt zu holen, zu leben, anzustoßen, wahr werden zu lassen. 1970 wurde die Baracke von Rechtsextremen in Brand gesetzt und musste anschließend abgerissen werden.

Einmischen & anecken – erwachsen werden

Freundeskreis Hannah Arendt

In ihrem Beruf erschien Mutter couragiert: Als Klassenlehrerin einer reinen Jungenklasse begleitete sie in ihren ersten drei Jahren die Klasse 8 bis 10 unerschrocken mit viel Charisma und Witz. Mit unendlicher Geduld hat sie zusätzlich Schülern aus sozial schwierigen Familien individuell geholfen, selbständig zu werden. Dabei behauptete sie sich in ihrem Kollegenkreis und trotzte mancherlei Vorurteilen und Widerständen, denen besonders geschiedene Frauen zum Beginn der 60er Jahre noch ausgesetzt waren. Später wurde sie über längere Zeit von den Schülern der gesamten Schule wiederholt als Vertrauenslehrerin gewählt, die in schwierigen Fällen bei sozialen Belangen oder kriminellen Entgleisungen Schülerinnen und Schülern Hilfestellung leistete und ihnen verständnisvoll zur Seite stand.

In der Geschichte der Frauen der Bonner Republik, die gegen erfolgsbesessene und amtstrunkene Männer wie echte Pionierinnen buchstäblich ankämpfen mussten, wurde Käte

Strobels (Bundesministerin von 1966 bis 1972) Aussage zu einem ihrer Leitbilder: „Politik ist eine viel zu ernste Sache, um sie allein den Männern zu überlassen."

Als engagierte, tüchtige Englischlehrerin gewann sie 1964 einen längeren Studienaufenthalt an der Columbia University in New York. Diesen Aufenthalt nutzte sie, um die alte Freundschaft mit ihrer engen Studienfreundin Lotte Köhler, geborene Grimm, zu erneuern. Die beiden hatten gemeinsam an der Rostocker Uni studiert. Die Freundin kam von einem Gutshof aus dem Klützer Winkel in Mecklenburg. Im Alter von 35 Jahren war sie 1955 in die USA emigriert. Sie war inzwischen engste Mitarbeiterin und treue Lebens- und Weggefährtin von Hannah Arendt und Heinrich Blücher geworden. Mutter lernte dieses unzertrennliche und beeindruckende Kleeblatt in New York kennen. Tante Lotte wurde später nach Hannah Arendts Tod 1975 deren Nachlassverwalterin (Trustee des Hannah Arendt Blücher Literary Trust) und Herausgeberin, unter anderem für „Hannah Arendt, Heinrich Blücher: Briefe 1936 – 1968". Sie betreute eine ganze Reihe unveröffentlichter Werke und Briefwechsel der weltberühmten Philosophin und Totalitarismus-Forscherin. Lotte Köhler wurde damals schon als „Hannahs stille Schwester" geehrt und als „Professor Lottchen" war sie die Dritte im Bunde zusammen mit Hannahs Ehemann, dem Philosophen Heinrich Blücher. Sie lehrte als promovierte Germanistin ab 1960 am City College deutsche Sprache und Literatur. Uns Kindern war sie als Tante Lotte bekannt, die in größeren Abständen immer mal wieder Briefe und Berichte aus New York schickte, die wir mit großem Interesse lasen.

Dieser USA-Aufenthalt wirkte auf Mutter überaus erfrischend und erhellend. Ich kann mir vorstellen, wenn wir Kinder nicht gewesen wären, hätte sie womöglich ein anderes Leben in New York begonnen, zumal Großmutter 1965 gestorben war. In den Folgejahren hat sie sich zunehmend vom Korsett einer romantischen Daseinsvorstellung und der anerzogenen protestantischen, allzu engen Vorstellung von Staat und Pflicht ein wenig befreien können und mehr und mehr die Identität der eigenen Person als glücklich erlebt. Sie entwickelte sich zu einem mutigen Freigeist. „Ein Anfang muss trotz allem immer wieder möglich sein", war einer ihrer Wahlsprüche.

In den USA erlebte sie verschiedene Familien, bei denen sie wohnte: So auch zwei Pastorenfamilien, die – ganz anders als in Deutschland – allein von den Gaben ihrer Gemeinde wirtschaftlich unterhalten werden. Es ist dort üblich, dass ein junger Pastor zunächst regelmäßig in ärmeren Gemeinden seinen Dienst versieht und erst dann, wenn er älter und länger im Dienst der Kirche ist, auch in Kirchengemeinden geschickt wird, die etwas begüterter sind. Das führt dazu, dass ein Pastor in einer armen Gemeinde ein armer Pastor ist und es ihm wirtschaftlich besser geht, wenn er in einer Gemeinde tätig ist, die wohlhabender ist. Der Pastor lebt und erlebt die soziale Situation seiner gesellschaftlichen Umwelt ganz körperlich-sinnlich mit. Auf den ersten Blick erscheint dies eine recht vernünftige Regelung, die jedenfalls nicht allein aus staatlichen Zuwendungen basiert.

Für Diethild und mich war der Gedanke, Mutter könne noch einmal heiraten und entsprechende Versuche dafür unternehmen, einen passenden Partner kennenzulernen, keineswegs abwegig. Wir rieten ihr dazu. Für sie war der Gedanke hingegen ganz ausgeschlossen, und soweit ich weiß, hat sie nie wieder einem Mann ihr Herz geschenkt oder einen Menschen, der infrage käme, kennengelernt oder diese Möglichkeit auch nur erwogen. Einen Partner oder gar Lebensabschnittsbegleiter für eine positive Erfahrung im Zusammenleben war für sie kaum vorstellbar. In dieser Hinsicht blieb sie ihrer zutiefst romantischen Erziehung treu verbunden, ebenso könnte man sagen, sie blieb das Opfer ihrer Erziehung. Am Ende ihrer eigenen Erinnerungen schreibt sie in Bezug auf Vater gleichermaßen trotzig und stolz: „Er ist und war der einzige Mann in meinem Leben." – So lebte sie nach der Trennung fast fünfzig Jahre allein.

Man sieht nie ein vollständiges Bild, und das ist das Wichtigste an der Heisenbergschen Entdeckung, dass es nie eine einzige fassbare Wirklichkeit gibt. Nur den Wunsch, dass sich etwas als Ganzes begreifen und benennen lässt. Die Grundlage der Quantenmechanik gilt allgemein. Die Unschärferelation ist nicht die Folge technisch behebbarer Unzulänglichkeiten eines entsprechenden Messinstrumentes, sondern prinzipieller Natur.

Ganz anders unser Vater. Er lernte die etwas jüngere Marlis, eine Bürokauffrau aus Hannover, kennen und sie heiraten Anfang der 60er Jahre. Bald darauf – ich ging noch zur Schule – wurde Gudrun, unsere Halbschwester, geboren. Meine Besuche bei Vater und Tante Marlis, wie wir sie nennen sollten, wurden seltener, und nach 1962 unterblieben sie ganz. Zuletzt hatten Vater und ich eine handgreifliche Auseinandersetzung. Danach besuchte ich ihn nicht mehr.

Und Diethild: Nach Beendigung ihrer Schulzeit begann sie eine mehrjährige Ausbildung als Krankengymnastin im Henrietten-Stift in Hannover. Heute nennt sich das Berufsbild Physiotherapie. Für derartige Ausbildungen musste damals für jedes Semester noch viel Geld bezahlt werden. Daher war das Finanzielle mit dem Ortswechsel schwer zu stemmen. Sie hatte keine Wahl, nahm Vaters Angebot an und wohnte während ihrer Ausbildung unter seinem Dach mit seiner neuen Frau und unserer Halbschwester Gudrun, die gerade geboren war, zusammen.

Ich bin ein Europäer

Meinen um einige Jahre älteren Cousin Dietrich traf ich das letzte Mal in Holtorf, als ich 1962 meine Großeltern väterlicherseits für ein paar Tage besuchte. Dietrich war dort auch gerade zu Besuch und berichtete uns noch ganz erfüllt von einem Seminar der JEF, der Jungen Europäischen Föderalisten, an dem er in Rhöndorf teilgenommen hatte. Damals war die Gründung des Deutsch-Französischen Jugendwerks zusammen mit dem Deutsch-Französischen Freundschaftsvertrag, dem Élysée-Vertrag, gerade in Vorbereitung. Damit sollte jungen Menschen, Schülern und Studenten sowie Jugendgruppen der gegenseitige Kulturaustausch und das Kennenlernen des jeweils anderen Landes und seiner Sprache ermöglicht werden. Die JEF, berichtete er, sei die Jugendorganisation der Europa Union, deren Ziel es sei, den Gedanken der europäischen Integration zu fördern. Der Gedanke eines friedlich geeinten Europas erfüllte ihn und beeindruckte mich. Die Forderung nach einer freien, gerechten und integrierten europäischen Gesellschaft in föderaler Form wurde von Charles de Gaulle mit der Vorstellung eines Europas der Vaterländer begleitet, die wir nicht unbedingt teilten. Die Doktrin des damaligen französischen Staatspräsidenten war nicht unumstritten. Europäisches Bewusstsein zu fördern und zu stärken und die Jugend zu gesellschaftlichem Engagement zu ermuntern, erschien mir jedoch in jedem Fall überaus sinnvoll, und ich war so angetan von dieser Vorstellung, dass ich zu Hause in Wolfsburg damit begann, für diesen Gedanken meine Freunde und Bekannten zu begeistern. Bald darauf, im Januar 1963, wurde der Élysée-Vertrag von Bundeskanzler Konrad Adenauer und de Gaulle unterzeichnet und im Juli der Vertrag für das Deutsch-Französische Jugendwerk (DFJW). Damit war es für die JEF möglich, internationale Seminare und Kongresse für Schüler und Studenten durchzuführen und zu finanzieren, ebenso Straßenaktionen sowie Informations- und Diskussionsveranstaltungen zu europapolitischen Themen vor Ort.

Als Bürgerverein und Nichtregierungsorganisation (NGO) war die Europa Union 1946 im niedersächsischen Syke gegründet worden, kurz nachdem Winston Churchill seine berühmte und aufsehenerregende Zürich-Rede gehalten hatte, in der er ein friedlich geeintes und freies Europa forderte, welches sich zusammenschließen müsse. Gleichzeitig wurde von ihm der „Eiserne Vorhang" als Begriff eingeführt, weshalb seine Rede – nicht zuletzt wegen dieser Formulierung – auch als Fanfarenstoß für den Beginn des Kalten Krieges gilt. Unter dem Vorsitz von Winston Churchill wurde bald darauf in Den Haag 1948 ein Europa-Kongress einberufen, auf dem die wichtige Gründung des Europarates folgte, sowie die Gründung der Europäischen Bewegung.

Ich bin ein Europäer!

Endlich – im Herbst 1963 endete die bleierne Adenauer-Ära, welche sich über vier Legislaturperioden gefühlt endlos hingezogen hatte. Willy Brandt wurde im Frühjahr 1964 Vorsitzender der SPD, und neuer CDU-Bundeskanzler wurde für die nächsten drei Jahre Ludwig Erhard, welcher nun nicht mehr wie Adenauer abgeneigt war, wenigstens einen Teil der alten NS-Parteigenossen zumindest aus den höchsten Regierungsämtern zu entfernen.

Leider galt die Hallstein-Doktrin noch bis 1969 weiter und behinderte die neue deutsche Ostpolitik. Seit Mitte der sechziger Jahre wurde sie schon nicht mehr strikt angewendet, da ein Politik- und Stilwechsel vor allem von Seiten der SPD, aber auch von der FDP gefordert wurde. Die Hallstein-Doktrin forderte als Leitlinie, dass die Aufnahme diplomatischer Beziehungen zur DDR durch Drittstaaten als „unfreundlicher Akt" gegenüber der Bundesrepublik betrachtet werden müsse. Wirtschaftliche Sanktionen bis hin zum Abbruch der diplomatischen Beziehungen mit dem betreffenden Staat waren möglich. Ziel war es natürlich, die DDR außenpolitisch zu isolieren. Grundlage dieser Doktrin war der Alleinvertretungsanspruch der Bundesrepublik für Gesamtdeutschland als einzig legitime Vertretung. Dass sich die Bundesrepublik damit zunehmend außenpolitisch selbst isolierte und behinderte, dämmerte selbst in der CDU/CSU dem einen oder anderen allmählich, dazu gehörte sogar Konrad Adenauer, der eine baldige große Koalition forderte. Erst die sozialliberale Koalition unter Willy Brandt gab die Hallstein-Doktrin auf, wodurch endlich eine neue Ostpolitik möglich wurde.

1962 wurde ich zunächst Einzelmitglied der JEF und gründete dann im Folgejahr einen Ortsverband der JEF, welcher sich nach einer Anfangszeit, in der ich die Arbeit dieser Gruppe in der Stadt auch durch die örtliche Presse nach und nach bekannt machte, wöchentlich im neuen Kulturzentrum traf, bald im regulären Programm der städtischen Volkshochschule als Arbeitsgruppe aufgeführt wurde und dort einen festen Hörsaal erhielt. Die meisten Mitglieder in der Anfangszeit waren Bekannte oder Freunde aus der Schule. Der überwiegende Teil bestand aus Schülern der oberen Klassen, sie waren meist einige Jahre älter als ich. Mit verschiedenen Jungen aus der reinen Jungenklasse, in der unsere Mutter damals Klassenlehrerin war, hatte ich mich angefreundet. Einige davon kamen nun regelmäßig zu unseren Sitzungen und wurden aktive Mitglieder. Auch zwei Italiener machten bald bei uns mit, die durch Berichte in der Tageszeitung auf unsere Arbeit aufmerksam geworden waren. Nach und nach sprach sich unsere Arbeit herum, und es stießen von den beiden Gymnasien und anderen Schulen interessierte Schülerinnen und Schüler zu uns. Es waren etwa gleich viele Mädchen wie Jungen an der Mitarbeit interessiert.

Die JEF im Landesverband Niedersachsen lud uns regelmäßig zu verschiedenen Seminaren in die Heimvolkshochschule Jagdschloss Göhrde und zu anderen Veranstaltungsorten ein, wo wir gemeinsam mit dem Verband der Europa Union kostenlos tagten und unsere Reisekosten übernommen wurden. Peter und ich organisierten als Vorstand selbst regelmäßig Veranstaltungen in Wolfsburg mit Referenten verschiedener europapolitischer Einrichtungen, die von dort entsandt und bezahlt wurden. Deren Kosten wurden direkt vom Deutsch-Französischen Bildungswerk oder dem Europa-Bildungswerk in Düsseldorf oder dem Gesamteuropäischen Studienwerk in Vlotho an der Weser übernommen. Referentenlisten mit Vortragsthemen wurden uns von diesen Einrichtungen zur Verfügung gestellt. Weitere Informationen erhielt ich aufgrund meiner Anfragen vom Deutschen Rat der Europäischen Bewegung in Bonn sowie von der Pressestelle der Bundesregierung. Vom Europäischen Parlament in Luxemburg, von der CEPES, der Europäischen Vereinigung für wirtschaftliche und soziale Entwicklung aus Frankfurt a. M., und vom Amerika-Haus Hannover erhielt ich Filme zur Ausleihe. Das Vorführgerät, welches ich mir bei der Wolfsburger Stadtbildstelle auslieh, kostete nichts. Wir zeigten Filme zu europapolitischen und ebenso zu allgemeinen Themen, die wir uns in Hannover bei der niedersächsischen Landeszentrale für politische Bildung und der Bundeszentrale in Bonn kostenlos ausliehen. Filme vorführen, Vorträge halten, Seminarvorbereitung und -organisation waren die Arbeiten, die Peter und ich in der Anfangszeit überwiegend allein leisteten. Wir lernten dabei eine Menge.

Neben den Inhalten zu Politik und Gesellschaft, entwickelten wir Organisationstalent für den Schriftverkehr, die Anfangsgründe einer Buchführung und erstellten notwendige Finanzierungspläne. Lernten dazu das nötige Auftreten, um bei unseren Bemühungen erfolgreich zu sein. Besonders Peter war als Älterer dabei für mich ein Vorbild, da er neben der Schule nachmittags an zwei Tagen der Woche bei der örtlichen Filiale der Deutsche Bank arbeitete und mir einiges in punkto Finanzen und Umgang mit Geld voraushatte und beibringen konnte. Wie er es geschafft hatte, diesen Bank-Job zu bekommen, ist mir bis heute ein Rätsel. Im Übrigen war ich jederzeit von Arbeiten, die neben der Schule oder in den Ferien stattfanden, nicht nur des Geldes wegen sehr angetan, sondern vor allem wegen der unmittelbaren neuen Erfahrungen mit Dingen und Tätigkeiten, von denen ich keine Ahnung hatte, höchstens theoretisch. Ein Vater, der mir über praktische Dinge des Lebens etwas hätte beibringen können, war nicht da.

In einem Seminar sprach Eberhard Grabitz, damals Bundesvorsitzender der JEF, in Bonn. Er erkannte in einem geeinten Europa nicht nur die Stärkung des politischen und wirtschaftlichen Potenzials, sondern befand, dass ein solches Europa dann auch in der Lage sei, Sprecher und Interessenvertreter für osteuropäische Staaten zu sein. Der damalige Leiter der städtischen Volkshochschule, ein Herr Beier, hielt bei uns ebenfalls gelegentlich Referate etwa zum Thema „Entwicklung der europäischen Integration" und empfand unsere Arbeit als lebendige Bereicherung in der städtischen Volkshochschule. Seine Ausführungen gipfelten in der Forderung nach einem weniger starren Bildungsideal und in der Schaffung einer neuen Idee von Bildung, die den geistig mobilen Menschen beinhaltet. Einige von uns, auch ich, nahmen neben der JEF-Arbeit auch am städtischen Jugendparlament teil, welches einmal wöchentlich in einem Amphitheater-ähnlichen neuen Saal der VHS stattfand, wo parlamentarische Formen sowie die freie Rede zu politischen Streitfragen eingeübt und in schönem Streit zu aktuellen Themen in Stadt und Land diskutiert wurde. Die Wolfsburger VHS, die damals in Norddeutschland zu den rührigsten zählte und räumlich wie finanziell besonders gut ausgestattet war, konnte bereits mit einem umfangreichen Programm aufwarten. An verschiedenen Bildungsangeboten, vor allem philosophischen Themen, nahm ich abends gerne teil.

Die drei führenden politischen Parteien in der Bundesrepublik erkannten die positive Arbeit der Europa Union (EU) und der JEF für die Entwicklung zur Europäischen Integration an und unterstützten sie. Zudem wurden seit 1963 mit den

Jungsozialisten, eingehende Gespräche zwischen den Bundes-
vorständen der JEF und den Jusos in Bonn geführt, wodurch
die Zusammenarbeit der beiden Organisationen intensiviert
wurde. Es wurde vereinbart, gemeinsam Tagungen und Seminare durchzuführen und regelmäßig zu weiteren Aussprachen
auf Bundes- und Landesebene zusammenzukommen. Außerdem sollten die Kontakte in den einzelnen Ortsverbänden vertieft werden.

Besonders begehrt war in unserem Kreisverband die
Teilnahme an den von uns angebotenen Frankreich-Semina-
ren, die im Schloss La Hercerie an der Loire oder in Paris
stattfanden. Sie führten zu Bekanntschaften und Freundschaften mit französischen Studenten und Schülern, und der
Eigenanteil war gering. Die Fahrt- und Aufenthaltskosten in
Frankreich waren finanziert vom DFJW. Geld war damals
in Wolfsburger Familien noch knapp, und die großzügige
Finanzierung für die Fahrten nach Frankreich stellte eine
große Verlockung dar. Auch unsere Berlin-Seminare waren
begehrt. Sie wurden vom Senat des Landes Berlin mitfinan-
ziert, und sie führten uns zusätzlich auch wieder in den Ost-
teil der Stadt mit anregenden Führungen und Vorträgen von
Mitgliedern der SED (Sozialistische Einheitspartei Deutschlands), die zu mancherlei Diskussionen führten. Inzwischen war ich sehr interessiert an dem, wie das Leben im
Osten wirklich funktionierte und was es dort zu sehen gibt.
Schließlich waren wir nicht blind und hatten Gründe genug,
mit offenen Augen die tatsächlichen Verhältnisse in der DDR
kennenlernen zu wollen.

Daneben bestand für einige von uns jedes Jahr die Möglichkeit, für einen geringen Teilnehmerbeitrag von 25 D-Mark

für sechs bis acht Tage an einem gehobenen Ausbildungsseminar im Europa-Haus Schliersee in Oberbayern teilzunehmen. Eine andere deutsch-französische Jugendtagung fand im Europa-Haus Otzenhausen, ebenfalls in Bayern, mit anschließender Fahrt nach Straßburg zum dortigen Europarat statt. Außerdem führten wir verschiedene regionale Schwerpunkttagungen durch, die wir in den Tageszeitungen bekannt gaben. Einmal organisierten Peter und ich ein Wochenendseminar im Braunschweiger Schlösschen Richmond, andere Male tagten wir im Wolfsburger Parkhotel Steimker Berg oder im Volkswagen-Gästehaus Rhode bei Wolfsburg, damals die besten Adressen in der Region. Wir, Peter und ich, nahmen als Delegierte aus unserem Kreisverband an den jährlichen Landesversammlungen der JEF und der Europa Union teil, die an wechselnden Orten in Niedersachsen stattfanden.

Mir war damals schon klar, Sprachkenntnisse sind bares Geld. Auch deshalb besuchte ich zusammen mit Mutter Anfängerkurse für Spanisch an der VHS. Und träumte davon, in Brüssel oder Straßburg, in Luxemburg oder Paris zu leben und in europäischen Institutionen zu arbeiten, französisch, italienisch, spanisch und englisch zu sprechen und mich nicht nur als Europäer zu fühlen, sondern Europäer zu sein. Für mich war Europa kein nahes oder fernes Ziel, sondern eine Realität, welche aus einem Wunschtraum von Idealisten und Fantasten entstanden war und dabei war, in den Institutionen Realität zu werden.

Wandel durch Annäherung

Die Schuljahre in Wolfsburg waren eine Periode behüteter Sorglosigkeit. Vater war nicht da, aber Mutter konnte weitergeben, was sie zu geben hatte. Sehr viel Liebe, die durch ihren menschenfreundlichen Protestantismus imprägniert war. Das Zusammenwachsen der sechs europäischen Staaten zur Europäischen Wirtschaftsgemeinschaft (EWG), wurde von uns mit wachsender Anteilnahme versöhnlich beobachtet. Ebenso die deutsche Harmonielehre im öffentlich-rechtlichen Fernsehen, deren exklusiver Wohlklang alles miteinander vereinte, was am Samstagabend sonst auseinandergestrebt wäre. Ältere Herren mit guten Manieren und Altherrenwitzen mit Spielchen für die ganze Familie trugen als Showmaster am Wochenende Deutschland, Österreich und die Schweiz durch die 60er und 70er Jahre. Im wattigen Zustand samstagabendlichen Frohsinns haben vor dem Fernseher alle Lager zueinander gefunden. Das deutsche TV-Publikum war eine patriotische Gesellschaft, ein vaterländischer Trutzbund, deutsch im Lachen, Weinen und Schunkeln, in seiner Liebe zu Förstern, Landärzten und Pfaffen, zur neu erblühten Volksmusik. Die großen Shows erwiesen sich als „Lagerfeuer". Ich sah mir solche Sendungen selten an, wusste kaum davon, hatte bei Besuchen der Familien meiner Freunde hineingesehen und war gelangweilt davon. Die frühen 60er Jahre waren zunächst geprägt von positivem Denken und Harmoniestreben. Die ausgleichende Verbindlichkeit wurde schließlich – Mitte der 60er Jahre – zu einem groß-koalitionären Gefühl.

Loriots Knollennasen-Männchen im Stern, mit dem die spießige Schrulligkeit der bigotten Gesellschaft, piefig und verballert, auf den Arm genommen wurde, war ein exaktes Abbild der Realität, in der ich mich selbst und meine Familie, vor allem meinen Vater, wiedererkannte. Ironie als höchste Form des Humors hatte bei Loriot etwas Anarcho-Liberales. Sein Strichmännchen ist für mich noch immer der Deutsche schlechthin, auch als Bundeskanzler. Um die Geschichte der Bundesrepublik zu verstehen, sollte man wenigstens ein bisschen Loriot inhaliert haben.

Deutscharbeit

Im Frühjahr 1964 forderte uns unsere Klassenlehrerin auf, einen vielseitigen Deutsch-Aufsatz zum Thema: „Aufbruch nach Utopia oder wie könnte es zu einer deutschen Wiedervereinigung kommen?" zu schreiben.

Ein interessantes Thema. Die Stimmung in der Zeit war tatsächlich ein wenig hoffnungsvoll für jene, die eine deutsche Wiedervereinigung als Zielvorstellung im Kopf hatten. Für manch andere war das Thema abgehakt und erledigt. Nicht wenige waren der Meinung, es könne nie wieder zu einer Vereinigung beider deutschen Staaten kommen, denn die Ostzone oder die sogenannte DDR, wie sie von den Westdeutschen genannt werden durfte, sollte als Staat keine Anerkennung finden, nicht einmal in Gedanken. Die konservative Gedankenpolizei arbeitete in den Medien das Thema alle Tage streng ab und man war sich einig: Wir sind die Guten und Gerechten, und die da drüben werden das Nachsehen haben.

Die Familien blieben dabei getrennt, sie litten unter der – wie es damals schien – unwiderruflichen Entzweiung, unter der

Trennung von Eltern und Geschwistern, so auch unsere Mutter. Für Beamte galt dies ganz besonders. Besuche nach „drüben" war Beamten wie gesagt nicht gestattet. Die eigene Mutter, den Bruder nicht zu erleben und sie nicht sehen oder besuchen zu dürfen, darunter litten viele Menschen, auch sie. Das war kein Einzelschicksal, es war Adenauer-Politik.

Dennoch geschah etwas in dieser Zeit: Ein Jahr zuvor hatte ein erster zögerlicher Entwicklungsprozess eingesetzt. Der Sozialdemokrat Egon Bahr, damals noch Leiter des Presse- und Informationsamtes des Landes Berlin und enger Vertrauter des Regierenden Bürgermeisters von Berlin, Willy Brandt, sprach im Sommer 1963 davon, den Austausch zwischen Ost und West auf möglichst vielen Ebenen und Gebieten zu fördern. Er schuf den Begriff „Wandel durch Annäherung". Dadurch würden beide Seiten aufeinander einwirken. Weg von einer Politik des „Alles oder nichts" und hin zu einer Politik der kleinen Schritte aufeinander zu, damit Ängste überwunden werden und die „Auflockerung der Grenzen und der Mauer" für die Gegenseite erträglich würde. Auch Brandt sprach damals in der Evangelischen Akademie Tutzing ähnlich, doch drückte er sich vorsichtiger aus. Beide beriefen sich auf John F. Kennedy, der sich Sommer 1963 für umfassende Rüstungskontrollen ausgesprochen hatte, darüber hinaus ein Umdenken im Westen verlangte, ein Überprüfen der Einstellung zur Sowjetunion sowie zum Verlauf des Kalten Krieges. Er stellte ein gemeinsames Interesse der USA und der Sowjetunion an einem „gerechten und wirklichen Frieden" fest. Dafür schlug er eine bessere Verständigung zwischen den beiden Supermächten vor, die dann „vermehrte Kontakte und Verbindungen erfordern" würden. Kennedys Rede bildete den Gegenentwurf zum sowjetischen

Konzept der „Friedlichen Koexistenz". – Auch die SED sah sich veranlasst, darauf zu reagieren. Im Februar 1964 wurde die neue Formel „Wandel durch Annäherung" als Ausdruck einer neuen Politik eingeschätzt und dazu erklärt: „Wir begrüßen jedes derartige Überdenken der bisherigen Politik der Bonner Regierung."

Georg Büchners „Woyzeck", den ich gelesen hatte, kam mir dazu in den Sinn. Ein moderner Klassiker, der erst posthum nach dem frühen Tod des armen Dichters erschienen war. Dieser widerspenstige Mediziner und Dichter, dessen Ideale und Forderungen, bereits in dessen Schulzeit bemerkt wurden. Nachdem er dort über die Französische Revolution unterrichtet worden war, hatte er in einem Schulaufsatz die Revolution als „großen Kampf der Menschheit gegen ihre Unterdrücker" glorifiziert; selbst die blutige Gewalt schien ihm zunächst legitim.

In meinem Kopf blitzten die Gedanken auf, und ich schrieb konkret-utopisch einen vielseitigen Text, in dem ich mir fantasievoll vorstellte, wie am 17. Juni 1964 in einer konzertierten Aktion, unter anderem mit Hilfe des Technischen Hilfswerks, massenhaft Menschen aus dem Westen über die Grenzanlagen in den Osten strömen würden und eine Invasion von Einzelnen, zunächst scheinbar unorganisiert, die innerdeutschen Grenzbehörden bestürmen und belagern würden, alle beseelt von dem Wunsch einer Wiedervereinigung mit ihren im Osten lebenden Verwandten, Freunden und Bekannten. In Westberlin würden massenhaft Menschen die Mauer erklimmen, den Wachtposten zuwinken und sie zur Verbrüderung zum Essen und Trinken einladen. Die Kähne auf dem Mittellandkanal würden gleich hinter Rühen bis nach Westberlin auf der

Wasserstraßenverbindung Helmstedt – Magdeburg – Westberlin ein Schiffssirenen-Konzert der Extraklasse abliefern und die britischen und amerikanischen Flugzeuge, welche auf dem Weg von Hannover-Langenhagen nach Westberlin flogen, würden auf ihrer Transit-Flugstrecke über der DDR massenhaft Flugblätter abwerfen und die Bevölkerung der DDR einladen, sich mit den Besuchern aus dem Westen entlang der Autobahn-Transitstrecken und Wasserstraßen sowie an der Berliner Grenze selbst, soweit dies für die Ost-Bevölkerung möglich war, zu verbrüdern.

Als mögliche Voraussetzung für diese konkrete Utopie nannte ich den drängenden gesellschaftlichen Druck, der inzwischen überwiegend von jüngeren Menschen ausgehe und durch die Aufnahme des Themas in den Mediendebatten verstärkt würde, sodass die Aktion schließlich nicht nur von der westdeutschen Politik gebilligt würde. Es war also nach meiner Darstellung keine überfallartige Entwicklung, die sich am Tage X manifestierte, sondern es war eine auch politisch wohl vorbereitete nationale Aktion aufgrund des gesellschaftlichen Anliegens, mit internationaler Unterstützung. Eine Aktion, welche zuvor den DDR-Behörden durch die Form der Öffentlichkeit, in der sie entwickelt würde, bis ins Kleinste bekannt wäre.

Als Ergebnis dieses Tages X, der nicht dazu geführt hatte, dass westliche Flugzeuge abgeschossen wurden, keine Lastkähne auf den Wasserstraßen versenkt wurden, kein Mauerspringer in Berlin abgeschossen wurde, gab es fortan einen immer dichter werdenden politischen und persönlichen Austausch zwischen Ost- und Westdeutschland.

Bei Rückgabe der Aufsätze wurde meine Arbeit belobigt, vor der Klasse besprochen und mit einer Eins benotet. Auch andere Mitschüler hatten sich mit akrobatisch subversiven Gedanken zu dem Thema geäußert. Es lag einfach in der Luft, ich war keine Ausnahme. Kommende Veränderungen waren fast greifbar, und die Menschen, die Interesse an solchen Themen hatten, sprachen jetzt häufiger miteinander über den neuen, den vereinigenden Politikstil der EsPeDe.

Solche und ähnliche Vorstellungen blieben haften. Inzwischen hatte ich die von Büchner mitverfasste Flugschrift „Der Hessische Landbote" gelesen, ein Manifest, welches 1834 mit dem revolutionären Motto „Friede den Hütten, Krieg den Palästen!" anhebt. Darin ziehen die Autoren wortreich über die deutsche Aristokratie her. Die Justiz sei in Deutschland die „Hure der deutschen Fürsten". – Durfte man sich solche Schmähreden in deutschen Landen erlauben, wo spätestens seit der Pariser Julirevolution von 1830 allenthalben die Furcht vor revolutionären Umtrieben herrschte? „Wer die Wahrheit sagt, wird gehenkt" – das steht nicht grundlos im „Hessischen Landboten".

Es gab noch ein letztes Schuljahr, in dem ich sehr viel las. So badete ich mich in einem Schlaraffenland aus Lesefrüchten. Ein passionierter Leser, ja, ein Bücherwurm, nein, ein Literaturverschlinger zerpflückt allerlei Druckwerke in Buchgestalt. Als Leser schwebt er durch fast sämtliche Gattungen, vom Kinderbuch über Lyrikbände bis zu ausgeflippten Jahrhundertromanen und Sachbüchern über Erfinder und Giganten der Gelehrsamkeit. Aufgeblättert und durchgenudelt werden Monografien, Lexika, Autobiographien, Erinnerungsbücher und Briefromane. Namhafte Geister ziehen vorbei. Gedichte von Lasker-Schüler nahmen mich gefangen, und abends widmete ich mich vor dem Einschlafen allein dem Lesen. In

Büchern, Theaterstücken und Romanen entdeckt man das andere Leben, welches man nicht lebt. Die Utopie, zu deren Verwirklichung es noch nicht reicht, und die Abgründe und Katastrophen, denen man vielleicht deswegen entgeht, weil man einfach nur gelesen hat, anstatt das Leben der Romanhelden zu führen. Durchs Lesen werden wir größer, geräumiger und hellhörig für das Ungelebte in uns. Rasch hatte ich alle greifbaren Titel von Erich Maria Remarque, der mich faszinierte, gelesen. „Ein Funke Leben", erschütterte mich weit mehr als „Im Westen nichts Neues". All die Refugée-Schicksale habe ich begleitet und mit den Menschen gelitten.

Das Fernsehen kehrte bei uns zu Hause erstmals in den sechziger Jahren ein. Das ausgediente Schwarz-Weiß-Gerät von unserer Tante Ille aus Hamburg war eine Sensation und blieb bei uns für eine ganze Reihe von Jahren bestes Stück. Es wurde nicht viel benutzt. Ich kann mich kaum daran erinnern, dass wir zu Hause abends vor dem Fernseher gemeinsame Abende verbracht hätten, nur um die Zeit totzuschlagen. Da wussten wir Besseres. Viel lieber ging ich ins Kino. Am liebsten mit meiner blonden Bärbel. Deren Familie aus Oberschlesien war so katholisch und bigott, dass das Mädchen in der Woche nur dann von zu Hause weggehen durfte, wenn sie vorgab, in die Kirche, am besten zur Beichte, gehen zu wollen. Für mich eine skurrile Geschichte und wahrlich kaum zu glauben, dass es so etwas nicht nur in Büchern, sondern im echten Leben immer noch gab. Der Vater hielt die ganze Familie auf Trab und in Schach mit geradezu mittelalterlichen Herrschaftsvorstellungen.

In meiner Klasse gab es Nino, einen italienischen Mitschüler, der neben mir auf der Bank saß und mit dem ich mich bald anfreundete. Seine Familie stammt aus Cortina d'Ampezzo im Veneto im Norden Italiens. Mehrere Tausend Süditaliener – vor allem aus Sizilien, Kalabrien und Apulien – arbeiteten als sogenannte Gastarbeiter im VW-Werk und lebten in einem gerade erst extra dafür gebauten sogenannten Italienerdorf, nahe dem Mittellandkanal. Nino und seine Familie, die in Wolfsburg zwei große gutgehende Eiscafés betrieben, die nicht nur bei Schülern angesagt und immer sehr gut besucht waren, erzählten mir davon. Er zeigte mir auch etwas von seiner Umgebung, die mir viel freizügiger und großzügiger erschien als unsere häusliche Situation. Tatsächlich hatte er eine Menge Freiheiten, die sich wohl aus der Tatsache ergaben, dass seine Eltern und die ganze Familie ständig arbeiten mussten und sie daher weniger Zeit hatten, ihn mit Erziehung zu drangsalieren.

Für Mutter bleibt das Lehramt eine wirkliche Berufung, und in all den Jahren bis zu ihrer Pensionierung erfüllt sie dieser Beruf mit Freude. Mit Courage und Entschlossenheit füllt sie ihn aus, ja, mit Feuereifer und großer Hingabe. Kaum je ist sie krank, und selbst wenn es ihr aufgrund ihres Rückenleidens schlecht und manchmal sehr schlecht geht, lässt sie sich nie dazu hinreißen, „krank" zu spielen. Fragt man sie, wie es ihr geht, kann sie antworten: „Gut. Ich habe mir gerade das Genick gebrochen." Aus ihrer Unabhängigkeit speist sie ihre Ironie, ihre Urteilskraft und ihren Großmut, mit dem sie auch ihre Schüler beglückt. Die sind von ihr begeistert. So erhält sie auch noch lange nach ihrer Pensionierung weiter Besuch von Ehemaligen und erfährt Anteilnahme und zu Geburtstagen Kartengrüße von nicht Wenigen. Mit Vorstellungskraft und Mutterwitz können die meisten Zumutungen des Daseins bewältigt werden, ist ihre Vorstellung, mit Vertrauen auf

Gefühl und Verstand. Nach einer Lösung suchen, auch wenn es nach menschlichem Ermessen keine mehr gibt, verlangt sie von sich. Nicht aufgeben, nicht den Kopf in den Sand stecken, aber auch nicht Sand in den Kopf stecken, das ist für sie eine Frage der Haltung und Würde. Denn kaum etwas ist fragwürdiger als Selbstmitleid, Gejammer und Menschen, die sich in Krankheiten flüchten und darin selbst aufgehen.

In den letzten Schuljahren gab ich verschiedenen Schülern Nachhilfeunterricht in Englisch und Mathematik, manchmal auch in Deutsch. Von Montag bis Freitag unterrichtete ich sie einzeln, jeden für eine Stunde mit sechzig Minuten, schließlich an jedem Nachmittag drei Stunden von 14 bis 17 Uhr. Kam einer zu spät, so klingelte der Nächste pünktlich zur vollen Stunde, und die Nachhilfe endete mit dem Besuch des Nächsten. So diszipliniert kamen die Jungs allmählich pünktlich und ich verdiente 2,50 D-Mark in jeder Stunde. Mit dem Geld konnte ich die Wochenenden und einen Großteil meiner Per-Anhalter-Fern- und Ferienreisen finanzieren und mir Verschiedenes zulegen, was ein Rucksackreisender zur damaligen Zeit benötigte. Die Jungen, denen ich Nachhilfe erteilte, wurden in aller Regel erfolgreicher in ihren Schulfächern, und dieser Erfolg brachte Freude auf beiden Seiten.

Ein Mitglied unserer JEF-Ortsgruppe war EDV-Programmierer, einige Jahre älter als die meisten von uns; er schien überaus belesen, allseits informiert und politisch auf der Höhe der Zeit zu sein. Enzensbergers soeben gegründetes Kursbuch und andere neue Schriften wurden mir gleich 1965 durch ihn bekannt. Sozialisiert und aufgewachsen in Sachsen, wo Udo zur Schule gegangen war und wo seine damalige Jugendfreundin lebte, war mit seinen Geschwistern und Eltern kurz vor dem Mauerbau nach Wolfsburg geflüchtet. Mit ihm freundete ich mich zum Ende meiner Schulzeit an und erfuhr von ihm aus seiner Jugendzeit im Erzgebirge mancherlei über die schmale Bandbreite zugelassener Meinungen und über das überaus regulierte Leben in der DDR. Nach und nach kam dabei heraus, dass gegen ihn ein westdeutsches Staatsschutz-Ermittlungsverfahren der Politischen Polizei geführt wurde, was wohl wegen Mangels an Beweisen zunächst niedergeschlagen worden war, durch die Anklagebehörde jedoch weiter betrieben wurde. Seine nebulösen Erzählungen bezüglich seiner Jugendfreundin, der er auf irgendeine für mich skurrile Weise helfen wollte, in den Westen überzusiedeln, sei es durch Flucht, sei es durch die Hilfe des damals gerade bekannter werdenden Ostberliner Rechtsanwalts Wolfgang Vogel, der auch in Westberlin als Rechtsanwalt zugelassen war, hatten meine Neugier und mein Interesse und wohl auch meine Abenteuerlust geweckt. Kurz zuvor, 1962, hatte ein aufsehenerregender erster Agentenhandel zwischen der DDR und der BRD auf der Glienicker Brücke in Potsdam stattgefunden. Später war Rechtsanwalt Vogel im Laufe der Jahre an 33.000 politischen Häftlingsfreikäufen sowie an Agentenaustausch und -freilassungen maßgeblich beteiligt. Er wirkte bis zum Ende der DDR 1989 beim Freikauf und bei der Ausreise von 215.000 DDR-Bürgern im Wege der Familienzusammenführung mit. Dabei arbeitete er eng mit den westdeutschen Regierungen von Willy Brandt, Helmut Schmidt und Helmut Kohl sowie den beiden großen christlichen Kirchen zusammen.

Wenn wir abends bei einem Bier zusammensaßen, grübelten und fantasierten wir häufig darüber, was man für eine deutsch-deutsche Annäherung tun könne und auf welche

Weise ein hilfreicher Kontakt zu DDR-Offiziellen hergestellt werden sollte. Was jeder von uns leisten könnte, um die zähverkrustete Politik anzutreiben, um Kontakte zwischen der Bevölkerung auf beiden Seiten Deutschlands zu fördern und damit das Miteinander auf gesellschaftlichen Ebenen zwischen Ost und West. Es war uns ein echtes Anliegen, Vorstellungen zu entwickeln, wie das festgefahrene Verhältnis zwischen beiden deutschen Staaten durch einen kulturellen Austausch gelockert werden könnte. Mit Witz, mit Ironie und Satire. Die surrealistische Münchner Künstlergruppe SPUR mit Wurzeln im Dadaismus war Vorbild für verschiedene Vorstellungen.

Lorelei, eine Freundin, etwas älter als ich, ebenfalls Mitglied in unserer JEF-Ortsgruppe, war fasziniert von Udo, den sie noch während der Schulzeit bei uns in der JEF kennenlernte. Sie ging mit ihm – wie man so sagte – und bald, nach Ende ihrer Schulzeit, heirateten die beiden. Wir drei blieben Freunde.

Sahara-Nigeria-Tour und Algier

Aber nochmal zurück in die Schulzeit: In den Sommerferien machte ich mich 1964 per Anhalter allein auf die Reise, zum einen wollte ich Nadji in Algier besuchen, zum anderen um einen Testfahrer in Colomb-Béchar zu treffen. Ein im VW-Werk beschäftigter Ingenieur und Testfahrer, Vater eines Freundes, der mich bei meinen Reiseplänen unterstützte, hatte bereits im Jahr zuvor von meiner geplanten Reise nach Nordafrika erfahren. So kamen wir auf dessen französischen Kollegen und Freund Francois Lequoc zu sprechen, welcher häufig zu

Testzwecken für das französische Citroen-Werk in der Sahara unterwegs, sehr belesen und sprachkundig war. Gelegentlich hatten die beiden dort früher gemeinsame Einsätze erlebt und waren befreundet. Mit Francois Lequoc war ich inzwischen verabredet; zu einem festen Zeitpunkt sollte ich mich bei ihm in Colomb-Béchar einfinden.

Meine Reise mit mittelschwerem Rucksack, jedoch ohne Zelt und Schlafsack, war ein wundervolles Erlebnis. Nadji, unser Freund aus London, studierte noch Ingenieurswesen und war mit seiner Pilotenausbildung befasst. Sein Ziel war es, einer der ersten Piloten des jungen Staates zu werden. Mir gefiel es, mich mit Menschen aus fernen Ländern auszutauschen. Kommunikation war damals allein per Post oder telefonisch möglich. Briefe gingen hin und her. Über Basel und Genf fuhr ich durch die Schweiz und weiter über Annecy und Chambéry in Frankreich, wo mich merkwürdigerweise häufig junge alleinfahrende hübsche Frauen in ihren 2CVs oder kleinen Renaults mitnahmen und über viele Landstraßen hinunter zum Rhonetal brachten und weiter durch die Ebene bis Perpignan in die Nähe der spanischen Grenze. Ich muss wohl recht unschuldig und vertrauenerweckend ausgesehen haben. Anschließend ging es noch einigermaßen gut auf offenen LKWs bis an den Stadtrand von Barcelona voran, doch dann war Feierabend. Ich stand und wartete an einer Stelle an der tangentialen Straße von Barcelona, an der stundenlang massenhafter Verkehr ohne Unterbrechung an mir vorbeibrauste, doch niemand hielt an.

Laster donnerten mit ihren grell aufleuchtenden Scheinwerfern an mir vorüber. Dunkel war's. Es regnete. Keiner hielt auch nur an, um mich nach dem Wohin zu fragen. Nach durchwachter Nacht nahm ich am nächsten Tag enttäuscht den Zug.

Der brachte mich über Valencia und Alicante bis nach Murcia. Dort stieg ich um in eine vollbeladene Holzklasse mit reichlich Gepäck, mitreisenden Hühnern und Ziegen, immer nördlich entlang der Sierra Nevada bis zur hochgelegenen Kleinstadt Ronda in Andalusien. Die Stadt besitzt eine atemberaubende Lage auf einem Berggipfel in der Provinz Málaga oberhalb einer tiefen Schlucht. Die Schlucht teilt die Neustadt aus dem 15. Jahrhundert von der Altstadt aus der Zeit der maurischen Herrschaft. Vor dem Bahnhof lernte ich einen netten älteren Herrn kennen, ein Lehrer, wie sich herausstellte, der mich bewirtete und mir die Stunden bis zur Weiterfahrt nach Algeciras mit Erzählungen über die spanische Franco-Politik, spanische Literatur und seine Dichter verkürzte. Über den von ihm geschätzten Dichter Federico Garcia Lorca, den die Franquisten 1936 an einer Landstraße wie einen Hund erschossen und dort liegenließen, berichtete er mir. Es war das erste Mal, dass ich von diesem besonderen Dichter etwas hörte. Berichte über die Gräueltaten der Franquisten waren bis 1975 ein gesellschaftliches Tabu in Spanien. Erst im Nachhinein begriff ich ein wenig mehr davon, was mir dieser freundliche alte Lehrer offenbart hatte.

Am nächsten Tag setzte mich der endlos plaudernde Herr in einen frühen Zug in Richtung Algeciras, die Hafenstadt im südlichsten Zipfel Spaniens, neben Gibraltar gelegen, die 630 Jahre von den Mauren beherrscht worden war. Schon der Name kündet davon. An jenem Morgen war ich voller Glück, Algeciras erreicht zu haben, sodass ich den kleinen, aber für mich bedeutungsvollen Hafen richtig liebgewann.

Von meinem Platz in einem kleinen Café betrachtete ich ihn mir genauer. Er strahlte in einem geheimnisvollen, verhaltenen Glanz. Kräne und Lagerschuppen, Verwaltungsbaracken, tuckernde Barkassen auf schmalen Wasserarmen, stählerne, streng riechende Seeschiffe, schrill schreiende Möwen in salzhaltiger Luft – das ist der Hafen, Umschlagplatz profaner Güter und menschlicher Sehnsüchte. Hafen bedeutet Sicherheit. Wir messen ihn nicht mit rationalen Maßstäben, die etwa in der sachlichen Kalkulation von Import und Export liegen. Es schimmert in ihm die Romantik der Ferne; in ihm strahlt das Licht glückhafter Heimkehr. Ein Hafen ist nicht allein Anlegeplatz fahrtmüder Schiffe, er ist auch Symbol des Fern- und des Heimwehs. Im Schatten riesiger Kräne erwarten die Schiffe die nächste Reise auf der atmenden Dünung der Ozeane; zu fremden Küsten mit großen Städten oder armseligen Piers winziger, im Sonnenbrand öde gewordener Flecken.

Ähnliches lag vor mir. Mag sein, ich sah den Hafen mit verklärten Augen: Mit dem Ziel, Lagos an der Küste von Nigeria zu erreichen, die ehemals sogenannte Sklavenküste am Golf von Guinea.

Zwei Dinge musste ich zuvor erledigen. Zunächst fuhr ich mit dem Bus nach Gibraltar und erhielt in den Konsulaten die hinterlegten Visa für Mali, Niger und Nigeria. Anschließend fragte ich mich zum Postamt in Algeciras durch. Über Straßen voll schreiender Kinder, über Marktplätze, überfüllt von Händlern, fand ich den Weg zum Postamt. Ein junger Angestellter versicherte mir, dass ich heute keine Post abholen könne, aber vielleicht „mañana". – Mañana, ein Wort, dass mir in Andalusien schnell geläufig wird, ein Wort, mit dem man sein Leben lang jonglieren kann.

In Algeciras nehme ich das Paquebot „Hassan II", die Fähre am Terminal de Pasajeros nach Ceuta, der spanischen

Exklave in Marokko. Auf der anderthalbstündigen Überfahrt von Europa nach Afrika lerne ich in der Mittagshitze zwei gut organisierte Jungs als Mitreisende kennen, die einige Jahre älter sind. Gemeinsam besteigen wir drei in Ceuta den Bus in das nahegelegene Tétouan, wo wir in der Medina übernachten wollen. Schon die Fahrt unweit der Küste entlang beeindruckt mich sehr. Schwarze Felsen, schäumende Brandung und klares, grünes Wasser, in dem Touristen baden. Nach wenigen Kilometern einmal ein Hotel, das an europäische Verhältnisse erinnert. Zur anderen Seite ins Landesinnere erblicken wir das Er-Rif-Gebirge, das sich am Horizont ins Wasser schiebt. Schließlich eine letzte Anhöhe und unter uns das uralte Tétouan, eine der ältesten marokkanischen Städte, gestempelt durch verschiedene Kulturen und Gewohnheiten.

Der Bus hält im modernen Busbahnhof, an dem der fremdländisch maurische Stil unverkennbar ist. Beim Aussteigen schlägt uns pulsierendes Leben entgegen: Bewegung, Geschrei, Lebhaftigkeit. Nachdem wir drei unser Gepäck ergattert haben, treten einige junge Araber, Anfang zwanzig, an uns heran und versuchen uns auf Spanisch zu erklären, dass sie uns ein Hotel zeigen wollen. Man hatte sich bald mit einem Führer darauf geeinigt, dass wir kein Hotel, sondern eine Unterkunft in der Medina suchen, in der arabischen Innenstadt, in einer der sogenannten Pensionen, die oft privat von Familien betrieben werden. Gerade so kommt man am ehesten dem wirklichen arabischen Leben näher, das wir kennenlernen wollen. Das Fremdartige kommt mir nun richtig zum Bewusstsein, als wir durch diese eng gewundenen und sehr belebten Gassen gehen; kleine, zierliche, dunkelhäutige verschleierte Berberinnen sind zu sehen; aufrecht und hoheitsvoll genießen die Männer in ihren wallenden Djellabas und dem Fes auf dem Kopf die kühlen Abendstunden im Freien. Fetzen verschiedener Sprachen dringen an mein Ohr. Das klare Berberische herrscht vor, daneben ein arabischer Dialekt, vermischt mit spanischen Begriffen. Die Laute der Rifkabylen, des Bergvolks, das auch heute noch seine Tradition und Kultur gegen Araber, Spanier und Franzosen verteidigt. An ihrer andersartigen Kleidung sind die Kabylen gut zu erkennen. Um ihre Waren zu verkaufen, ziehen sie zumeist für einige Tage in die Stadt und danach wieder zurück in ihre Bergdörfer.

Der Name Tétouan oder Tétuan ist ein Wort, entstanden aus der arabisch-spanischen Mundart. Ursprünglich, wohl von den Berbern, lautete es „Tittawin", was so etwas wie Quellen bedeutet. Tétouan, damals eine Stadt mit etwa 100.000 Einwohnern, war ursprünglich die Hauptstadt des spanischen Protektorats Marokko und beherbergt noch eine Residenz des Kalifen. Neben Arabern wohnen hier vor allem Spanier und einheimische Juden. Die Bewohner beschäftigen sich mit Leder- und Korkarbeiten, die meist im Heimgewerbe betrieben werden.

Die mauerbewehrte Stadt mit ihren zahllosen berühmten Moscheen ist umgeben von kahlen Berghöhen, auf denen die Kasbah, die Burg, alles überragt – über allem die nie endende, sich scheinbar wiederholende Musik, die dich nicht loslässt und vorwärtstreibt. Jemand, der hier nicht lebt, kann die Tonfolgen unmöglich verstehen – berauschend und besänftigend zugleich ist der Trubel. Malerisch wirken die Silhouetten der weißgekalkten Mauern in dem plötzlich nachtschwarzen Himmel; Dämmerung gibt es nur kurz. Wie von allein entzünden sich in den Gassen Tausende kleiner Lampen. Knarrende Eselskarren wanken uns entgegen. Plötzlich stehen wir vor einem halb ovalförmigen Eingang an einer hohen Mauer, der Abgrenzung von Alt- und Neustadt. Danach sind es nur noch schmaler werdende Gänge, durch die wir stolpern, kaum zwei Meter breit. Soweit das Auge reicht, schieben sich Menschenmassen durch die Gassen. Unser Führer deutet uns an, dichter aufzuschließen. Allein finde ich mich auch in den nächsten Tagen im Gewirr der Gänge nur schwer zurecht.

Die Steinbauten sehen von außen geheimnisvoll aus, wenn auch nüchtern und gleichförmig. Bogenfenster, umrandet von Stuckarbeiten, sind die ersten Schmuckelemente, die ins Auge fallen. Wohin ich schaue, werde ich aus schmalen dunklen Augen geprüft, an- oder ausgelacht, auf jeden Fall bemerkt. Gruppen kleinerer Kinder schließen sich uns an und singen arabische Liedchen, wobei sie uns bittend die Hände entgegenstrecken.

Zu Beginn zog ich damals noch kleine Münzen aus der Tasche, um sie zu verteilen, wonach sie unvermittelt johlend und kreischend auseinanderstoben. Später unterließ ich das. Die Kinder betrieben die Bettelei nicht als Broterwerb, sondern als Sport und Beschäftigung. Sobald sie einen Fremden gesehen hatten, konnten sie sich mit bewunderungswürdiger Geschicklichkeit an ihn klammern.

Schließlich blieb unser Führer vor einem dunklen Eingang stehen. Wir hatten die Pension Gorguez erreicht. Ein bogenförmiges, solides Holztor mit starken Metallbeschlägen wurde geöffnet, und staunend standen wir in einem Atrium, einem quadratischen Raum, der die innere hohe Halle eines wohl fünfstöckigen Hauses bildete, in der Mitte eine Vertiefung enthielt, die mit Wasser gefüllt war und an der ringsum Sitzgelegenheiten auf kostbarem Mosaikfußboden standen. Schaute ich in die Höhe, so sah ich zu allen vier Seiten übereinander galerieähnlich umlaufende Aufstockungen, die, je höher, desto niedriger in ihrer Höhe wurden. Das ganze Anwesen mochte an die dreißig oder mehr Räume enthalten.

Die selbstverständliche Gastfreundschaft, die uns gleich am ersten Abend entgegenschlägt, erscheint mir symbolisch für meine Sommerreise zu sein. Für 1,5 Dirham erhalten wir Schlafplätze in einem Dreibettzimmer, das rasch hergerichtet wird. Für eine Übernachtung 50 Pfennige zu bezahlen, war für mich erstmal unvorstellbar wenig. Unser Zimmer verkörpert das Fremdartige auf das treffendste: Nicht dürftig, sondern sparsam ausgestattet, besteht die Einrichtung aus drei Betten und dazugehörigen kleinen, runden Schränken, einer Kommode, dünnen Vorlegern und einem Waschtisch mit gelbem, jedoch fließendem Wasser. Dazu ein Spiegel und ein winziges Fenster. Einen Kontrast dazu bilden der kostbare Steinfußboden und die geradezu pompöse Tür mit mächtigem Bogensegment, in welchem sich wiederum zwei ähnliche, kleinere Türen befinden. Alle Zimmer im Hause, die wir betreten, sind überaus sauber, wir fühlen uns wohl und nehmen mit befreitem Lachen das Zimmer in Besitz. Mit allen Zeichen der Anstrengung liege ich erschöpft auf meinem Bett und schlafe sofort ein.

In der Frühe spielen schon einige Jungen und Mädchen lärmend auf den Gängen und – wie uns scheint – vor unserer Zimmertür; monotone Musik ist zu hören. Richtig geweckt werden wir von den Gebetsrufern auf den Minaretten der umgebenden Moscheen. Kaum ertönen deren Rufe, so schiebt sich eine Menge eilig auf die Moscheen, die Gebetshäuser zu, um sich dort für eine Viertelstunde meditierend dem Alltag zu entziehen. Die Männer knien dabei auf gelben Strohmatten aus

Halfagras und versuchen sich zu versenken; gerade das mag den Menschen, die sonst so augenblicksbetont leben, nicht leichtfallen.

An die sanitären Anlagen im Hause müssen wir uns erstmal gewöhnen. Außer Wasser gibt es auf den Stehtoiletten, wie sie im Süden Frankreichs auch üblich sind, keine Putzmittel, kein Papier. Später kaufte ich mir arabische Zeitungen, wenn Toilettenpapier nicht zu haben war. Hungrig geworden essen wir in der Medina in winzigen Küchen, halb im Freien, scharfe Suppen, denen großzügig fremde Gewürze beigemengt sind. Dazu essen wir reichlich Brot und trinken Wasser, das mir zunehmend besser schmeckt. Alles Bezahlen wird zuvor mit emsigem Feilschen korrigiert. Mit dem erfreulichen Ergebnis, dass das Essen umgerechnet nur Pfennige kostet. Diese Art der Kommunikation ist für uns sehr erfreulich. Dein Wert und dein Ansehen steigen in den Augen der Einheimischen, wenn du dich mit ihnen auseinandersetzt, sie ansiehst und mit ihnen handelst, sodass sie in dir den würdigen Kunden erkennen. Nach der Siesta wollen wir noch Kleinigkeiten erstehen. Dafür ist nicht viel Geld, dafür jedoch viel Zeit vorhanden. Auf dem Silberbasar und dem Leder- und Bekleidungsmarkt wollen wir uns erstmal umschauen.

Zuerst gehen wir auf den Ledermarkt. Ein Lädchen neben dem anderen; ganze Gassen sind angefüllt mit verschiedenen Lederwaren. Das Fremdartige dabei ist für uns die Kombination eines Handwerkers, der zugleich seinen Handel betreibt. Er fertigt seine Erzeugnisse möglichst allein an oder bearbeitet seine Waren vor dem Verkauf.

Binnen kurzer Zeit erstehe ich ein Portemonnaie für zwei Dirham, wofür zu Beginn der vierfache Preis gefordert wurde.

Ähnlich ergeht es meinen beiden Reisegefährten. Viel Zeit nehme ich mir dabei, eine Djellaba, das arabische Gewand, zu erstehen. Der Händler schlägt zunächst probeweise Traumpreise für das strapazierfähige, einfach mit grau und weiß gemischten starken Wollfäden handgewebte Kleidungsstück vor. Im Laufe der Stunden wird der Preis allmählich gesenkt. Wir machen eine Tee-Zeremonie und trinken schmackhaften Minztee und kommen uns näher, indem wir über Gott und die Welt sprechen. Über unsere Herkunft und Reisepläne. Mit beschwörender Miene, tränenden Augen und den unterschiedlichsten Versicherungen, die Qualität des Objekts der Begierde betreffend, mit Hinweisen auf seine kinderreiche Familie, die versorgt sein will, wird der Preis lange Zeit hochgehalten, bevor er weiter sinkt. Minztee wird wiederum eingeschenkt und getrunken. Am ersten Tage werden wir uns nicht einig. Auch nicht am zweiten Tage. Wie wenig Geld ich für meine große Reise in die Sahara hatte, musste ich nicht dramatisch vorführen, sondern das war ein wirkliches Hindernis beim Kauf dieses schönen und praktischen Kleidungsstücks, das ich später noch bei vielen Gelegenheiten tragen konnte.

Der Handel zog sich über drei Tage hin. So manche Stunde verbrachte ich bei dem Händler, saß mit ihm zusammen auf seinen Stoffballen im Bretterverschlag; eine Zeitspanne, die uns heute lang erscheint, die jedoch für einen Geschäftsmann, der mit Zähigkeit und Vehemenz sein Geschäft liebevoll und hingebungsvoll betreibt, nicht so ungewöhnlich ist. Wir boten einander unsere Gesellschaft an.

Zum Abschluss, als ich mich schon verabschiedet hatte, lud uns der Händler zu sich in sein Zuhause ein. Es war bereits spät geworden, und er schloss ohnehin sein Geschäft zu unregelmäßigen Zeiten, da auf jeden Tag ein neuer folgt. Schließlich zogen wir drei mit dem Händler und seinem Gehilfen in eine Wohnung, nicht weit entfernt in der Medina. Die Bewegungen in den Gassen und Gässchen hatten sich beruhigt, es war still geworden. Vereinzelt sah man Ratten und Katzen durch die Dunkelheit huschen und wenn man scharf horchte, konnte man Schnarchgeräusche wahrnehmen. Die sozialen Verhältnisse erscheinen uns ungeregelt. Menschen finden sich damit ab, kleine Kinder, die kein Zuhause haben, nachts in den öffentlichen Latrinen schlafen zu sehen.

Eine seltsame Stimmung überkommt uns, als wir eine steile, enge Treppe hinaufsteigen. Zugegeben, etwas mulmig wird uns, als wir in dem kahlen Raum sitzen, der außer einer Laterne und Teppichen mit nichts weiter ausgestattet ist. Nach einer Weile erscheinen unsere Gastgeber mit großer Gemüsepfanne, reichlich Auberginen mit Hühnerfleisch, Bratkartoffeln, Brot und dazu den immer erfrischenden Minztee. Die Pfanne wird in die Mitte auf den Boden gestellt, und jeder angelt sich mit Hilfe des Brotes einen Bissen nach dem anderen heraus.

Man stelle sich ein Bild dieses Augenblicks vor: Um Mitternacht, draußen die klaren Silhouetten der angrenzenden Häuser, Eidechsen, die geschwind auf den grasüberwucherten Dächern hin- und herflitzen; drinnen zwei Paar dunkler, fremder Augen, die darum bitten, ihnen die Ehre zu geben, uns kleine Fleischbrocken in den Mund schieben zu dürfen.

Auch bei meinen späteren Afrika-Reisen kam mir immer mal wieder einiges abhanden, vermutlich durch meine Nachlässigkeit, mag sein auch durch Diebstahl. Aber nie wurde mir von Menschen, deren Gast ich war, etwas weggenommen.

Nachdem wir dort auf dem Boden einige Stunden geruht und geschlafen hatten, gingen wir im Morgengrauen zu unserer Pension schon wieder durch belebte Gänge, die sich aufs Neue und unermüdlich mit Menschen füllten und von Händlern belebt waren, die erneut nach Kräften ihre Waren anpriesen. Dieser frühe Morgen blieb mir unvergesslich, wie wir außerhalb der Medina und oberhalb der Stadt einen nur kärglich bewachsenen kahlen Berg bestiegen, von dort oben einen Blick auf die sich weithin unter uns ausbreitende, schon etwas entfernt liegende Medina hatten. Sie erstreckt sich nach oben und weiter nach unten, mit verwinkelten Gassen, Treppen, toten Enden und Elendshütten, wie eine Zeichnung auf einem Teppich und dass alle Dinge, die in der Stadt existieren, in der Zeichnung enthalten sind, angeordnet nach ihren wahren Beziehungen, die deinen vom Hin und Her, vom Gewimmel und Gedrängel zerstreuten Augen entgehen. Das ganze Durcheinander, das Krächzen der Mulis, die Rußflecken, der Fischgeruch sind das, was in der unvollständigen Ansicht erscheint. Wenn wir uns über den Rand des Hochplateaus zu der Stunde beugen, da die Nachtlichter erlöschen und in der klaren Morgenfrische dort unten das erste Rosa der Häuser zu erkennen ist: Wo die Fenster dicht gesät sind, wo sich das Licht in kaum beleuchteten Gassen und Gängen verdünnt. Manchmal trägt der Wind Musik von Pauken und Trompeten, dann das Krachen von Böllerschüssen im Meer eines beginnenden Festes herauf, manchmal das Rattern von Maschinen, das Summen von Bewegungen und Hämmern und Schleifen und Feilen an Gegenständen, die blechern oder dumpf widerhallen. Wir fragen uns, was überall vorgehen mag, ergehen uns in Mutmaßungen über das, was in den frühesten Morgenstunden in dieser Stadt geschieht. Aus der Entfernung fallen alle Geräusche zu einem großartigen musikalischen Crescendo zusammen und ergeben eine Kulisse der Töne und des Kreischens und des lebendigen Herzschlags einer Stadt, in die man das erste Mal kommt und die eine andere ist, wenn man sie verlässt, um nicht wiederzukehren.

Nach einigen Stunden Schlaf packte ich meine Sachen, nahm die gewaschenen Hemden entgegen, die ohne meine Bitte gewaschen und inzwischen getrocknet waren, verabschiedete mich von meinen beiden Reisegefährten, die mir entscheidend dazu beigetragen hatten, eine Meinung über dieses wundervolle Land zu bilden, dankte Fatima und Gazireh und wie sie alle hießen aus der Familie.

Im Laufe der folgenden beiden Tage ließ ich Marokko hinter mir, fuhr per Anhalter weiter und weiter nach Osten bis Oujda und erreichte dann über Bouarfa weit im marokkanischen Süden bei Figuig die Grenze zu Algerien und schließlich die Stadt Colomb-Béchar; ich war am zweiten Tage bereits stundenlang hinter der Grenze mit einem älteren Araber in einem noch viel älteren Kleinlastwagen durch die Sandwüste der Ergs rüttelnd und schüttelnd gefahren, bis wir schließlich unter uns, in ein Tal eingebettet, Colomb-Béchar erblickten. Hier werde ich Monsieur Lequoc treffen, den Testfahrer der Citroen-Werke in Paris. Mit ihm zusammen, darf ich als Beifahrer die Sahara durchqueren, die größte Wüste der Erde erleben.

Die Stadt liegt am Grunde einer Senke und ist doch 700 Meter hoch. Sie bezieht wertvolles Trinkwasser aus zwölf Brunnen und ist umgeben von einem Steilrand, an den sich direkt, vor allem nach Süden hin, die Dünenmeere der Ergs und zum Osten und Westen die Geröllwüsten der Serire anschließen.

Dieser Ort war schon früher eine Oase von großer Wichtigkeit, heute leben hier eine Viertelmillion Menschen. Seit Jahrhunderten ist der Ort Ausgangspunkt wichtiger Karawanen, die von der West-Sahara (früher: Spanisch-Sahara) und Mauretanien kommend die Sahara durchqueren oder aus anderer Richtung von Tunesien oder von Libyen aus die westafrikanischen Länder, damals die sogenannten Guinea-Länder, ansteuern. Im Mittelalter kamen Araber, die sich am Sklavenhandel bereicherten. Zur Zeit der Kriege zwischen den Spaniern und den Moslems waren es die Mauren, die Colomb-Béchar den Charakter einer Riesenfestung gaben. Schließlich im 19. Jahrhundert kamen die Franzosen, die diesen strategisch wichtigen Punkt erkannten und die Stadt bis 1967 mit ihrer stärksten Garnison ausstatteten. Eine große Anzahl französischer Soldaten war zu sehen, die sich teilweise aus Arabern rekrutierten. Damals starteten hier die ersten französischen Raketen, bis dieser Standort gegen Ende der 60er Jahre von den Franzosen geräumt wurde.

Auf dem großem LKW-Bahnhof bereiten sich jede Nacht Hunderte von Lastzügen auf die weite Reise vor, die vor ihnen liegt. Daran angeschlossen sind eine Großtankstelle sowie Vertretungen von Citroen, Ford und VW, außerdem ein Hotel, in dem ich Francois Lequoc vorfinde. Es wimmelt von hin- und hereilenden kreischenden Menschen, die eine Aufregung versprühen – und dann mittendrin im Restaurant mutet es seltsam an, einem so unverhältnismäßig ruhigen und ausgeglichenen Franzosen aus der Normandie zu begegnen. Ich nenne ihn Francois. Er ist Anfang Dreißig, dunkel, schmal, ein echter Franzose und eine eher unauffällige Erscheinung. Nach und nach stelle ich voller Bewunderung fest, dass er außer seinem

Fachwissen als diplomierter Maschinenbauingenieur und seiner längeren Erfahrung als Testfahrer über erstaunliche Kenntnisse der Natur, der Landschaft und Geschichte und über gesellschaftspolitische Zusammenhänge verfügt. Wir beide verständigen uns auf Englisch und soweit ich es schaffe, zunehmend auf Französisch. Im Übrigen kennt Francois die arabische Sprache, sodass er sich überall gut verständlich machen kann.

Am Abend, nach dem Essen, wird mir ein reserviertes Zimmer gezeigt, das Francois von seinen Spesen bezahlen kann. Später gehen wir beide noch einmal durch die Stadt. Zahllose algerische Nationalfahnen sind zu sehen. In Tétouan hatte ich häufig Frauen ohne Schleier bemerkt. Hier ist das ganz anders. Außer den Dingen, die mit der Motorisierung das Land veränderten, hatte sich sonst in den letzten fünfzig Jahren anscheinend wenig verändert. Die Stadt, direkt eingeschlossen durch ein gigantisches Mauerwerk ist von Nord bis Süd und von West bis Ost mit parallel verlaufenden Straßen angeordnet. Nur kurz vor den Verteidigungswerken, den Mauern, verläuft eine Straße im Kreis um die Stadt. Hier finden wir Läden, die Ausrüstungsgegenstände jeglicher Art für Karawanen verkaufen. Sowohl Satteldecken und -taschen als auch Ersatzreifen und Wasserschläuche sind zu finden. Die ganze Stadt wirkt auf mich, als sei sie in permanenter Aufbruchstimmung. Oder erscheint es nur mir so?

Am nächsten Tag, am 11. Juli, fuhren wir beide in dem neuen, perlweißen Citroen, einem Reisewagen, der mit jedem erdenklichen Komfort ausgerüstet war, los. Die Technik des Fahrzeugs enthielt eine neuartige Kurbelwelle, im Übrigen waren Modifikationen am Motorblock vorgenommen worden.

Um fünf Uhr in der Frühe brachen wir auf, schafften nie mehr als sechs Stunden Fahrtzeit bei sehr hoher Durchschnittsgeschwindigkeit. Für die ersten 3.000 Kilometer über Adrar, Reggane, Tessalit, Gao und Niamey bis Katsina benötigten wir fünf Tage.

Diese Tage flogen vorbei mit der Eigenartigkeit der monotonen Landschaftsformen. Stundenlang mussten wir durch Geröllwüsten fahren, wobei die sengende Hitze rasende Kopfschmerzen verursachte. Obschon wir von 12 Uhr mittags bis 17 Uhr lange Pausen einlegten, wussten wir uns vor Hitze, Schweiß und Insekten kaum zu retten. Wenn ich glaubte, das Moskitonetz würde die Sandflöhe abschrecken, irrte ich mich. Nach diesen Tagen war mein Körper übersät mit großen roten Beulen, die sich noch Jahre später, wenn auch abgeschwächt, nach einem heißen Bad zeigten. Angeblich – so wird gesagt – sollen sie nur bis zu sechs Monate nachwirken und zu sehen sein. Francois schien unempfindlich zu sein.

Auf seiner speziellen Landkarte war unsere Route mit sämtlichen Wasserstellen und auch kleinsten Oasen verzeichnet. Um die Mittagszeit suchten wir möglichst eine Wasserstelle, um uns dort von unseren Qualen zu erholen. Das Büchsenfleisch war unappetitlich heiß geworden. Auf der Reise plagten mich Leibschmerzen und eine mehrtägige üble Diarrhoe. Schön waren die Nächte. Sie brachen nicht nur früher als in Mitteleuropa an, sondern rasch und plötzlich herein. Sobald es sich verdunkelte, mussten wir schleunigst einen Schlafplatz im Zelt suchen. Minuten später wird es bereits stockfinster. Die Nächte waren erfrischend kühl und manchmal sogar kalt. Die Möglichkeit eines Feuers bestand kaum, da wir wenig zu verbrennen hatten. Licht wird nur kurz von einem Camping-Gaz

gespendet, es lockt Insekten an. Der Sternenhimmel – einpräg-
sam und nah – entschädigt uns und zeichnet die Silhouetten
der umgebenden Landschaft weich in die Schwärze. Der Polar-
stern steht weit entfernt, fast am Horizont. Die Einsamkeit, die
ich mir vorgestellt hatte, umgibt jeden in der Sahara und dennoch bemerke ich vielfältige Bewegungen. Kleine und kleinste
Lebewesen bewegen sich nachts. Manchmal glaubst du eine
größere Bewegung schemenhaft wahrgenommen zu haben
oder hast du dich doch nur geirrt?

Der Morgen bricht früh an. Noch vor dem ersten Licht
erheben wir uns und brechen bald auf, um die Frische dieser
Stunden zu nutzen. Wir passieren die Grenze zwischen Algerien und Mali. Die unbefestigte Tanezrouft-Piste, der wir seit
Reggane folgen, wird in Mali immer schwerer befahrbar, der
jahreszeitlich bedingten Regenfälle wegen, die die Piste bisweilen unpassierbar machen. Eine Grenze inmitten der Geröll-
wüste, die dennoch scharf bewacht wird. Unsere Papiere sind
in Ordnung. Wir fallen auf mit unserem Fahrzeug. So etwas
Neues taucht hier selten auf. Wir rasen über einen Pass des
Adrar des Iforas, der an höchster Stelle eine Oase birgt, die –
570 Meter über Normalnull – einen herrlichen Ausblick auf
die wellige Hügellandschaft ringsum bietet. Flimmerndes Licht
lässt die Dinge näher erscheinen als sie in Wirklichkeit sind.
In den nächsten Stunden sind wir auf gefährlich abschüssigen
unbefestigten Bergstraßen zwischen Tessalit und Adjelhoc
unterwegs. Der schlechteste Teil des Weges und vielleicht der
schönste mit vielfältigen Felsformationen. Das Adrar des Iforas gehört zu den wichtigsten Gebirgszügen in der Sahara. Wir
fahren an riesenhaften Steilrändern von gigantischen Ausma-
ßen entlang. Einige Male begegnen uns Kamelkarawanen, die

sich langsam und stetig vorwärtsbewegen. Diese Karawanen zählen nie weniger als hundert Tiere. Ursprünglich und zeitlos sind die Gesichter der Tuareg, die auf ihren Tieren sitzen und schlafen oder ausdruckslos neben ihnen her wandern. Kaum ein Wort wird gesprochen.

Erst am Abend in der Oase Adjelhoc, wo eine Karawane in unserer Nähe nächtigt, bemerke ich, wie gesprächig und lebhaft die blauen Männer sind. Auch wenn wir uns kaum miteinander verständigen können, treten wir in Beziehung zueinander; die Sprache hindert uns nicht – sie gestikulieren und erfreuen sich an unserer Gesellschaft. Einige sprechen ein wenig Französisch. Verständnis ist dennoch rasch da, verbinden uns hier doch die gleichen Dinge, die wichtig werden. In der Wüste ist nur Weniges elementar. Vor allem muss der Gleichmut bewahrt werden, eine Eigenschaft, die man hier lernen kann. Die Landschaft formt den Menschen. Frisches Wasser, das wir abends erhalten, ist köstlich. In den Oasen erhalten wir aus einfachen Küchen wohlschmeckende Suppen und langsam gegartes Gemüse mit Kartoffeln und Hühnerfleisch. Francois hat seinen Benzinvorrat auf unserer Tour bislang immer ergänzen und volltanken können. Das war nicht immer so. Er berichtet von einer schwierigen Situation, in der er sich aus Benzinmangel bei einer früheren Fahrt befunden hatte. Die Franzosen sind in den größeren Oasen mit gepflegten Kulturzentren noch präsent, wo Mehrbettzimmer für Übernachtungen bereitstehen, die wir mit Freude nutzen. Oft ist da noch die katholische Kirche mit ordentlich ausgestatteter Krankenstation vor Ort, auch deshalb werden sie akzeptiert.

Im Laufe der Tage gewöhnte ich mich daran, die endlose Weite vor uns zu erblicken, das Band der Piste im flirrenden

Licht sich weithin vor uns entlangwinden zu sehen und die Dünenketten, wie Dachziegel sorgsam hinter- und nebeneinander aufgereiht zu erleben, die vom Wind in sich wiederum geschuppt und gewellt erscheinen, als hätte sie jemand so gleichmäßig gebaut, eine wie die andere – keine Düne erlangt einen Vorzug vor den anderen. Wir erreichen Bourem am Niger. Bis Niamey sind es noch 450 Kilometer. Wir queren den Null-Längengrad von Greenwich. Er führt durch Gao. Den Null-Meridian hatten wir auf unserer ersten Englandreise auf der Wetterstation in Greenwich als sichtbare Linie wahrgenommen. Natürlich als gedachte Linie.

In den nächsten Tagen fahren wir durch Übergangsgegenden. Zuerst ist es nur Halbwüste, schließlich Dornbuschsteppe und später sind es Savanne und Hartgrassteppe mit geringer Viehzucht. Seit Bourem und Gao folgen wir dem Niger in geringer Entfernung bis Niamey in Niger. Allmählich wandelt sich unsere Umgebung mit einer ungeheuren Vielfalt von Tier- und Pflanzenwelt. Häufig erblicken wir Gazellen, Giraffen und Antilopen. Die Tage fliegen an uns vorbei und sind viel zu kurz, mehr Traum als Realität. Die Tierwelt ist reich und beschränkt sich nicht auf das von uns Gesehene, es gibt Krokodile, Leoparden und Geparde, sogar Nashörner. Ob ich diesen Zauber je wieder erlebe?

Langsam ändern sich die Vegetationsformen. In den nächsten Tagen erleben wir mehr und mehr tropisches Klima. In der letzten Nacht vor der nigerianischen Grenze schlafen wir in einem Pontok in der Savanne. Den Morgen erleben wir voller Genuss. Niemand vermag sich dem Zauber zu entziehen. Die unendliche Steppe liegt schweigend und unberührt am frühen Morgen – lautlos hebt die Nacht sich fort. Innerhalb kurzer

Zeit wandelt sich die gestirnte Dunkelheit zu vollem Licht. Die Sonne, die große Herrin dieser Weiten, steigt aus rotgoldenen Feuermeeren. Kein Laut. Ein erster Frühwind fächelt und trägt mir die unvergesslich reichen Düfte zu, herb und süß zugleich, wie wohl nur die Steppen in Westafrika sie atmen. Die Luft ist von tiefer Klarheit. Meilenfern hebt sich der Horizont so scharf umrissen ab, als sei er mit feinster Nadel in Kupfer gestochen. Die Gebirge weit im Süden schimmern sanft, ein schmaler, veilchenblauer Streif. Unserem Pontok gegenüber steigt eine dünne Rauchfahne auf. Man kocht den Morgenbrei. Der Tag ist vollends aufgegangen, der hohe, afrikanische Tag.

Schon wärmt die Sonne, bald wird sie brennen. Ein freundlicher Junge, der uns am vergangenen Abend unseren Pontok als Schlafstelle zugewiesen hat, erscheint. Aus seinem tiefschwarzen Gesicht blitzen schneeweiße Zähne. Er ist sehr freundlich und bietet uns sein breakfast an, welches aus Haferflocken, gedünsteten Backpflaumen, drei Spiegeleiern und einer Handvoll Zwieback besteht. Unsere Freundschaft und unser höchstes Lob sind ihm sicher. Zum Nachtisch reicht er uns zwei Mangos. Mit ihm unterhalten wir uns angeregt auf Englisch. Unseren Pontok muss man sich als kleine kugelige Lehmhütte mit gestampftem Boden vorstellen, mit Innenmaßen von vielleicht drei mal drei Metern. Außer der Eingangstür gibt es zur Belüftung noch kleine runde Öffnungen, die mit Gazedraht versehen sind und für die nötige Zirkulation sorgen sollen.

Auf unserer Weiterfahrt erreichen wir an diesem Tage Sokoto im nordwestlichen Nigeria. Die Bewohner sind überwiegend Angehörige der Hausa- und Fulbe-Stämme, für sie gilt allein das Recht der Scharia. Das frühe Kalifat von Sokoto war einer der flächenmäßig größten vorkolonialen Staaten in Afrika mit der größten Sklavenpopulation der Welt, etwa zwei Millionen Sklaven wurden auf dem Gebiet des Sokoto-Kalifats in großem Umfang eingesetzt, vor allem in der Landwirtschaft, bevor es 1903 von den britischen, französischen und auch deutschen Truppen erobert wurde. Im Laufe der letzten Jahrhunderte löste es Timbuktu als das islamische Zentrum in Westafrika ab. Der Norden des heutigen Nigeria spielt weiter eine wichtige Rolle mit seinen islamischen Predigerschulen.

Am nächsten Abend erreichen wir Katsina im Norden Nigerias. Eine große Stadt mit englischem Missionskrankenhaus, in dem ich mich untersuchen lasse. Da ich inzwischen steigendes Fieber bekommen hatte, legten sie mich zusammen mit anderen Patienten in eine Wellblechhütte. Dort lag ich drei Tage schmerzhaft fiebernd, mit langem Schlafen bei großer Hitze. Trotz engmaschigem Moskitonetz über meinem Bett und trotz meiner vorbeugenden Tabletten-Einnahme zuvor, schien es sich um eine erste Malaria-Infektion zu handeln. Die Tage, die ich zusammen mit anderen, durchweg schwarzen Patienten im Raum verbrachte, gab mir Gelegenheit sie in ihrer bemerkenswerten Gelassenheit, die sie trotz ihrer unterschiedlichen Leiden zeigten, zu bewundern. Der englische Arzt war der Meinung, ich müsse mindestens eine Woche liegenbleiben und mich erholen, obschon sich nach der Blutanalyse herausgestellt hatte, dass es sich nicht um Malaria handelte. Da Francois zu einem bestimmten Zeitpunkt in Colomb-Béchar zurückerwartet wurde, durfte er nicht länger auf mich warten und ließ mich beruhigt in der Obhut der Engländer zurück, um seine Reise bis Lagos allein fortzusetzen. Auf der Rückfahrt würde er mich treffen und abholen.

Etwa sieben neue nigerianische Pfund bezahlte ich zum Abschluss meiner ärztlichen Behandlung; umgerechnet etwa 80 DM für den Krankenhausaufenthalt. Meine Verpflegung während dieser Tage musste ich separat bei den Frauen bezahlen, die draußen eine ambulante Küche betreiben. Dennoch: Wie konnte mit einer derart lächerlichen Summe eine solch aufwendige Station aufrechterhalten werden? Die wenige Jahre zuvor neu geschaffene Währung basierte auf dem Wert des britischen Pound und war in 20 Schillinge unterteilt, von denen jeder wiederum in 12 Pence geteilt werden konnte.

Das Vertrauen der schwarzen Bevölkerung in die Arbeit der Missionare und in das Missionskrankenhaus schien mir nur mäßig vorhanden zu sein. Die Engländer hatten mit der früheren Verwaltung ihrer Kronkolonie Lagos ab 1861 verdeutlicht, wie sehr die christliche Lehre mit ihren Verheißungen und Ansprüchen in krassem Widerspruch steht zur tatsächlichen Arbeit und Zielsetzung der Kolonialherren. Der Botschaft, die ihnen durch Missionare nahegebracht werden sollte, misstrauten sie und lehnten sie ab. Die Mau-Mau-Bewegung in Kenia, der britischen Kronkolonie in Ostafrika, war nur eine von vielen ähnlichen Bewegungen, die sich gegen diese Form der Unterdrückung durch die Briten richtete. Ebenso wie Algerien war das Land mit seinen damals etwa 35 Millionen Einwohnern gerade erst vier Jahre zuvor holterdiepolter ein selbstständiger Staat geworden. Es sollten noch viele Jahre vergehen, ehe sich eine, wie auch immer geartete Demokratie mit demokratischen Wahlen, die auch respektiert wurden, herausbildete. In diesen Jahren der ersten Republik gab es Putsch und Gegenputsch, und die Lage blieb noch lange unübersichtlich. Dann kam noch der Biafra-Konflikt mit einem Bürgerkrieg hinzu.

Aber vielleicht vermag eine schwarze Regierung, gebildet aus den unterschiedlichen Völkern und Stämmen, die mehr oder weniger zufällig in der früheren Kolonie zusammengewürfelt leben, das Land zukünftig einmal besser regieren als die vorangegangene Fremdherrschaft. Das Land erwirtschaftete schon damals mit reichen Bodenschätzen beträchtliche Exportüberschüsse als überlebenswichtige Grundlage für alle staatlichen Aufgaben. Neben dem Erdöl hatte sich die Küstenregion zum wichtigsten Weltproduzenten für Kakao aufgeschwungen, der vielen Schwarzen Wohlstand brachte. Daneben wurden Erzeugnisse wie Palmöl und Palmkerne, Erdnüsse, Kohle, Zinn und Edelhölzer exportiert, wodurch die neue Währung recht krisenfest erscheint.

Während sich Francois zwei Tage in Lagos aufhielt, der sogenannten früheren „Sklavenküste", wo das Fahrzeug instandgesetzt und genau untersucht wurde, hatte ich einige Tage zum Erholen von den Reisestrapazen. Meine Kräfte kehrten allmählich zurück und ich begegnete auf dem Markt der Stadt Katsina einem bunten Völkergemisch mit zahlreichen Religionen und Sprachen. Die Tuareg aus der Wüste kaufen hier ihr indigoblaues Tuch und bringen Häute und Fell mit. An vielen Plätzen der Stadt werden Erdnüsse für die Ölbereitung gelagert. Die Mauer der Altstadt erinnert mit ihren gewaltigen Toren an die alte Geschichte. Endlich verbrachte ich stille Tage mit nichts anderem, als die Bewegungen in der Umgebung zu erleben. Den Menschen einfach zusehen, verschiedene Speisen und Getränke probieren, das war meine Erholung.

Nachdem Francois zurückgekehrt war und wir wieder on the road waren, vollzog sich die Rückfahrt bis Colomb-Béchar schneller als die erste Durchquerung der Sahara. Einmal trafen wir uns an einem sehr frühen und kühlen Morgen mit einer Gruppe von Ältesten unter einem Palmenhain am Rande der Oase Le Prieur, dort, wo die Wüste beginnt. Der Name stammt von einem französischen Offizier, der an diesem Ort eine Reihe von Brunnen bauen ließ. Inzwischen wurde dieselbe Oase nach einem algerischen Widerstandskämpfer umbenannt: Bordj Badji Mokhtar. Die Oase liegt – ganz im Süden Algeriens – nahe der Grenze zu Mali auf einer Anhöhe von 400 Metern. Die Männer hatten uns am Abend zuvor einen Schlafplatz besorgt und gastfreundlich bewirtet. Sie luden uns zu einer traditionellen Feier ein.

In traditionelle, sehr dünne helle Djellabas gekleidet, beginnen sie im Rhythmus eines Trommlers zu klatschen und zu singen. Während die Männer um einen roten Teppich tanzen, stimmen sie einen alten Versöhnungsgesang an, um die Dürre zu beenden und das Leben in die Oase zurückzubringen. Später versammeln sich die Männer unter einer Zeltplane, um über allgemeine Probleme in der Oase miteinander zu sprechen. Gemeinsam ist ihnen allen die Sorge darüber, wie schnell sich die Bedingungen in den letzten Jahrzehnten verändert haben. Als die Männer noch Kinder waren, wuchsen auf ihren Feldern unterschiedliche Obst- und Gemüsesorten. Dattelpalmen gab es in Hülle und Fülle, die Oase war einst ein Symbol für den blühenden Dattelhandel in der Region. „Während der Erntezeit sammelte jede Familie mehr als eine Tonne Datteln," erinnert sich Halim Sbai. Und ein anderer ruft: „Vor lauter Grün konnten wir nicht einmal das Haus unseres Nachbarn sehen. Jetzt gibt es nur noch tote Stämme. Und am Abend versammelten sich alle Kinder um die Feuerstelle und lauschten Omas Gruselgeschichten." Abdelkarim Bouarif, ein engagierter Agronom, erklärt uns, wie man eine weibliche von einer männlichen Palme unterscheidet. Die Wasserstelle ist heute ausgetrocknet und von Büschen überwuchert. In der Wasserstelle gibt es nur an drei oder vier Monaten Wasser, manche Jahre bleibt es ganz aus. Die einst sehr grüne und lebendige Oase ist zum größten Teil nur noch ein Schatten ihrer selbst. Die Felder sind verlassen, ein Großteil der Bäume vertrocknet. Das, was übriggeblieben ist, wird buchstäblich von der Wüste verschluckt. Die Sahara ist ein schneller Feind.

Oasen basieren auf einem einzigartigen landwirtschaftlichen System. In seinem Mittelpunkt stehen Palmen, welche Datteln – das Hauptprodukt der Oasen – liefern, Schatten spenden und die notwendige Feuchtigkeit für den Anbau von Obst, Gemüse und Futterpflanzen bewahren. Diese Vielfalt macht die Oasen extrem widerstandsfähig und anpassungsfähig gegenüber Wetterveränderungen. „Granatäpfel, Äpfel, Aprikosen, Pfirsiche, Oliven, Bohnen, Weizen, Gerste … all dies kann in einer gesunden Oase wachsen," erklärt Bouarif. „Es ist eine Ode an die Artenvielfalt. Alle Pflanzen leben in Synergie mit der Palme als Orchesterleiter." Traditionelle Anbaumethoden wie Fruchtwechsel und die Verwendung von lokalem Saatgut sowie natürlichem Dünger, dazu der Anbau von Hülsenfrüchten, die reich an Stickstoff sind sowie Getreide, das den Boden mit Kalzium anreichert, sorgen bei wechselndem Anbau für den Erhalt eines guten Bodens. Unkraut wird mit aromatischen Pflanzen in Schach gehalten. Die Böden dürfen nicht übermäßig ausgebeutet werden.

Wenn es geregnet hat und sich die Brunnen füllen, wird Wasser nach einem komplizierten Rotationsprinzip frühmorgens, solange es kühl ist, im Wechsel an alle Haushalte geliefert und durch ein kompliziertes System alter Kanäle verteilt, die mit Gefälle schnell fließen, um Verdunstung zu verhindern. Dürren haben schon immer zum Lebenszyklus der Wüstenbewohner gehört. Früher traten sie in Abständen auf, die es den Bewohnern ermöglichten, sie zu überstehen. Sie konnten Lebensmittelvorräte anlegen und ihre Wasserressourcen sorgfältig verwalten. Jetzt steigen die Temperaturen und die Dürren werden länger. Rissige, windgepeitschte Parzellen liegen verlassen da. Der Mangel an wirtschaftlichen Perspektiven zwingt die Bewohner der Sahara – stolze Nachfahren der Nomadenstämme, die diese Gebiete in den vergangenen Jahrhunderten besiedelt hatten –, in die großen Städte im Norden abzuwandern, um dort auf dem Bau oder als Saisonarbeiter in Hotels und Restaurants ihr Geld zu verdienen. Die Ksars, traditionelle Siedlungen aus Lehm, die gut belüftet sind, um die sengende Hitze abzuhalten, liegen unter dem Gewicht der vorrückenden Dünen verlassen da, weil sie von ihren Bewohnern aufgegeben wurden. Gehst du durch diese Ruinen, hast du das Gefühl, einer ganzen Zivilisation beim Verschwinden zuzuschauen. Zur Rettung der Oasen werden Regierungsprogramme zur Wiederherstellung traditioneller Bewässerungskanäle gestartet, Züchtungstechniken, um Pflanzen widerstandsfähiger gegen Dürren zu machen, eingesetzt sowie Schulungen im Anbau von wassersparenden Heilpflanzen durchgeführt. Dazu Anpflanzungen von Millionen von Palmen. Daher gibt es, trotz allem, weiterhin Oasen, denen es gutgeht und die aufgrund ihrer Lage eine ständige Wasserversorgung haben.

Francois gefiel es, mir mit solchen Begegnungen aus dem praktischen Leben der Bewohner sinnlich einen Einblick in Traditionen und Lebensgewohnheiten der Bewohner zu verschaffen. Er war nicht nur ein hervorragender Fahrer und Ingenieur, sondern viel mehr: Ein kulturell gebildeter Mensch, dem ich mein Leben lang dankbar bleibe für alles, was ich mit ihm in diesen Wochen erleben durfte.

Keine Krankheit hielt uns mehr auf, und wir erreichten auf der gleichen Strecke wie auf der Hinreise zum Monatsende im Juli Colomb-Béchar, wo wir uns vorläufig trennten. In Algier wollte ich nun meinen Freund Nadji besuchen. Und Francois würde ich ebenfalls in Algier wieder treffen, wo er und seine Frau Colette wohnten. Er plante für Mitte August, zusammen mit seiner Frau das Schiff zurück nach Marseille zu nehmen und schlug dafür schon einen gemeinsamen Reisetermin vor. Vorerst blieb er aber in Colomb-Béchar, während ich per Anhalter an einem Sonntag nach Algier aufbrach und bald einen Amerikaner fand, der mich – welch Glücksfall! – in seinem VW bis nach Oran am Mittelmeer mitnahm, wo wir bereits nach nur zehn Stunden Fahrt am Abend ankamen. Da stand ich am Mittelmeer, trank heißen Minztee und wollte am liebsten sofort in Richtung Algier weiterfahren.

Dabei hatte ich beinahe das Wichtigste, was einen Menschen ausmacht, meinen Reisepass, verloren. Im Auto des Amerikaners war er liegengeblieben. Also zurück zum Hotel, wo er abgestiegen war. Tatsächlich traf ich ihn an, und ich bekam zu meiner größten Erleichterung sofort den Pass zurück. Inzwischen war es zu spät geworden, um noch aus der Stadt herauszukommen und in der Dunkelheit am Stadtrand ein Fahrzeug in Richtung Algier zu stoppen. Da stand ich mit sehr wenig Geld, da ich bislang noch keine Gelegenheit hatte, meine letzten Traveller Schecks in der Bank zu tauschen. Es war Feiertag. Doch irgendwie und irgendwo musste ich diese Nacht verbringen. Vergeblich versuchte ich in den großen Hotels die Schecks zu wechseln.

Einige junge Männer gaben gute Ratschläge, doch die nächste Jugendherberge war weit entfernt und für mich an dem Abend unerreichbar. Zuletzt ging ich zur Polizei, ließ mich einige Stunden von einem sympathischen Offizier befragen, der vielleicht nichts Besseres zu tun hatte. Wir verständigten uns mithilfe eines Dolmetschers am Telefon, bis sein Misstrauen mir gegenüber nachließ. Die Polizei blieb reserviert und vorsichtig. Nach all der schwierigen Kommunikation und den Erlebnissen des Tages war ich groggy und derart erschöpft, dass ich auf dem Boden im Polizeibüro einschlief. Am sehr frühen Morgen erhielt ich in der Kantine eine Art Frühstück und unterhielt mich mit mehreren jüngeren Polizisten, mit denen die Verständigung besser klappte. Sie waren freundlich, locker, luden mich in ihr Polizeiauto und fuhren mich an den Stadtrand zu einer großen Tankstelle, wo ich einen Fahrer fand, der mich bis ins Zentrum von Algier brachte.

Die erste Nacht verbrachte ich dort in der Jugendherberge; dafür musste ich Mitglied werden und erhielt einen entsprechenden Ausweis in arabischer Schrift. Nah am Meer verläuft die Straße, an der sich die Auberge de Jeunesse befindet. Vom Dach genoss ich den herrlichen Blick auf die Küste mit halbmondförmiger weiter Bucht und allmählich ansteigendem terrassierten Ufer mit zahllosen Lichtern.

Der Name der Hauptstadt Algér, deutsch: Algier, geht auf das arabische Wort Al-Dschesair zurück, dass „Die Inseln" bedeutet. Etwa in der Mitte der algerischen Küstenlinie gelegen bietet die Stadt mit damals 380.000 Einwohnern auf den ersten Blick ein typisch europäisches Bild mit breiten, unver-

kennbar französischen Boulevards, einer großen Anzahl von
Hochschulen, der Universität und einer Vielzahl kirchlicher
Behörden, unter anderem einem katholischen Erzbischof.

Im 15. Jahrhundert wurde aus dem unbedeutenden Küs-
tenort der Ausgangspunkt für Rachefeldzüge der aus Spanien
vertriebenen Mauren. Zu Beginn des 16. Jahrhunderts erober-
ten die Spanier deshalb die Stadt und errichteten auf einer der
vorgelagerten größten Küsteninsel die Zwingburg „El Penon".
Unter den Türken, die gegen die Spanier zu Hilfe gerufen wurden, entwickelte sich Algier zur Hauptstadt des Landes und
erst nach der Eroberung durch die Franzosen erhielt sie ihre
heutige Bedeutung.

Bei der Suche nach Nadji und seinem Freund Faycal half
mir Colette, mit der ich mich vom ersten Moment an gut verstand. Sie traf mich in einem eleganten Café auf einem der
Hauptplätze an der Rue Didouche Mourad und fuhr uns mit
ihrem alten Renault die 15 Kilometer zur außerhalb von Algier
liegenden Hochschule, die auf der höchsten Erhebung von Cap
Matifou, einem Algier vorgelagerten Landarm, angelegt ist.
Von Weinbergen und Akazien umgeben siehst du weiter unten
die Wellen des Meeres den Strand umschäumen. Es muss eine
Freude sein, in dieser Umgebung zu studieren. Colettes Familie
stammt aus dem Elsass, in Algier ist sie als Lehrerin tätig. Ihren
alten, klapprigen Renault verteidigt sie: „Einen neuen Wagen
sollte man hier nicht fahren, er wäre nach wenigen Wochen
gestohlen." Sie leben in einer geschmackvoll eingerichteten
Wohnung eines großen Apartment-Hauses unweit des Zen-
trums. Sie lernte Deutsch während ihrer Schulzeit im Elsass
und kennt Deutschland seit einem frühen Schüleraustausch;
sie spricht es fließend mit französischem Einschlag.

In der Verwaltung der Hochschule erhalte ich die aktuelle Adresse von Nadji, der nicht bei seiner Familie in Algier, sondern nahe der Hochschule in einem Studentenwohnheim lebt. Groß ist unsere Wiedersehensfreude nach zwei Jahren. Wir besuchen seine Familie, die auf einer Anhöhe in einem kleinen Haus, umgeben von einem Gemüsegarten, lebt. Das Haus ist europäisch eingerichtet, erinnert wenig an die Wohnstätten, die ich kenne. Von Nadji und Faycal wusste ich kaum etwas. Von einem Stipendium hatte er früher erzählt, für das er sich einige Jahre im Anschluss ans Studium beim Militär verpflichtet hat. Die sehr bürgerliche Einrichtung stammt noch aus der Zeit, als der Vater berufstätig war. Seit einigen Jahren ist er durch schwere Krankheit nicht mehr in der Lage Geld zu verdienen. Die Mutter trägt gemeinsam mit einer älteren Tochter die Last für die große Familie. Auf beiden Seiten ist die Überraschung groß. Ohne Zögern lädt Nadji mich ein, Gast des Hauses zu sein, und ich bleibe einige Tage. Wir unterhalten uns auf Französisch; mit der Sprache komme ich allmählich besser zurecht, manchmal noch auf Englisch, das er nicht so gut spricht. Seine freundliche Familie lädt Colette und mich ans Meer ein; gemeinsam verbringen wir einen langen Tag mit gemieteter Hütte aus Lehm und Stroh und einer Kochgelegenheit.

Nadji und Faycal zeigen mir die winklige Altstadt, und gemeinsam besuchen wir eine Moschee, die ich barfuß betreten darf. Die von hohen Mauern umgebene Medina erinnert an Tétouan, nur hier hat sich die Bauweise der Hügellandschaft anpassen müssen, und die Altstadt ist noch ausgedehnter.

Die Freunde führen mich in die Medina, auf deren höchster Erhebung sich eine Kasbah, mit einer nochmals befestigten großen Verteidigungsanlage befindet. In dieser Medina war während des achtjährigen Algerienkrieges von 1955 bis 1962 der Widerstand organisiert worden. Große Hilfe boten dabei die Bewohner der Medina, einem außerordentlich armen Stadtviertel mit ihren schmal-gewundenen Gassen und Gängen. Diese Geschichte wurde verfilmt: Die „Schlacht um Algier" blieb bis 1971 in Frankreich verboten. In einer Szene des Films wird gezeigt, wie ein Aufständischer durch die Gänge des Gefängnisses geschleppt wird. Auf dem Weg zur Guillotine ruft er seinen Mitgefangenen ähnliche Worte zu, wie sie schon von Ahmed Zabana, der im Juni 1956 im „Barbarousse" hingerichtet wurde, überliefert sind: „Ich sterbe, meine Brüder, aber Algerien wird leben!"

Im jungen algerischen Staat, der sich gerade erst im März 1962 mit Ahmed Ben Bella als erster Präsident konstituiert hat, geht es in der Zeit vor allem darum, die Mentalität seiner Landsleute zu dekolonisieren. Ben Bella, ein FLN-Kommandant, Front de Libération Nationale, hat während des Algerienkrieges die Zeit von 1954 bis 1962 in französischer Haft zubringen müssen. Als Präsident verteilt er nun Land zugunsten armer Bauern, lässt große Impfkampagnen durchführen und steigert die Alphabetisierungsrate in seinen drei kurzen Regierungsjahren erheblich. Er setzt sich gegen Polygamie ein und schimpft vor der UNO über die imperialistischen Kriege des Westens und über die tatsächliche Apartheid nicht nur in Südafrika. Er fordert die afrikanischen jungen und eben gegründeten Staaten auf, die Rückzahlung ihrer Schulden zu verweigern. Er hat einen Überschuss an Charisma und einen Sinn für PR: Er weist seine Minister an, Renault zu fahren, einen der kleinsten der auf dem Markt verfügbaren Wagen. Mit seiner Politik schafft er sich viele Feinde unter den urbanen Eliten, unter traditionellen Autoritäten, denen die Reformen des jungen Präsidenten nicht behagen. So wird er zu einer panafrikanischen Ikone. Im Juni 1965, ein Jahr nach meinem Besuch in Algerien, endet seine kurze Regierungszeit abrupt; Boumedienne gelangt durch einen Militärputsch an die Macht.

Gleichzeitig wird das Land weiterhin noch jahrelang von der französischen Terrororganisation OAS, Organisation de l'armée secrète, mit einem nicht-enden-wollenden Bürgerkrieg überzogen. Die geheime bewaffnete Organisation ist eine aktive Untergrundbewegung französischer Siedler. Sie agiert während der Endphase des Algerienkrieges und weiter in den ersten Jahren der jungen Republik. Sie bekämpft einerseits nationalistische Algerier, die gewaltsam die weitergehende Unabhängigkeit von Frankreich anstreben, andererseits den französischen Staat, der die militärische Unterdrückung dieser Unabhängigkeitsbestrebungen nicht länger unterstützt. Rechtsgerichtete französische Siedler treten als Putschisten sowohl gegen Frankreich als auch gegen die algerische Bevölkerung auf. Mit Attentaten und Sprengstoffanschlägen suchen sie die Verhandlungen zwischen Frankreich und der „Kolonie" über die Sezession Algeriens aufzuhalten. Auch nach 1962 zielen sie dabei auf Zivilpersonen und zünden während dieser Kampagne bis zu 120 Bomben am Tag allein in Algier.

Auch in Frankreich verübt die OAS Anschläge. Staatspräsident Charles de Gaulle entkommt im September 1961 nur knapp einem Bombenattentat der OAS, ein weiteres wird auf den Kriegsgegner und Kulturminister André Malraux im Februar 1962 verübt. Deutlich erinnere ich mich an die Zeitungsberichte darüber. Bei einem gemeinhin der OAS zugeschriebenen Anschlag auf den Schnellzug Straßburg–Paris am 18. Juni 1961 starben 28 Menschen. Die sogenannten Delta Commandos der OAS brennen unter anderem die Universitätsbibliothek in Algier nieder und sprengen in Oran die Stadthalle, die Bücherei und vier Schulen. Verbrannte Erde wollen sie den verhassten Muslimen hinterlassen, aber keine französischen Errungenschaften. In Oran sterben durch ihre Bombenanschläge im Mai 1962 täglich zehn bis fünfzehn Menschen. Das Regime des spanischen Diktators Francisco Franco unterstützt sie dabei, und Spanien dient der OAS als logistischer Rückzugsraum. Spanien stellt drei Ausbildungslager für die Gruppe zur Verfügung, die sich noch jahrelang in Algerien herumtreiben und sich auch in ihrem „Mutterland" Frankreich gegen die Dekolonisierung ihres Heimatlandes Algerien zur Wehr setzen. Sie verbreiten grausamen Terror in Frankreich. Mehrere Tausend Muslime fallen der OAS zum Opfer.

Frantz Fanons Hauptwerk „Die Verdammten dieser Erde" war in aller Munde, nachdem es im Dezember 1961 erschienen war; nur wenige Tage später starb der Autor an Leukämie. Von Jean-Paul Sartre, mit dem Fanon zeitlebens in Diskussion stand, stammte das berühmte Vorwort. Von diesem Titel hatte ich oft gehört und las es während meiner Reise. Wir sprachen darüber mit Nadji und anderen Menschen, die uns begegneten. Nadji und Faycal blieben zurückhaltend in ihren Meinungen und hielten die Thesen für sehr interessant, jedoch nicht immer und auch für Algerien nicht wirklich zutreffend.

Frantz Fanon, der im Zweiten Weltkrieg an der Seite der Franzosen in Nordafrika gegen die Deutschen gekämpft hat und im Algerienkrieg die FLN unterstützte, beschrieb in diesem Buch die Gewalt, mit der sich der Unterdrückte zur Wehr setzt, um sich von der Gewalt zu befreien, der er unterworfen ist. Terror fällt nicht vom Himmel. Terror bricht aus der Hölle der Geschichte in den Alltag der Menschen ein, die hier und heute leben, und konfrontiert sie mit ihrer verdrängten Vergangenheit. Fanon wendet sich endgültig ab von der europäischen Arbeiterklasse und den westlichen linken Intellektuellen als Verbündete für die Befreiung der kolonisierten Länder. Er setzt seine Hoffnungen auf den gewaltsamen Aufstand der afrikanischen Bauernschaft. Dabei geht es ihm keineswegs um die Gewalt an sich, sondern ausdrücklich um die widerständige Gegengewalt zur bestehenden Gewaltanwendung der Kolonisatoren, die sich auf eine bestimmte historisch-konkrete Situation bezieht, und nur hier als legitim angesehen wird. Seine Theorie der Befreiung gründet dabei vor allem auf den Existenzialismus Sartres als auch auf die Hegelsche Herr-Knecht-Dialektik.

Den Rahmen des Dekolonisationsprozesses bildet für Fanon die Nation. Das sich entwickelnde kollektive Bewusstsein des unterdrückten Volkes ist Fanon zufolge auch immer ein nationales Bewusstsein, das er den feudalen Regionalismen und dem rassistischen Stammesdenken gegenüber abgrenzt. Fanons Idee der afrikanischen Nationen hat sich in der Praxis in meiner Wahrnehmung leider nicht bewährt. Ethnische Konflikte sind auch heute noch in fast jedem Land Afrikas vorhanden, ähnlich im Vorderen Orient. Auch dort wurden die Grenzen von Kolonialmächten willkürlich gezogen und die entstandenen unabhängigen Nationen hielten an dieser Einteilung überwiegend fest. Dieser wichtige Aspekt wird von dem Autor in seiner Beurteilung der Nation als Keim für eine neue Gesellschaft nicht bedacht.

Dieselbe Fehleinschätzung westlicher demokratischer Staaten ist die Ursache dafür, dass in Syrien, ebenso im Irak und vor allem in Afghanistan Staaten erst zerstört und anschließend stabilisiert werden sollen, die sich selbst kaum als Staaten verstehen, sondern gefühlte Stammesgesellschaften sind, denen willkürliche Grenzziehungen durch die Kolonialmächte aufgezwungen worden sind. Diese Staatsgebilde führten bis in unsere Gegenwart nicht zu Nationen mit entsprechender Nationalkultur. Ein Staat ohne Nation bleibt leider ein Hirngespinst ohne Basis. Ich frage daher: Wie kann ein Staat ohne Nation demokratisiert werden?

Nach einigen Tagen schlugen mir Nadji und Faycal eine mehrtägige Reise zu viert vor – mit Nadji und seiner damaligen Freundin Francoise, Faycal und mir – auf zwei Lambrettas über das nordalgerische Hochplateau nach Bougie. Die Stadt Bougie, wie sie damals noch hieß, liegt etwa 250 Kilometer Fahrtstrecke östlich von Algier am Meer. Sie wurde in den 60er Jahren in Béjaia umbenannt. Zugegeben, ich stimmte damals zu Beginn nicht gerade begeistert zu; nach all den Reise-Strapazen zuvor war ich auf Anstrengungen nicht aus. Zusammen mit Colette hatten wir in diesen Tagen in der Sonne am Strand gelegen und waren im Meer schwimmen, es waren die ersten reinen klassischen Urlaubstage, in denen süßes Nichtstun angesagt war. Dennoch fuhren wir auf schmalen, oft holprigen Straßen auf den Motorrollern – ich immer auf dem hinteren Sitz – über das Hochplateau, an Abgründen vorbei und durch Korkeichenwäldchen. Wir waren im alten Berberland und sahen die Bewohner, die sich gebietsweise noch nomadisierend allein mit Viehzucht beschäftigen. Sie trugen Messer und Gewehre oder alte Pistolen. Wir folgten der N12 über

Tizi Ouzou durch das Bergland und befanden uns hier auch im Gebiet französischer Siedler, die ihre Landwirtschaft nicht aufgeben wollten und auf dem Lande gegen die Berber Bomben legten und weitere Attentate verübten. Die rechtsgerichteten Aufständischen, die dies Hochland weiter als „ihr" Gebiet beanspruchten, kämpften insgeheim gegen die Selbständigkeit des jungen Staates – als OAS. Kurz nach meiner Ankunft in Algier, verübten sie einen Anschlag auf den jungen Staatspräsidenten, der fehlgeschlagen war.

Wir trafen nur friedliche Fellachen, Berber und Araber, die ihren jungen Staat, aber vor allem ihr „Ksar", ihre kleinen dörflichen Festungen, die wie Adlerhorste an den Berghängen klebten, gegen französische Siedler, verteidigten. Stundenlang fuhren wir auf den beiden Lambrettas durch einsame Berggegenden, immer mal wieder an kleinen, durch den vorangegangenen Stellungskrieg teilweise oder gänzlich zerstörten Dörfern und Ksars vorbei, bis wir die Hafenstadt Bougie erreichten.

Bougie oder Béjaia steht an der Stelle der antiken karthagischen Stadt Saldae, eines kleinen Hafens aus karthagischer und römischer Zeit. Kaiser Augustus verlieh dieser Stadt den Status einer „colonia". Später, im 5. Jahrhundert, wurde sie von den Vandalen eingenommen und kurzlebig als Hauptstadt eines Vandalenreichs befestigt, bis ein byzantinischer General die Stadt Saldae einnahm und eine Präfektur errichtete. Damit war diese Berber-Region der bedeutsamste Eckpfeiler der oströmischen oder byzantinischen Macht im Westen, die bis zur muslimischen Ausbreitung und Eroberung ab 660 bis 750 n. Chr. anhielt, in der das Küstengebiet des Maghreb, Algerien, Tunesien und Marokko, unter arabisch-islamischen Einfluss und Herrschaft geriet.

Die Stadt mit ihrem inzwischen drittgrößten Hafen des Landes wurde gerade noch bedeutender wegen der Öl-Pipeline, die von Touggourt über Biskra aus der Sahara hier an die Küste führt. Große Raffinerien mit Dutzenden von Tanks reihen sich aneinander. Hinter der Stadt erhebt sich wuchtig und schwungvoll der Tell-Atlas. Eine alte, zerstörte Festung besichtigten wir in einer Höhe von etwa 1.800 Metern. Der Aufstieg, schweißtreibend und anstrengend, war dennoch am Ende erfrischend. Mittags aßen wir zwischen den Ruinen, ruhten unter Dornbüschen und bewunderten das unterirdische Kanalisationsnetz der von Franzosen errichteten Festung.

Am späteren Nachmittag besuchten wir einen Leuchtturm. Der Wärter führte uns voller Stolz oben im Turm seine elektromechanische Spiegelanlage vor und bot uns an, im Turm die Nacht zu verbringen, wo er selbst wohnte. Wir lehnten dankend ab, hatten wir doch vor, mit unseren Zelten am Meer zu kampieren. Tags darauf besuchten wir die größten bekannten Tropfsteinhöhlen Algeriens, „les-grottes-merveilleuses". Einige Stalagmiten und Stalaktiten mussten dran glauben. Idyllisch aßen wir mittags in einem einfachen Restaurant in größter Ruhe – innerlich wie äußerlich. Für mich das letzte ungestörte Mahl in Algerien. Tags darauf kehrten wir nach Algier zurück.

Zusammen mit dem Ehepaar Lequoc buchte ich mir ein Ticket für das Paquebot „Kairouan" nach Marseille. Nadjis und Faycals Geschwister hatte ich inzwischen liebgewonnen. Eine der Schwestern hatte meine völlig verdreckte Wäsche in Ordnung gebracht, sodass ich einigermaßen würdig an Bord erscheinen konnte. Der Abschied von diesen unvergesslichen Menschen und vorbildlichen Gastgebern ist mir bis heute lebhaft in Erinnerung.

Nadji traf ich erst nahezu ein halbes Jahrhundert später in Frankreich wieder, in der Provence und in Paris, wo er, nach Abschluss seines Studiums und nach absolviertem Militärdienst, als Ingenieur im französischen Flugzeugbau sein ganzes Berufsleben verbrachte.

Mit Colette und Francois verlebte ich einen wundervollen Tag an Bord. Während der Nacht konnte getanzt werden. Eine sanfte Brise und Dünung hoben die Stimmung. Afrika verschwand, langsam und schemenhaft und blieb doch viel deutlicher, als ich mir dies zu Beginn der Reise hätte vorstellen können, zurück. Zwischen Menorca und Mallorca fuhren wir hindurch. Lichter glitzerten in der Ferne, Bordmusik ertönte beschwingt und wohltuend. Ich fühlte mich schon fast wieder wie zu Hause – in Europa, der vertrauten Umgebung.

Die Menschen im Maghreb und in der Sahara haben mir vorgelebt, was ich sehr zu schätzen lernte. Sie scheinen noch Herren ihrer Zeit zu sein, damals jedenfalls von Werbung und solcherart Fremdbestimmung weithin verschont. Die Menschen arbeiten, um elementare Bedürfnisse ihrer Familie zu stillen, nicht um im Wettstreit mit den Nachbarn zu konkurrieren. Meisterhaft verstehen sie die Kunst der Muße, des Spiels, der Selbstentäußerung in religiöser Versenkung. Unsere Sorgen wären wohl oftmals keine Sorgen für sie, da sie für die Menschen im Maghreb sinnentleert erscheinen. Gewiss kennen auch sie manche Krankheit, die bösartigsten, geboren aus Hitze, Unsauberkeit, Mangelernährung und Ungeziefer, aber eine Managerkrankheit oder ein Burnout sind ihnen fremd. Die Unrast und Hast der Menschen im enggewordenen Europa kann sich auf der anderen Seite des Mittelmeers nicht halten. Will man dort bestehen, muss man sich dem anderen Rhythmus anpassen. Und Freude und Gewinn kann man nur erzielen, wenn man dazu bereit ist.

Lernen konnte ich auch von der bedingungslosen und großzügigen Gastfreundschaft – der Besuch eines Gastes ehrt das Haus. Lieber wird man sich Geld leihen als einen Gast unwürdig zu behandeln. Gast ist nicht nur der Blutsverwandte und der Freund, sondern auch der Freund des Freundes und jeder, der die Gastlichkeit des Hauses beansprucht. Es bedarf nicht unbedingt der Voranmeldung und Vorbereitung. Jederzeit ist er willkommen, und allen Angehörigen gilt der Gast eines Familienmitglieds als ihr gemeinsamer Gast.

In Marseille, zurück auf europäischem Boden, überwältigte mich das auch nicht gerade vertraute Bild des Südens in der Provence wie ein großes, unerhört kostbares Geschenk. Es gab wieder Wälder und grüne Wiesen. Wie fremd uns die Landschaften des Südens auch erscheinen mögen. Ich spürte nach dem großen Abstand und nach dem so viel Fremderen der afrikanischen Landschaften das Kennzeichnende unseres Erdteils als eine Gabe der Natur, der wir uns zu selten bewusstwerden, da sie uns als selbstverständlich erscheint.

Ähnlich ging es mir mit den Menschen. War ich auf der Reise, wo immer ich auftauchte, der bestaunte, begaffte Fremde, so durchflutete mich eine Woge der Dankbarkeit und der Freude, als ich nun wieder unter Europäern weilte. Erst der andere Kontinent vermag die Dinge in Europa ins rechte Licht zu rücken. In unserer Beschränktheit entwickeln wir die Fähigkeit, das Trennende recht scharf – überscharf! – zu sehen, womit wir unsere eigenen Möglichkeiten mindern, das Verbindende, das überall Gültige zu erkennen und zu bejahen.

Abenteuer & Begegnungen: 1. Weltreise

Nicht Teil der Maschinerie sein wollen

Für die Zeit nach Abschluss der Schule wurden mir von Mutter verschiedene Szenarien als notwendiger nächster Lebensschritt nahegelegt. Das Sabbatjahr gab's noch nicht. Auslandsjahre waren nicht einmal denkbar. Und eine Ausbildung, sei es in einem Büro, einer weiteren Schule oder Hochschule mochte ich mir damals für mich nicht vorstellen. Ich merkte plötzlich: Die Wirklichkeit ist furchtbar unpoetisch und banal. Im Nachhinein erscheint es mir vollkommen logisch, dass ich das Weite suchte.

Auf Mutters Wunsch hatte ich noch während des letzten Schuljahres an verschiedenen Vorstellungen und Aufnahmeprüfungen teilgenommen, die ich ausnahmslos recht gut bestand. Da gab es unter anderem die Verwaltungslaufbahn im Rathaus oder beim Volkswagenwerk die Ausbildung zum Industriekaufmann, auch das Wirtschaftsgymnasium war eine

Option. All das reizte mich leider gar nicht. Dass sich unbedingt etwas in dieser Art unmittelbar nach Schulabschluss anschließen müsse, entsprach der allgemeinen Vorstellung. Nicht so bei mir. Das hatte alles nichts mit Poesie zu tun, mit Träumerei oder Schönheit. Ich wollte nicht glänzen und blenden. Ich wollte reisen, die Welt kennenlernen und mich mittendrin erleben.

Stets hatte es mich gereizt, unbekannte Kulturen kennenzulernen, fremde Sprachen zu erlernen, andere Sitten und Gebräuche zu erfahren, die bekannten eigenen Werte möglicherweise infrage zu stellen. Etwas mit Schreiben und Kunst, mit Journalismus oder Politik im weitesten Sinne zu tun zu haben, stand mir als mögliches Ziel vor Augen. Frei wollte ich sein von Begrenzungen, Beurteilungen und Glaubenssätzen.

Eltern möchten ihre Kinder vor Unwägbarkeiten bewahren, das Unglück verbannen. Das Glücklichsein wird zur Vorschrift, wogegen ich mich auflehnte. Dem Komfort und gedankenlosen Gleichmaß wollte ich Poesie, echte Gefahr, Freiheit und Sünde entgegensetzen, mit dem Anspruch, dabei auch unglücklich zu sein. Selbst das Recht, in ständiger Angst vor dem zu leben, was morgen passieren könnte und von unsäglichen Schmerzen aller Art gequält zu werden, reizte mich mehr als mit Glück überschüttet zu werden und darin bis über beide Ohren zu versinken.

Die Kunst braucht die Katastrophe und das Verbrechen, damit sie uns berührt und verstört. In der Musik ist es der Unterschied zwischen Amy Winehouse und Helene Fischer, der alles sagt. Aus dem Unglück der anderen zieht man Trost. Das ungetrübte Glück macht keine guten Geschichten, man klappt solche Romane nach zwanzig Seiten zu oder läuft aus dem Kino, falls man nicht vorher eingeschlafen ist.

In ihrem Essay „Das Alter" drückt Simone de Beauvoir mein damaliges Lebensgefühl aus: „Die Gesellschaft kümmert sich um den Einzelnen nur in dem Maße, in dem er ihr etwas einbringt. Der junge Mensch weiß das. Seine Angst in dem Augenblick, da er in das soziale Leben eintritt, entspricht genau der Angst der Alten in dem Augenblick, da sie aus dem sozialen Leben ausgeschlossen werden. In der Zwischenzeit werden die Probleme durch die Routine verdeckt. Der junge Mensch fürchtet sich vor dieser Maschinerie, die nach ihm greift, und manchmal versucht er, sich mit Steinwürfen zu wehren."

Als Logisjunge auf Weltreise

Als ich in einem Stern-Artikel von den Tragödien las, die sich kurz vor Kriegsende auf der Ostsee ereignet hatten, hörte ich erstmals bewusst von der Reederei Hamburg-Süd, einer alteingesessenen Hamburger Reederei. Bei Kriegsende halfen ihre Schiffe wie die Wilhelm Gustloff, die Cap Arcona und die General San Martin dabei, Menschen vor der anrückenden Sowjetarmee aus Ostpreußen in Sicherheit zu bringen. Das „Kraft-durch-Freude"-Schiff Wilhelm Gustloff wird am 30. Januar 1945 mit fast 10.000 Flüchtlingen an Bord am Abend in Höhe Stolpmünde von russischen Torpedos getroffen. Es ist das Todesurteil für die meisten Menschen an Bord, und das Schiff sinkt etwa 23 Seemeilen vor der pommerschen Küste, dem heutigen Polen. Mehr als 9.000 ertrinken in der eiskalten Ostsee. Die zweite Tragödie ereignet sich in der letzten Kriegswoche. Der einstige Luxusdampfer Cap Arcona wird durch den Beschuss britischer Bomber, die deutsche Truppen auf dem Schiff vermuten, in der Lübecker Bucht versenkt. An Bord sind allerdings mehrere tausend evakuierte Häftlinge aus dem KZ Neuengamme. Die meisten von ihnen sterben dabei.

Eine Flotte hat die Hamburg-Süd zum Ende des Krieges nicht mehr. Das Unternehmen hält sich in dieser Zeit mit Schuten, Schleppern und Barkassen im Hamburger Hafen über Wasser. Andere Schiffe wurden von den Siegermächten beschlagnahmt.

Das gab mir die Idee: Ich würde erstmal zur See fahren und Abstand zu allem gewinnen und mich dabei vielleicht finden. Kurzentschlossen fuhr ich per Anhalter nach Hamburg, begab mich in die Ost-West-Straße direkt zum neuen Hamburg-Süd-Hochhaus und fragte dort einfach nach, ob und wie ich anheuern kann. Die Frage, was ich an Bord tun könnte, war mir nur vage in den Sinn gekommen. Nun hätte ich eigentlich einer Beratung bedurft. Hätte Orientierungshilfe von Menschen benötigt, die sich ein wenig auskennen und mir Verschiedenes erläutern, in welcher Form man zur See fahren kann, wie man sich die Einzelheiten und Abläufe vorstellen soll und welche Vor- und Nachteile verschiedene Möglichkeiten mit sich bringen. Leider dachte ich daran gar nicht und unterschrieb am selben Tage noch einen Heuervertrag, in dem ich mich verpflichtete, für achtzehn Monate im Fahrtgebiet Pazifik auf einem Schiff zunächst als Logisjunge zu arbeiten. Als Brillenträger war das offenbar die einzige Möglichkeit für mich.

Es war ein Schiff, das nicht eine bestimmte Linie bedient und regelmäßig in den Heimathafen zurückkehrt, wo man – wie üblich – abmustern kann. Im Normalfall besteht immer die Möglichkeit nach Rückkehr in die Heimat abzumustern und auf einem anderen Dampfer anzuheuern. Das ging hier nicht. Dies war ein Trampschiff auf wilder Fahrt, welches mal hier- und mal dorthin geschickt wird, sich immer im großen Fahrtgebiet Pazifik aufhält und stets dorthin unterwegs ist, wo es sich aus Sicht der Reederei rechnet. Eine Rückkehr in den Heimathafen Hamburg war gar nicht vorgesehen. Als Tätigkeit für mich gab's nur die Ausbildung zum Steward, mit der „fürstlichen" Anfangs-Entlohnung von 45 DM monatlich. Was das für mich wirklich bedeutete, davon hatte ich nicht die geringste Vorstellung, hörte nur, dass es schon sehr bald in die weite Welt losgehen soll und war außer mir vor Vorfreude. Nach einer kurzen Musterung wurde ich seediensttauglich für den „übrigen Schiffsdienst" geschrieben und erhielt vom Hamburger Seemannsamt bereits am 20. April 1965 mein Seefahrtbuch. Kaum ein Monat war seit dem Ende meiner Schulzeit vergangen.

Meine Entscheidung war von der zutiefst romantischen Vorstellung durchdrungen, in fernen Ländern Erfahrungen und Begegnungen mit Kulturen zu erleben, welche von der Industrialisierung noch weitgehend verschont und ursprünglicher geblieben sind oder Insulanern in der Südsee zu begegnen wie Gauguin sie erlebte oder Delacroix in Nordafrika und eine Vielzahl anderer Künstler, Schriftsteller und reiselustiger Wissenschaftler und Abenteurer mit ihnen, die sich inspirieren ließen oder auf den Spuren von B. Traven auf dem Totenschiff Erfahrungen zu bestehen, die von Lohnabhängigen handeln, wie sie sonst nur Büchner und Marx beschreiben.

Flughäfen zogen mich schon immer an. In Hannover befand sich der Flughafen Langenhagen nahebei. Aus einem kleinen Wald in der Nähe, in dem wir uns Geschichten ausdachten und vorspielten, hatten Diethild und ich als Kinder die damals noch wenigen Flugzeuge aufsteigen gesehen, ebenso Ballons von der dortigen Wetterstation. Uns faszinierte das Flughafen-Gebilde aus Glas, das so leicht und weit wirkte und den Himmel in sich aufnahm. Du trittst in die hell erleuchtete Abflughalle, du eilst über den spiegelglatten Boden zum Gate, und es ergreift dich das Beben eines Neubeginns. Es sind Orte des Durchgangs, man befindet sich nicht mehr hier und noch nicht dort. Hier fallen Ankunft und Abschied zusammen.

Und nun war es so weit. Mein erster Flug von Hamburg nach Kopenhagen und von dort aus weiter nach Montréal in Kanada stand an. Das Erlebnis mit der viermotorigen SAS Super Constellation war grenzenlos. Damals gab es nur Flugcharme statt Flugscham wie heute. Man gewinnt nie größere Distanz, als wenn man fliegt. Fühlt sich losgelöst, frei von allen Bezügen, kann nicht mehr belangt werden – hier oben. Das Mobiltelefon, damals gab's noch keine, ist ausgeschaltet. Häuser, Straßen und Seen werden mit zunehmender Flughöhe kleiner und damit auch das, was einen beschwert. Die Schlangen vor den Schaltern, die Warterei, die unangenehmen Sitznachbarn mit dem Knie und der Ruckelei im Rücken. Das Rattern der Tragflächen bei Schlechtwetter, durch das sich das Flugzeug hindurchquält. Nichts, was damals gestört hätte. Und du lernst etwas dabei: Die Freiheit über den Wolken gibt es nur zum Preis einer persönlichen Entrechtung. Man nimmt diese hin. Das überlegte ich mir auf dem langen Flug, auf dem wir bei Schlechtwetter zeitweise angeschnallt auf unseren Sitzen festsaßen, uns mit einem Fläschchen Wasser begnügten und niemand ein Aufsehen machte.

Es tut den Leuten auch nicht nur gut, wenn sie am Boden bleiben und der Horizont an der Wohnzimmertapete endet.

Man bewegt sich kaum mehr, auch im übertragenen Sinn: Man beharrt auf seinem Standpunkt, kann nicht abweichen von seiner Meinung. Die Leute verknoten sich in sich selbst und ineinander. Es lohnt sich vielleicht doch, aus 10.000 Metern auf sein kleines Leben hinunterzuschauen. Sobald das gelingt, fällt die Anspannung von einem ab. Man ist ausgeliefert und kann jetzt nichts mehr tun, als sich ergeben. Ergebenheit ist nicht das Schlechteste gegen die Angst, dieses beherrschende Gefühl der Gegenwart, in der man jedes Ungemach abzuwenden sucht.

Ich weiß es nicht mehr genau. Es müssen wohl circa zehn Flugstunden gewesen sein, als unsere ganze Austausch-Mannschaft endlich in Montréal im hellerleuchteten Flughafen stand und uns ein Bus zur Cap Roca, unserem Schiff, brachte, welches mit unserer neuen Mannschaft schon am nächsten Tag ablegte und den Sankt-Lorenz-Strom in Richtung Neufundland ansteuerte. Vorbei an Québec und vielen glatten Felseninseln, an abgeschliffenen bizarren Granitformationen entlang schob sich unser Stückgutfrachter energisch voran, Neufundland und Labrador entgegen.

Die Cap Roca, von den Hamburger Howaldtswerken erbaut, war eins von vier Schwesterschiffen aus der zweiten Baureihe von Cap-Motorschiffen der HSDG, Hamburg Südamerikanische Dampfschifffahrtsgesellschaft Eggert & Amsinck, kurz: Hamburg-Süd. Sie wurde um 1955 in Dienst gestellt. Das weiß gestrichene, 154 Meter lange, 8.980 BRT große Schiff bot Platz für zwölf Passagiere und wurde von einem 8-Zylinder-Borsig-MAN-Zweitaktdiesel von 7.200 PS angetrieben, der eine Geschwindigkeit von maximal 17 Knoten ermöglichte. Gut zwei Jahrzehnte nach Kriegsende kehrte auf den Weltmeeren Schritt für Schritt allmählich Normalität ein, und in den Häfen der USA machten wieder Schiffe mit der deutschen Flagge am Heck fest – so wie die Cap Roca, ursprünglich ein Schiff der sogenannten Columbus-Line. Unser vorgesehenes Fahrtgebiet war jedoch die Ost- und Westküste der USA, Australien und Neuseeland, also vor allem Nord- und Südpazifik. Das Schiff mit Ladekühlraum für Früchte, Fleisch und anderes Kühlgut war ursprünglich für den Schnelldienst auf der Südamerika-Linie gedacht.

Auch die Namen der anderen drei Cap-Dampfer sind dieselben wie aus der Zeit vor dem Ersten Weltkrieg: Cap Verde, Cap Ortegal und 1956 wurde die Cap Finisterre, das letzte Schwesterschiff aus der Baureihe, in Dienst gestellt.

Im Heck des Schiffes befindet sich die Kajüte, die ich mit einem Jungmatrosen von der Decksmannschaft teile. Durch das Bullauge ist die Dünung des Meeres jederzeit zu sehen. Beeindruckend dann die Annäherung an New York mit seiner Skyscraper-Silhouette, der Vorbeifahrt an der Freiheitsstatue und das Anlegen im Hafenbereich des East River. Bei Landgang gehen wir beide gemeinsam von Bord und schauen uns in New York das Nachtleben am berühmten Times Square in der 7th Avenue an. Mit Ausnahme des Broadways verlaufen alle Straßen wie mit dem Lineal gezogen schnurgerade in zwei Richtungen. Abgesehen vom Nachtleben in Midtown haben wir nicht viel mehr mitbekommen, dazu ist die Zeit mit An- und Abfahrt bis zum Liegeplatz viel zu kurz. Liegezeiten kosten, daher muss immer so schnell wie möglich die Ladung gelöscht werden. Ich erlebe, wie geschickt das Stückgut hochgehievt und in den Laderäumen verstaut wird. Außerdem kommen in New York zwölf Passagiere an Bord: Eine große Auswanderer-Familie mit vier Töchtern und ihrem kleinen Sohn, dazu noch zwei junge Männer und weitere Passagiere, die alle nach Australien auswandern wollen.

In einem der nächsten Häfen, in Newport News, glitten wir zunächst stundenlang flussaufwärts an eingemotteten Victory-Schiffen vorbei, mit denen die Invasion in der Normandie zum Ende des Zweiten Weltkriegs logistisch gelöst worden war. Hunderte Schiffe gleicher Baureihe, grau gestrichen, lagen nun hochgezogen an Land und im flachen Uferbereich in der Nähe des Wassers, sie waren allein zum Transport für Kriegsgerät und Mannschaften erbaut, für den einzig vorgesehenen Zweck der Invasion in Sizilien und in der Normandie. „The longest day" nahm hier für mich Gestalt an.

Heute kann ich nicht mehr sagen, warum mich unser Bootsmann in der Mannschaftsmesse oder an Deck immer wieder drangsalierte, bis hin zu Prügeln, die er mir verpasste und sich damit vor seiner Decksmannschaft wichtig zu machen suchte. Vielleicht missfielen ihm meine Blauäugigkeit, meine romantischen Vorstellungen, von denen er vielleicht eine Ahnung bekam, und vielleicht gab es sonst niemanden, den er hätte malträtieren können. Wehren konnte ich mich gegen die Fußtritte dieses kräftigen Mannes kaum. Für einen so desillusionierten Kerl, der sein Leben mit der Whisky-Flasche teilte, schien ich ein gefundenes Fressen zu sein. Damit er nicht ganz allein als Unhold auf weiter Flur galt, stiftete er auch andere aus der Mannschaft an, mich zu schikanieren. Bei einigen gelang ihm das. Das hat meine Seefahrt-Begeisterung fühlbar gedämpft.

Meine Arbeit versuchte ich so gut wie möglich zu erledigen. Von morgens um 6:30 Uhr bis abends um 19:30 Uhr war ich bis auf eine Stunde Mittagspause durchgehend alle

Tage – auch Samstage und Sonntage – ohne Unterbrechung im Dienst. Dem Kapitän, den ich nie zu Gesicht bekam, schrieb ich eine formelle Nachricht mit meiner Beschwerde und nur ersatzweise für den Fall, dass er nicht eingreift und die Schikane nicht aufhört, eine außerordentliche Kündigung. Den Brief ließ ich ihm von dem jungen 3. Offizier übergeben, der die Schikanen wiederholt beobachtet hatte und ein netter Kerl zu sein schien. Vom Kapitän habe ich dazu nie etwas gehört und gesehen. Er hat es nicht ernst genommen und geschwiegen. Es war, als hätte er mein Schreiben nicht erhalten. Doch der 3. Offizier stellte auf meine Nachfrage eindeutig klar, dass er meinen Brief dem Käpt'n persönlich übergeben hatte.

Später in den Südstaaten-Häfen von Charleston und dem romantischen Savannah wurde es allmählich heiß, die Hitze begann sich achtern im Unterdeck zu stauen. Wann immer es ging, öffneten wir bei ruhiger Dünung das Bullauge, um frische Luft zirkulieren zu lassen. Außer kleinen Unwettern verlief die Reise vorerst ruhig, vorbei an Florida und Miami, vorbei an den Keys zwischen der Südspitze der USA und Kuba. Auf unserem Weg nach Tampico, einem mexikanischen Hafen, erwischte uns jedoch ein schreckliches Unwetter.

Als ich nun zum ersten Mal mit achtzehn Jahren auf hoher See in einen ganz außergewöhnlich schweren Sturm geriet, als die See über das Vorschiff wusch und der Stückgutfrachter tief durchtauchte und entsetzlich rollte und es vierundzwanzig Stunden kaum etwas zu essen gab, der Smutje hatte dicht gemacht. Die Galley stand unter Wasser. Alles war überspült und wir drohten abzusaufen, und ich war vor Angst starr. Der plötzliche Anprall des rauen und entsetzlich schönen, wenngleich furchterregenden Lebens war eine Sensation, die ich dann, als ich ein bisschen mehr reinkam in diesen Rhythmus des Stampfens, bemerkte. Mich tröstete, dass alle anderen es ebenso ertrugen und dass es ihnen ganz gut zu gehen schien. Sie hatten kein Mitleid mit mir, und ich hatte selbst kein Mitleid mit mir. Du warst auf deine Kräfte angewiesen, um das aushalten zu können. Und ich hielt aus. Und im Rückblick über die Jahre kann ich mich erinnern, dass man mit so etwas fertig werden kann.

Eine Woche nach diesem Sturm erreichten wir ohne besondere Vorkommnisse Colón in Panama und lagen an den Pfählen, bis wir an die Reihe kamen für die Durchfahrt durch den Kanal. Dieser war 1914 nach vielfachen Versuchen zunächst französischer Ingenieure und am Ende, nach seiner Fertigstellung durch amerikanische Ingenieure, gerade zu Beginn des Ersten Weltkriegs eröffnet worden. 26.000 Tote, vor allem Malaria-Opfer, waren während der jahrzehntelangen Bauzeit zu beklagen.

Auf der Cap Roca wurde an Deck alles ordnungsgemäß festgezurrt und verschlossen, denn nun kamen öfter Leute an Bord, die ihre Waren feilboten, und dabei gern etwas mitgehen ließen oder Damen kamen an Bord, die ihre Haut zu Markt trugen. Die Durchfahrt durch den 82 Kilometer langen Kanal mit seinen fünf Schleusenanlagen war beeindruckend. Es gibt mehrere Staustufen bis zum 25,9 Meter. Acht Zahnradlokomotiven zogen als Treidelloks unser Schiff durch die Schleusenanlagen. Auf der anderen Kanalseite, am Pazifik, liegt Panama-City. Eigentlich war zum damaligen Zeitpunkt in den 60er Jahren bereits die Verkehrskapazität des Kanals erschöpft. Der Kanal wurde dann um 2000 nochmal erweitert und vertieft. Seit dieser Zeit wird ein Durchstich an anderer Stelle, zuletzt durch Nicaragua mit chinesischem Kapital, geplant.

Einige der Jungs von der Decksmannschaft waren in der Kanalzone durchweg in betrunkenem Zustand und als Randalierer ziemlich aggressiv, am schlimmsten der Bootsmann, der gerne weiter seine Launen mit Häme und Prügel nicht nur an mir ausließ. Einfach aus Spaß. Die Decksleute machten klar Schiff, die Außenhaut wurde – soweit möglich – neu gestrichen, ebenso die Bäume, die Taue gelabsalbt, die Provianträume neu eingerichtet.

Jeden Donnerstag gab's Eier nach Wunsch zum Frühstück. Und was dachten sich die Jungs in der Mannschaftsmesse nicht alles aus, um mich und den Smutje mit ihren ausgefallensten Wünschen laufen und ackern zu sehen. Das war ein Höhepunkt in der Woche! Unangenehm war ein Teil der Maschinen- und Decksgang für mich nur dann, wenn sie aufgeregt und betrunken mittschiffs von einer Kammer zur anderen rannten oder wankten, Tauschgeschäfte erledigten und die letzten Pokerpartien verloren hatten. Der Koch kam wieder mal nicht pünktlich zum Kochen, trank überall rasch noch eine Tasse Bier, bevor er sich beim Käpt'n meldete, mit dem er auf dieser Reise ständig im Clinch lag. Wegen seiner Trunkenheit und mehrfach schlechter Verpflegung gab es bald Ärger und Beschwerden. Der Smutje saß dann in seiner Kammer, moserte und schimpfte und war mit sich und der Welt unzufrieden. Ein Teil der Mannschaft bestand tatsächlich aus echten Psychos, die schon von manchen Reedereien für die normale Linienschifffahrt auf allen Pötten gesperrt waren und nur hier, auf wilder Fahrt, noch anheuern konnten. Und sogar hier konnte es passieren, dass es dem Käpt'n zu viel wurde. Die Männer nannten das damals „Generalsack", wenn die Reederei jemanden für alle Dampfer gesperrt hatte oder der Käpt'n sich genötigt sah, einen aus der Crew nach Hause zu schicken.

Mit zwei oft ölverschmierten Jungs von der Maschine verstand ich mich am besten. Sie waren Österreicher und brachten einen anderen, sachten Zungenschlag mit viel Witz aufs Schiff. Sie waren schlagfertig und ließen sich von den anderen nichts gefallen. Einer der beiden hatte einen Cousin in Sydney und berichtete mir von seinen Verwandten dort; die Familie Lorber war vor einigen Jahren dorthin ausgewandert.

Im Südpazifik lag eine längere Reise nach Australien vor uns. Nur unterbrochen von der Äquatortaufe. Als die nördlichste der Galapagos-Inseln achteraus lag, befanden wir uns auf der gedachten Linie des Äquators. Schon am frühen Morgen begann die Decksmannschaft mit ihren Vorbereitungen. Die Männer bauten mittschiffs an Deck mehrere große Behälter auf, worin die Täuflinge behandelt werden sollten. Zuvor wurden wir zu sechst stehend in einem engen, geschlossenen Schott eingepfercht, sodass wir uns darin kaum mehr bewegen konnten. Ein Verrückter spritzte eine Flüssigkeit durch eines der wenigen Luftlöcher ins Verlies. Es dauerte nur einen kurzen Moment, bis sich das flüssige Ammoniak – darum handelte es sich – in dem kleinen Raum ausbreitete und unsere Atemwege, die Augen, die Lunge angriff, da es jeglichen Sauerstoff umgehend band, sodass schwerste Gesundheitsschäden die Folge sind. Leben in geschlossenen Räumen endet unter solchen Umständen rasch tödlich. Unser panisches Klopfen und Schreien führten dazu, dass sich jemand erbarmte, das eiserne Schott öffnete und wir an die Luft stürzten.

Die für die Zeremonie verkleidete Decksmannschaft mit dem Bootsmann als Neptun an der Spitze tauchte nun einen nach dem anderen so lange unter Wasser, bis der betreffende

Täufling durch Handzeichen Bereitschaft erkennen ließ, genügend viele Kisten Bier für die Allgemeinheit zu spendieren, um am Ende in Ruhe gelassen zu werden. Das wiederholte sich in mehreren an Deck aufgebauten Becken, bis jeder von der Decksmannschaft und der Maschinengang die Täuflinge mal behandelt und reichlich Bier „geerntet" hatte. Nachdem wir alle einen Namen nach einem Meerestier erhalten hatten, aus der Mannschaft keine Täuflinge mehr zur Verfügung standen, wurde eine abgemilderte Zeremonie an den Passagieren zur johlenden Freude aller vorgenommen. Im Anschluss konnten die Älteren aus Maschinen- und Decksmannschaft tagelang saufen; vor allem für den Bootsmann hatte sich das Taufen gut gelohnt.

Tage später, die Maschine lief nur ganz langsam und leise, warfen wir achtern eine Haifisch-Angel an langer Leine mit großem Ballonglas als Schwimmer aus. Um die Haie anzulocken, wurden dazu reichlich Hühnerknochen und Hühnerklein ins Meer geworfen. Die Haie ließen nicht lange auf sich warten, hatten uns bereits eine Weile begleitet und waren zur Stelle. Einer verbiss sich bald am Köder mit Dreifachhaken. An der Winsch wurde der fünf Meter lange Kerl auf das Achterdeck aus dem Meer gezogen. Mit seinem ganzen Körper peitschte der Hai gegen Bordwand und Reling, und nachdem er über das Gestänge an Bord gezogen worden war, durfte sich niemand in seine Nähe wagen. Mit ganzem Körpereinsatz drehte sich der Hai peitschend auf dem Deck, bis seine Kräfte allmählich nachließen und der Koch am Ende für alle, die es wollten, ein Haifisch-Steak zubereitete.

Um nicht in der stickigen Kabine unter Deck zu schlafen, verbrachten wir manche Nacht achtern mit Blick auf einen prächtigen Sternenhimmel mit dem Kreuz des Südens; die Kleidung klebte Tag und Nacht am Leib; die Tage und Wochen verrannen bei ruhiger Dünung; einer glich dem anderen, meine Arbeit begann frühmorgens und endete abends erst dann, wenn alle Arbeiten erledigt waren. Nur der teigig aussehende Bäcker musste noch früher aufstehen als ich, um sein Brot zu backen. Ganz allmählich wurde es nachts frischer, und wir konnten besser schlafen. Auf der Süd-Halbkugel war Winterzeit.

Irgendwann kam Bora Bora und später – hoch aufragend – Tahiti mit Papetee in Sicht. Wir schipperten daran vorbei und durften träumen von interessanten Menschen, hübschen Mädchen und Frauen, wie Paul Gauguin sie gemalt hatte, von fremden Gerüchen und Gebräuchen. Später gab's einen tagelangen Aufenthalt wegen eines Maschinenschadens vor den Fidschi-Inseln; nahe der Hauptstadt Suva lagen wir auf Reede. Unsere Wasservorräte waren ziemlich zur Neige gegangen. In den letzten Wochen begnügten wir uns bei stark rationiertem Wasserverbrauch mit Katzenwäsche. Wir mussten an Bord bleiben und sahen nichts weiter als einen grün bewaldeten Landstrich, der aus dem Wasser ragte. Auf dem Pazifik waren wir einunddreißig Tage ohne weitere Besonderheiten bei gleichmäßig sanfter Dünung unterwegs gewesen, als wir an der öden Pier von Port Alma, vierzig Meilen von Rockhampton entfernt, den Norden von Queensland erreichten. Nicht viel zu sehen, nur weithin die steppenartige Landschaft mit kärglicher Vegetation. Dort mussten mehrere hundert Tonnen Dynamit aus Savannah gelöscht werden.

Australien-Intermezzo

Zwei Passagiere aus New York wurden noch am späten Abend des gleichen Tages von einem Immigration-Officer mit dem einzigen Auto weit und breit, das an diesem verlassenen Ort zu sehen war, nach Rockhampton abgeholt. Ihnen schloss ich mich an. Mit meiner Tasche ging ich von Bord und tat so, als wollte ich mich von Rick und Layne verabschieden und begleitete die beiden zum Auto; unterdessen fragte Rick den Officer, ob der mich ebenfalls mitnehmen könnte. Ich hätte Urlaub für zwei, drei Tage und wollte den Karneval in der Stadt erleben. Es war kein Problem, er nahm mich mit. Schon fuhren wir im Auto nach Rockhampton, eine Kleinstadt, die von der Landbevölkerung wegen des Karnevals, der hier gerade gefeiert wurde, völlig überlaufen war. Die erste Nacht verbrachten wir zwischen Pferden in einem Stall, da wir keine andere Unterkunft fanden. Die Stadt war überfüllt, Pferderennen fanden statt. Der Karneval bietet der Landbevölkerung eine der wenigen Zerstreuungen im Jahr und wurde ausgiebig genutzt. In der Nacht wachte ich mehrmals auf, nicht nur der Frische wegen. Es waren wohl die fremden Geräusche und die Anspannung, in der ich mich befand, nachdem ich achteraus gesegelt war.

Damit blieb ich nicht der Einzige aus der Mannschaft. Später war von anderen die Rede, die ebenfalls, nur nicht gleich im Norden von Queensland, sondern viel bequemer in den nächsten Häfen, Sydney und Melbourne, das Schiff achteraus verließen.

Meine Zeit in Australien ist eine eigene Geschichte, die ich ausführlicher an anderer Stelle erzähle. Mit dem Zug fuhr ich weiter bis nach Brisbane; dort fand ich einen Job im German Club. In jeder Stadt gab's damals ein deutsches Zentrum mit eigener Gastronomie und traditioneller Küche, deutscher Bibliothek, wo kulturelle Veranstaltungen stattfinden und an den Wochenenden getanzt wird. Eine Zeitlang jobbte ich im Restaurant, lernte besseres Englisch und als ich genügend Geld zusammen hatte, fuhr ich mit der Eisenbahn weiter nach Sydney. Niemand fragte mich nach Arbeitspapieren; Jobs wurden per Handschlag besiegelt. In Sydney wohnte ich vorübergehend bei der Wiener Familie Lorber, deren Adresse ich auf der Cap Roca erhalten hatte. Die Familie wohnte seit neun Jahren in einem hübschen Bungalow und war hilfsbereit. Egon Lorber, ein Ingenieur, half mir, den Job im German Club zu finden, wo es für mich gut bezahlte Arbeiten verschiedener Art gab. Da gab's nicht nur die Gäste aus deutschsprachigen Ländern – viele Australier lieben die deutsch-österreichische Küche, der Betrieb im Restaurant brummte. Ich verdiente dabei gut, und so hätte es weitergehen können. Es gab manche Papierlose wie mich, die sich seit Jahren in Australien tummelten. An die in Australien allmächtigen Gewerkschaften sind solche Arbeitskräfte nicht gebunden, sie werden nach Leistung und nicht nach Tarif bezahlt und werden daher gern beschäftigt. Inzwischen hatte ich mir ein kleines Zimmer mit schwedischen Zimmernachbarn mieten können, die bereits seit längerer Zeit in Sydney lebten.

Vielleicht war es meinem Hang geschuldet, eine gewisse Ordnung in meine Lebensumstände bringen zu wollen, oder was sonst mag es gewesen sein, was mich nach einigen Monaten bewegte, entgegen den Warnungen meiner schwedischen Zimmernachbarn, ja, sogar entgegen der Warnung der deutschen Botschaft in Double-Bay zur Hunter Street zu gehen, mich beim dortigen Commonwealth-Center zu melden, um mich nach einem Visum mit Arbeitsgenehmigung zu erkundigen? Ja, nach dieser Anfangszeit konnte ich mir ein Leben in Australien inzwischen gut vorstellen. So sprach ich mit einem freundlichen Mr. Tucker im Immigration Office. Verschiedentlich hatte ich in der Vergangenheit gehört, die Visumerteilung sei für Seeleute auch nachträglich noch an Ort und Stelle in Australien möglich. Dem Staat lag offenbar mehr daran, die Menschen zu erfassen als sie zu verjagen. Mir gefiel es, wie unkompliziert die Menschen miteinander verkehrten. Hier war ich weit weg vom Klein-Klein in Deutschland, wo man meint, alles regeln zu müssen und genau zu wissen glaubt, wie Menschen zu leben haben.

Tatsächlich hatte es ein solches Verfahren vor meiner Anfrage häufig gegeben, doch es war gerade geändert worden. Grund dafür sollen nächtliche Schiffsanlandungen mit einer Invasion von Chinesen gewesen sein, die begonnen hatten, das Land ohne Visa zu überschwemmen. Der entgegenkommende Mr. Tucker, dem es unangenehm zu sein schien, erklärte es mir: „Ihnen wird nichts anderes übrigbleiben, als auf das nächste deutsche Schiff zu warten, das Sie zurück nach Deutschland mitnimmt, möglicherweise werden Sie auch geflogen; zwischenzeitlich müssen wir Sie leider in Verwahrung nehmen. In Manly haben wir ein recht leidlich eingerichtetes Detention Center für solche Fälle."

Das Detention Center in Manly Bay, ein Villenvorort von Sydney, gegenüber dem Zentrum gelegen, auf der anderen Seite der Bay mit hübschem Blick auf die Botany Bay, war kein Gefängnis, sondern ein geschlossener Ort, an dem man es auch längere Zeit bequem hätte aushalten können. Zusammen mit etwa dreißig anderen aus Java, den Südsee- und den Fidji-Inseln, mit einigen Spaniern, Griechen und vor allem Engländern – nicht nur achteraus gesegelten Seeleuten – wurde ich zusammengesperrt und bewacht. Die Insulaner, häufig aus wirtschaftlichen Gründen illegal eingereist, um ihre Familien in der Heimat mit besserem Verdienst finanziell zu unterstützen, warteten gemeinsam mit uns Seeleuten ruhig und schicksalsergeben alles Weitere ab. Im großen Aufenthaltsraum stand eine Tageszeitung zur Verfügung, ein Anschlag am Schwarzen Brett informierte über Schiffsbewegungen im Hafen. Abends gab's Fernsehen. Tagsüber wurde Tischtennis oder mit Karten gespielt und gelesen. Von der eingezäunten Terrasse aus konnten wir bei angenehmen Temperaturen ein- und auslaufende Schiffe beobachten und Segelboote, die wie geschliffene Dolche das Wasser in Kuchenstücke zerschnitten; die Freizügigkeit ließ uns die unangenehme Lage vergessen.

Keiner wäre auf die Idee gekommen, sich über die Abschiebung zu beschweren, einen Rechtsanwalt hinzuzuziehen, Einspruch einzulegen und zu versuchen, diese zu verhindern. Niemand hätte sich vorstellen können, dass 50 Jahre später ein nahezu ungebremster Zustrom von Wirtschaftsflüchtlingen, ohne politisch verfolgt zu sein, ohne jeglichen Asylgrund, von einem Großteil unserer Gesellschaft geradezu gewollt und auf mancherlei Weise gefördert werden könnte, über die grüne Grenze oder über Grenzpunkte ungehindert in die Staaten der Europäischen Gemeinschaft gelangt. Und dass diejenigen, die ausreisen müssen und abgeschoben werden sollen, nicht einmal von dem Termin der Entscheidung an bis zum Ausreisetermin festgehalten werden können, um ihrem Verschwinden vorzubeugen.

Wir waren normale Illegale. Keiner konnte mir einen Zeitplan nennen. Die Engländer warteten zum Teil seit zwei Monaten auf ihre Abreise. Einigen wurden Flugpassagen gewährt, im Allgemeinen war das aber nicht üblich. Zwei Wochen vergingen rasch, und ich hatte Glück: Kaum ein halber Monat war vorbei, als mir mitgeteilt wurde, ich könne meine Tasche packen, ein deutscher Dampfer liefe aus. In den täglichen Schiffsmeldungen der Tageszeitung war von einer Belgrano die Rede, ebenfalls ein Schiff der Hamburg-Süd. Zwei Immigrations-Beamte brachten mich an Bord, wo ich bis zum Ablegen in der Lotsenkammer eingeschlossen wurde. Die Route der Belgrano stand noch nicht fest. Wahrscheinlich würde sie nicht um das Cap, über den Indischen Ozean und durch den Suezkanal nach Hamburg fahren. Zuvor sollten noch vier weitere australische Häfen angelaufen werden, in denen ich abgeholt werden würde und wo ich mich während der Hafen-Liegezeiten in ähnlichen Detention Centers aufhalten müsse wie zuvor in Sydney.

Um als heim zu schaffender Seemann die möglichen Kosten des Rücktransports gering zu halten, bestand ich nicht auf meinem Vorrecht, für sechs Mark täglich nach Hamburg zu fahren. Dieser Spaß mochte ohnehin schon teuer werden für mich. Die Reederei, das stellte ich mir realistisch vor, wollte wohl in Hamburg mit ihren Forderungen auf mich zukommen; meine Aufenthaltstage im Detention Center mussten bezahlt werden, ein Ersatzmann nach Australien geflogen werden und wer weiß, was noch für weitere Kosten vorgetragen würden – das konnte eine ansehnliche Rechnung ergeben.

Gleich meldete ich mich als „Rüber-Arbeiter", so konnte ich beim Smutje in der Kombüse mitarbeiten; der dadurch entlastete Bäcker atmete sichtbar auf, musste nun nicht mehr allein die Launen des Kochs ertragen. Der Koch freute sich erst recht, konnte er dadurch doch seinen Freizeitvergnügungen nachgehen. Ich nahm ihm einen beträchtlichen Teil seiner täglichen Pflichten ab. Vier Tage später legten wir in Melbourne an. Die Prozedur begann von vorn: Zwei schlaksige Beamte warteten bereits im Wagen auf mich. Einige Tage Erholung täten mir gut – und unser Koch würde mein Fehlen zu spüren bekommen.

Das Melbourne Center erwies sich als noch komfortabler, wenngleich hier die landschaftlichen Reize fehlten. Der englische Offizier, der meine Personalien aufnahm, ein bärbeißiger Feldwebel, der noch immer nach Pulver zu riechen schien, erzählte mir von Deutschland, dem Rhein und von seiner Stationierung in Heidelberg. „Sie werden hier noch einen Landsmann finden," schmunzelte er. Tatsächlich gab es hier einen Deutschen. Ich erkannte ihn sofort, Hannes, ein kräftiger, breiter Matrose begrüßte mich, und wir erfreuten uns an unserer Gesellschaft. Mit den Beamten spielten wir Kanaster, brachten ihnen Skat bei, auch Poker und 66 wurde gespielt. Hannes war bereits ein Jahr in Canberra bei einem Elektrogroßhandel beschäftigt, als er sich – ähnlich wie ich – bei der Einwanderungsbehörde meldete. Nur eine Woche später, in der ich plötzliches hohes Fieber hatte, kamen wir beide zusammen auf die Belgrano zurück, wo Hannes bereits einen Kabelgatts-Matrosen von einer früheren Reise wiedererkannte. Er wurde sofort als Decksmann von der Gang aufgenommen.

Im nächsten Hafen, dem südlichsten Punkt meines Australien-Aufenthaltes, im kleinen Hafen von Burnie auf Tasmanien, hielt sich die Belgrano nur drei Tage auf. Deshalb wurden wir mangels Detention Center ins moderne Polizeigefängnis eingeliefert. Eine trübe Angelegenheit – das Essen hielt keinem Vergleich mit den früheren Aufenthaltsorten stand. Selbst unsere Schnürsenkel wurden hier entfernt.

Nach weiteren vier Tagen auf See lernten wir zur Vervollständigung die älteste Stadt Australiens kennen, besser gesagt, das älteste Gefängnis in ganz Australien. In der ehrwürdigen Kirchenstadt Adelaide in South Australia musste uns ein flüchtiger Eindruck aus dem Auto auf der Fahrt ins normale Gefängnis genügen. Vierzehn Tage lang saßen wir dort in einem der ältesten Gebäude des Kontinents fest. Von überwiegend englischen Sträflingen um 1825 wehrhaft und solide errichtet. Im eher dünn besiedelten Süden gab es noch keinen Aufenthaltsort für Einwanderer und zu Deportierende. Uns wurde versichert, beim nächsten Mal gäbe es einen ordentlichen Empfang – alles sei dafür im Bau.

Den Siedlern versprach die Kolonie 1838 Religionsfreiheit. Ein Großteil der ersten Siedler bestand aus protestantischen Briten wie Baptisten, Presbyterianern und Methodisten, die in ihrer Heimat aufgrund ihres Glaubens unter Repressalien litten. Hinzu kamen erste Altlutheraner aus Preußen, weil sie sich der Zwangsvereinigung mit den Reformierten (Calvinisten) widersetzt hatten. So entstand eine ganze Reihe unterschiedlicher Kirchen in dieser Stadt.

An Vor- und Nachmittagen hatten wir Gelegenheit, auf voneinander abgetrennten kleinen Höfen an der Luft zu sein. Vierzig Meter hin und zurück. Die Tage wurden nun kälter, der Winter zog ins Land. Die Plätze auf den Bänken waren regennass. Abends gab es für sechzig Minuten Radiomusik mit endlosen Werbebeiträgen; solcherart Werbung war mir neu. Selbst in den USA wurde die damals strenger beschränkt und reglementiert.

Hier stieß ein weiterer Deutscher zu uns. Mit dem Flugzeug wurde Jürgen aus Sydney herbeigeschafft. Zuvor war er ebenfalls einige Tage in Manly untergebracht gewesen. Nun leistete er uns Gesellschaft beim Warten aufs Auslaufen. In Alice Springs, in der Mitte des Kontinents, umgeben von endloser Wüste, hatte er einige Zeit als LKW-Fahrer zugebracht, wo er beim Straßenbau für eine Fernstraße nach Adelaide beschäftigt war, bis er durch einen fremdverschuldeten kleinen Unfall die Aufmerksamkeit der Polizei auf sich zog.

In Adelaide dauerte es längere Zeit, ehe wir wieder an Bord kamen. Die Hafenarbeiter streikten einmal mehr mit ihren in Australien sehr starken Gewerkschaften und bummelten beim Löschen der Schiffe, bis ihre Forderungen auf höhere Löhne erfüllt wurden. Obschon Australien wegen seiner schier endlosen Hafenzeiten in der Seefahrt verschrien und doch so abhängig von ihr ist wie kaum ein anderes Land, dauern die Liegezeiten hier besonders lang; wirtschaftlich ist das nicht. Als erstes kommen bei anlegenden Schiffen die Gewerkschaftsbosse an Bord, um ihre Prämie zu verdienen; sie überprüfen genau die Lukenmaße und sämtliche für die Ladearbeit wichtigen technischen Anlagen und die Ausrüstung. Geringste Abweichungen von den Vorschriften genügen als Vorwand, um zunächst Änderungen im Arbeitsablauf zu rechtfertigen, bis sich die Stauer schließlich in vorgeschriebenem Arbeitstempo langsam und manchmal überpingelig bewegen, um die Fracht zu löschen.

Zwei Wochen später konnten wir mit der Belgrano schließlich auslaufen. Beim plötzlichen Aufbruch wurde Jürgen beinahe vergessen. Erst als ich die Entlassungspapiere bereits in Händen hielt und an den dritten Deutschen erinnerte, wurde der eilig herbeigeschafft. Es war Abend. Über der Stadt lag eine erwartungsvolle Stille, als sei sie kurz vor einem großen Auftritt. Die Knospen an den rußgeschwärzten Kastanienbäumen an den Straßenrändern waren kurz vorm Aufbrechen und glänzten klebrig. Der Mond sah neu wie ein fein geschliffenes Messer aus und der laue Abendwind kündigte wärmere Tage an.

Auf dem Dampfer wartete man nur noch auf uns, die Gangway wurde gleich hinter uns hochgehievt und Hamburg lag weit voraus. In Fremantle, der Hafenstadt von Perth im Westen Australiens, sollte nur noch kurz gebunkert werden. In den wenigen Stunden kam ein Mann der Immigrationsbehörde zu uns an Bord, um darauf zu achten, dass wir drei nicht wieder verloren gehen. Wir pokerten mit ihm – er verlor mit stoischer Ruhe und brachte für jeden von uns eine Flasche Bier und einen Flachmann Bourbon mit. Vorm Auslaufen lud er uns beim nächsten Australien-Aufenthalt zu sich ein.

Jürgen, ein Steward, konnte auf der Belgrano keine Arbeit als Rüber-Arbeiter finden, und für die angebotene Maschinenarbeit brachte er nicht die nötige Erfahrung mit. So ließ er sich sieben Wochen in der Sonne braten, war bald dunkelbraun, während ich in der Hitze des Indischen Ozeans in der Kombüse an der Kartoffelschälmaschine schwitzte und in den Kühl- und Provianträumen als Rüber-Arbeiter schuftete, die aufzuräumen und von Grund auf zu reinigen meine Aufgabe war. In Djibouti legten wir kurz zum Bunkern an. Die Zeit reichte aus, um dort auf schmutzigen Wegen einen Tag lang herum zu stolpern, die Menschen in ihren armseligen Behausungen oder Zelten zu erleben und die Frauen, die ihre Haut zu Markt tragen. Jürgen verlor auf der Reise beim Pokern nach und nach sein gespartes Geld einschließlich seiner guten Wäsche, sodass er damit begann, für die Offiziere und die Mannschaft Hemden und Hosen auf Bestellung zu waschen und zu bügeln.

Abends saßen wir beide auf Deck oder in der Kammer, wenn es draußen zu drückend wurde und überlegten gemeinsam, was wir nach unserer Ankunft in Hamburg unternehmen wollten. Von der Seefahrt hatten wir die Nase voll und keine Lust auf eine Verlängerung. Mir schwebte eine weite, langsame Reise von Nord- bis Südafrika vor, vielleicht mit einem älteren LKW, der sein zweites Leben bereits hinter sich hat und für sein drittes Leben im tiefsten Süden verkauft wird. Vielleicht wären wir imstande, irgendwo in Afrika mit dem LKW von der Bildfläche verschwinden. Tatsächlich sahen wir uns eineinhalb Jahr später wieder.

Die Reise durch den Suez mit kurzem Halt in Port Said, wo die Händler ihre Ziegenleder-Reisetaschen anboten, weiter fünf Tage durchs Mittelmeer und entlang der spanischen und portugiesischen Küste, durch die Biscaya und den Kanal, bis endlich Elbe 1 in Sicht kam, und dann blieben nur noch sechs bis sieben Lotsenstunden, bis wir in Hamburg an den Pfählen festmachten.

Irgendwann, vielleicht komme ich noch dazu, werde ich diese Zeit in Australien neu erschaffen und erschreiben, und dann wird es egal sein, wie viele Wochen und Monate ich jeweils an einem Ort war, ob es sechs oder zwölf Monate oder ob es nur zwölf Wochen gewesen sind. Was ist schon wirklich, alles ist wirklich. Dann wird es egal sein, wie sie gelacht haben oder was sie gedacht haben, als ich nach meiner ersten Weltreise nach Hamburg zurückkam, wenn es nur gelingt, die Art und Weise des Schweigens zu erfassen und in Sprache zu bringen, was euch stumm werden lässt.

Einen übermächtigen Vater oder eine übermächtige Mutter muss man gedanklich vom Thron stoßen, um sich von ihm oder von ihr ganz lösen zu können. Du musst ihnen etwas entgegensetzen. Das bist jetzt du, das ist nicht er, das ist nicht sie. Es ist der einzige Weg, um sich gegen sie zu behaupten. Man kann sich einer Schlacht entziehen, aber wer gewinnen will, muss aufs Feld.

In dieser Haltung begegnete ich Vater. Kaum hatten wir provisorisch an den Pfählen festgemacht, kam er an Bord, um – wie er meinte – mir zu helfen. Ohne mich näher anzuhören, empfahl er mir sogleich, alles zu unterschreiben, was die Reederei von mir unterschrieben haben wollte, wovon ich bis dahin noch gar nichts Genaues wusste. Die Übernahme der Kosten für den Flug eines Ersatz-Stewards nach Australien, die Heimschaffung auf der Belgrano, wodurch der Reederei ohnehin keinerlei Kosten entstanden waren, hatte ich doch als Rüber-Arbeiter auf der ganzen Heimreise ohne jegliche Entlohnung durchgehend gearbeitet, sollte mir berechnet werden. Vater, den ich nun schon seit Jahren nicht mehr gesehen hatte, bot mir an, mich bei der Begleichung dieser Forderung finanziell zu unterstützen. Unter Protest lehnte ich sein Angebot dankend ab. Stattdessen bin ich sogleich allein zum Hamburger Seemannsamt und zum Gewerkschaftsbüro gegangen, wo man mich davor warnte, die Forderung der Reederei rundheraus zu bestätigen. – Meine Kündigung aus besonderem Anlass, welche nicht einmal zur Kenntnis genommen worden war, stellte ein Pflichtversäumnis des Kapitäns dar, sodass von einer Kostenübernahme durch mich keine Rede sein konnte. Mit Hilfe der Gewerkschaft wurde die Forderung der Reederei in der Folge zurückgewiesen und hatte sich nach einem kurzen Zivilprozess vollständig erledigt. Wer sich nicht wehrt, lebt verkehrt!

Eines meiner Grundanliegen war die Ablehnung einer kleinbürgerlichen Pflichtenethik, die alles Andersartige, was aus einer gebückten demokratischen Grundhaltung herausragt, unter Kuratel stellen und mit Strafe bedrohen will. In dieser Einstellung war ich vielleicht ein wenig von einigen Schriftstellern wie Camus und Sartre beeinflusst und von deren Auffassung von Pflichtenethik als Sklavenmoral. Meinem Vater bin ich in Hamburg leider das letzte Mal lebendig begegnet. Er tat mir leid. Ob ihm selbst sein nahes Ende damals bereits bekannt war, ein Krebs, an dem er kaum anderthalb Jahre später starb, kann ich nicht sagen. Jedenfalls haben wir uns gegenseitig nicht mehr glücklich machen können.

Mit der Pubertät und dem Erwachsenwerden entsteht spätestens der Wunsch, sich von den Eltern abzugrenzen und sein eigenes Ding zu machen. Jugendlicher Trotz bedingt Erwachsenwerden. Nur wer Grenzen auslotet und überschreitet, geht voran, kann einen eigenen Willen, eine eigene Meinung entwickeln, sich in Diskurs, Logik, Ironie üben. Adoleszenz erfordert Aufsässigkeit, und Eltern erweisen sich dabei als ideale, weil greifbare Sparringpartner. Eigenständig denkende und unabhängig handelnde Menschen treiben eine Gesellschaft voran, sie sorgen für neue Ideen, Produkte und Stile. Dazu muss man früh mit Konventionen und herkömmlichen Vorstellungen brechen. Rebellion ist Aufgabe und Privileg der Jugend. Sie mag Bestehendes infrage stellen und Unerhörtes wagen. Man nennt es Fortschritt, und bislang tat der der Menschheit ganz gut.

Spaßguerilla, Nachkriegsjustiz & Verrat

Zurück in Wolfsburg und wieder daheim, war ich mit mir unzufrieden über mein letztes Gespräch mit Vater. Die häufigen Streitigkeiten früherer Tage suchten wir beide zu umgehen. Er hatte mir die Vorzüge eines gesicherten Beamtendaseins vor Augen geführt und suchte es mir schmackhaft zu machen. Gewiss: Ich nehme an, er meinte es gut mit mir und war von dem, was er mir riet, selbst unerbittlich überzeugt. Weil es nüchtern betrachtet, normal, gesund und für ihn jedenfalls einleuchtend klang, anerkannt und vertraut, hatte ich ihm zugestimmt, mir die Berufsfrage mit dem Beamtenschicksal noch einmal zu überlegen, obschon ich wusste, nie und nimmer würde ich einen solchen Weg einschlagen. Es höhnte in mir sarkastisch, und ich verachtete mich dafür. Ja, noch manche Klippe musste überwunden werden, mancher Widerstand gebrochen, bis ich den Weg finden und gehen konnte, den ich in meiner Vorstellung selbst nur schemenhaft ahnte. Nach nichts Konkretem stand mir der Sinn, ich verstand mich selbst nicht und vermochte nicht zu sagen, was ich nun eigentlich wollte. Schon in Gedanken verwarf ich mögliche Vorteile, die mir geboten wurden, um meine Unabhängigkeit zu retten.

Es gab keine verhasstere und grausamere Vorstellung als die, ein Amt auszuüben, eine Tages- und Jahreseinteilung einzuhalten, anderen gehorchen zu müssen. Und das Entsetzlichste in meiner Vorstellung waren Kasernen – schlimmer noch als Gefängnisse.

All diesen Vorstellungen entzog ich mich unter Opfern. Darin lagen meine Stetigkeit und Unbestechlichkeit, hier war mein Charakter fest und geradlinig. Die Vertrautheit mit dem Gedanken, dass Notausgänge bestehen, veranlasste mich hungrig auf das Auskosten übler Zustände und der Suche nach Grenzen.

In den ersten Begegnungen mit meiner Jugendfreundin Bärbel bemerkte ich, da lag etwas zwischen uns, unsere Beziehung war anders geworden. So ausschließlich wie früher gehörten wir einander nicht mehr. Im Laufe der Zeit hatte ich meine Erinnerung an sie zurechtgestutzt, sie war geschmolzen wie ein Eisberg in der Sonne; übrig blieben glatte, gerundete Flächen. Ihre familiären Schwierigkeiten mit einem Wüstling als Vater hatte ich nicht mehr vor Augen. Die Wirklichkeit ihrer Absicht, rasch zu heiraten, um dem Elternhaus zu entkommen, unterschätzte ich, dazu war ich zu sehr mit mir selbst beschäftigt. Sie war hübscher und schien reifer geworden zu sein. Da war noch ein anderer, mit dem sie sich in meiner Abwesenheit getröstet hatte, so sahen wir uns seltener, bis es ganz ausblieb. Es dauerte nicht lange, bis ich von ihrer frühen Heirat – ihrer Flucht aus dem Elternhaus – erfuhr.

Bewerbungsexistenz

Nun traf ich mich häufiger mit Udo, dem Ideengeber von früher, der als EDV-Programmierer gerade ohne Beschäftigung war und sich nach einem neuen Betätigungsfeld umschaute. Dafür schrieb er Bewerbungen an entsprechende Firmen in Süddeutschland, bei denen er sich vorstellte.

Um Mutter milde zu stimmen, begann ich, mich nun ebenfalls zu bewerben und setzte Bewerbungsschreiben an weit entfernte größere Firmen in Süddeutschland auf, etwa am Bodensee, wo es hübsch warm ist oder in Bayern, wo die Nähe der Berge lockt und die Seen sauber sind. An den Wochenenden kaufte ich mir dafür regelmäßig überregionale Zeitungen: die Süddeutsche, den Münchner Merkur, die Stuttgarter Zeitung und Stuttgarter Nachrichten, den Südkurier, die Badische Zeitung, FAZ, und die Frankfurter Rundschau sowie die Westdeutsche Allgemeine Zeitung. Bald setzten Udo und ich uns an Nachmittagen gemeinsam hin und schrieben einige Bewerbungen. Das war nicht schwer, und damals war ich mit der Olympia-Schreibmaschine schon recht vertraut, sodass ich es in einer Stunde schaffte, eine ordentliche Anzahl Bewerbungen sauber und formgerecht zu schreiben.

Nach und nach antworteten Betriebe auf meine Bewerbungen und luden mich zu Vorstellungen ein. Die Bahnfahrt 2. Klasse wurde zumeist mit zusätzlichen Tagesspesen erstattet, und die Vorstellungen waren für mich ein Vergnügen; manchmal verbunden mit Auswahlprüfungen, die mehr oder weniger ähnliche Aufgaben beinhalteten und mir nicht schwerfielen. Uns fiel auf, dass es möglich war an einem Tage zwei, manchmal sogar drei Betriebe aufzusuchen, wenn diese nur nahe beieinander – etwa in einer Stadt oder einem Landkreis – lagen. Dann gab's gleich dreimal die Erstattung der Bahnfahrt plus Spesen. Das war einträglich.

Immer methodischer und rationeller konnte ich solche Einladungen beantworten. Bald erreichte mich eine Lawine von Briefen, die ich erst im Spaß, dann ernster werdend, ausgelöst hatte. Udo und ich konnten die Termine schließlich so steuern, dass am Ende eine ganze Woche von Montag bis Freitag vollgestopft war mit Vorstellungsterminen. Eine Woche überwiegend der Münchner Großraum, die andere Woche überwiegend der Stuttgarter oder Freiburger Großraum bis an den Bodensee. Eine andere Woche der Großraum Augsburg bis Ulm. Je größer die Entfernung, desto höher die Fahrtkosten. Das ging nun nicht mehr mit der Bahn, dafür hätten wir mehr Fahrkarten kaufen müssen mit den entsprechenden Tagesdaten. So mieteten wir einen PKW, mit dem wir zu den Gesprächen fuhren und entsprechende Kilometerpauschalen plus Tagesspesen bei den besuchten Firmen erhielten. Wir schafften uns auch ein Postfach an, damit die Postberge zu Hause unbemerkt blieben. Wir versuchten den Betrieben gerecht und der Schreiben Herr zu werden. Waren die Kostenfragen zuvor geklärt, konnte die Wochentournee zusammengestellt werden. Noch nicht passende oder sich ändernde Termine wurden auf der Reise meist nachträglich telefonisch neu abgestimmt. Gerechterweise suchten wir auch die Konkurrenzunternehmen eines eben besuchten Betriebes auf, zumal alle Zahlen, Daten und Fakten sowie Fragestellungen gerade frisch bekannt waren.

Zu Beginn waren wir per Anhalter unterwegs. An Sonntagnachmittagen fuhren wir in unsere Einsatzgebiete, um pünktlich am Montagmorgen den ersten Betrieb zu besuchen, einen guten Eindruck bei dieser Pflichtkür zu hinterlassen und dann schleunigst mit Blick auf die Uhr die rasche Verabschiedung unter Hinweis auf die lange Rückfahrt oder die Abfahrtszeit des Zuges, beim Kassenschalter noch einen Stopp, um Spesen und Fahrtkosten entgegenzunehmen, einen guten Tag zu wünschen und in einem Café dann vorbereitend den Schriftverkehr des Nachmittagsbetriebes zu studieren.

Eine arbeitsreiche und aufregende, eine lustvolle und einträgliche Zeit – doch nicht immer lief alles glatt. Da gab es Betriebe, in denen der dort hinterlassene Eindruck eine Nuance zu gut gewesen war, der Personalchef zu freundlich. So entstanden unvorhergesehene Zwischenfälle im Arbeitsplan, die bisweilen den Wochenrhythmus stören konnten. Die Produktionsstätten sollten dann unbedingt noch besichtigt, begutachtet werden: „Kommen Sie nur, es macht durchaus keine Mühe. Die weite Reise, da möchten Sie sicher gern Näheres erfahren…" Der spätere Arbeitsplatz sollte in Augenschein genommen werden, auch die Kantine und ihr Speisezettel schnell einmal rauf und runter angeschaut werden. An solchen Tagen blieb kaum Zeit, das Geld, das halb vergessen vom Personalchef in letzter Minute dem Davoneilenden zugesteckt wurde, nachzuzählen.

Das nächste Taxi. Noch zehn Minuten bis Buffalo. Den Termin verpasst? Allein die Auslagen, die so entstanden, überschritten an manchen Tagen die Einnahmen. Wir optimierten unsere Touren immer mehr und fuhren viele Wochen tagein, tagaus von einem Termin zum anderen. Wir bezogen zentral gelegene Hotelzimmer in den jeweiligen Regionen und schrieben unsere Absagen an diejenigen, die ihren Tribut bereits geleistet hatten und Neu-Bewerbungen, um das rollende

Etwas in Gang zu halten. Ich freute mich auf die Sonntage, an denen ich nicht ausgebucht war. Auf diesen abwechslungsreichen Fahrten bekam ich einen Blick für den Typus des Personalchefs oder der Chefin, wenn ich nur die Stimmung im Vorzimmer inhalierte. Unsere wichtigsten Stützpunkte bauten wir dauerhaft aus, in Form bescheidener Hotelzimmer in Frankfurt/Main, Stuttgart und München. Hotels gaben Dauergästen erhebliche Rabatte. Die Zimmer konnten vom jeweils Anwesenden genutzt werden, wodurch die Mühe der immer neuen Zimmersuche entfiel. Das sparte letztlich Geld und Zeit. Lorelei kam manchmal mit uns und schrieb auf der Maschine, was gerade zu schreiben war. Unsere frühere Liebelei wurde jetzt intensiver. War Udo unterwegs an anderen Orten, blieben wir beide allein und liebten uns, ohne es zu verbergen. Als er Wind davon bekam, schliefen wir zu dritt miteinander, die satte Katze zwischen uns.

Den immer wieder anfallenden Prüfungen unterzog ich mich zunehmend freudiger, machte es doch auch Spaß, mit der Ruhe eines Profis daranzugehen, ohne die Nervosität der anderen, ohne jede Ablenkung auf das anvisierte eigentliche Ziel der Aufnahme. Ich erhielt Bestätigung und konnte mich freuen, einen der begehrten Plätze zu ergattern, auch wenn ich es weiter vorzog, meine Bewerbungsexistenz zu genießen. War von bedeutenden Firmen wie Siemens, Bosch oder Porsche, wo ich erfolgreich Prüfungen abgelegt hatte, die Rede, so kam ich mir beinahe zugehörig vor.

Die Methode, einen negativen Eindruck bei den Vorstellungsgesprächen zu hinterlassen, um das Verfahren abzukürzen, zahlte sich im wahrsten Sinne des Wortes nicht aus. Mögliche einschränkende Weisungen vom Personalleiter bei der Kasse schreckten uns ab. Im Übrigen schmeckte es mir nicht, Geld für eine nicht erstklassige Vorstellung entgegenzunehmen. So wurde weiter freundlich unterhalten und schriftlich abgesagt. Gerade diese Absagen, von denen man meinen könnte, sie seien das bei weitem Einfachste in diesem System, waren aus verschiedenen Gründen manchmal schwer zu formulieren. Hatte sich doch dieser oder jener Chef besonders viel Mühe gegeben und war richtig sympathisch rübergekommen oder ein glänzender Betrieb hatte einen tollen Eindruck bei mir hinterlassen; dann brauchte es Zeit, um die Absage mit der nötigen Freundlichkeit und Frische zu formulieren, das ging nicht mit dem Standardtext. Schließlich häuften sich Anstellungsverträge, anfragende, bittende und mahnende Briefe. Kurzum: Schreiben aller Tonlagen mussten zartfühlend bis holzhammerfest abgearbeitet werden, wofür immer häufiger die Zeit fehlte. Sowie ein Betrieb mir einen ordentlichen Vertrag oder Vorschlag für den Einstellungsbeginn geschickt hatte, war meine schriftliche Absage mit Dank und Bedauern eine Pflicht. Ordnung muss sein!

Uns fehlte bereits ein Mitarbeiter, eine Arbeitskraft, die einen Teil der Standardarbeiten übernehmen konnte. Längst waren Aktenordner alphabetisch gefüllt, das System hatte sich als belastbar und zuverlässig erwiesen, als es von einer Seite einschlug, mit der ich in diesen Monaten nicht gerechnet hatte. Mutter schien meinen Versuch zunächst wohlwollend mit anzusehen, die beste aller Stellen aus bundesdeutschen Stellenanzeigen zu ermitteln, doch zunehmend begegnete sie meinem grenzenlosen Eifer mit Skepsis, und ich sollte mich endlich für eine dieser schönen Stellen entscheiden. Das brachte den Niedergang unserer so gut geölten Maschinerie.

Wir waren eine lustige und subversive Spaßguerilla; Jahre bevor so etwas in der breiten Öffentlichkeit mit der Kommune I durch die Medien populär wurde. Wie ein Fisch im Wasser habe ich meine Protestformen früh zu einem Aktionsrepertoire entwickelt. Mein Konzept war der Versuch, Protest neu zu erfinden und bekannte Grenzen zu überschreiten. Eine in der Form angelegte und verfremdete Macht- und Repräsentationskritik mit der Anstiftung zur Selbsttätigkeit. Zusammen mit Lorelei und Udo machte das Leben Lust auf mehr.

In den Tagen bot sich nun gerade der Landkartenverlag Zumstein in München mit einer Stelle an, die ich notgedrungen annahm. Landkarten jeder Art und ihre Entwicklung hatten immer mein Interesse gefunden. So zog ich nach München in ein möbliertes Zimmer bei einer fülligen Wirtin, unweit meiner neuen Arbeitsstelle. Als Lorelei und Udo einige Wochen später zu Besuch kamen und wir in diesem einen Zimmer einige Nächte mit Matratzen auf dem Boden gemeinsam verbrachten, gab es gleich lauten Stress mit der Vermieterin und ihren Vorstellungen, in der die Welt kernseifensauber und in hergebrachter blitzblanker Ordnung war.

Zu frühe DDR-Kontakte

Bei unseren Berlinfahrten während der Schulzeit mit Pastor Dohrmann hatten wir Seminarteilnehmer einen Referenten in Ostberlin persönlich näher kennengelernt, mit dem wir verschiedene deutsch-deutsche Fragen überraschend offen diskutierten. Er gab uns im Anschluss sogar seine Ostberliner Telefonnummer mit dem Hinweis, möglicherweise einmal bei einem Problem behilflich sein zu können, das den deutlich älteren Udo und dessen ehemalige Freundin in der DDR betraf, welche gern in den Westen übersiedeln wollte. Auf unsere unbekümmerte Frage, wie man ihn kontaktieren könne, empfahl er uns damals, wir sollten nach dem Grenzübergang in Helmstedt in Marienborn den DDR-Grenzposten ansprechen und von dort aus ein Telefonat mit ihm in Ostberlin führen. Aus heutiger Sicht mag das blödsinnig erscheinen, doch damals ahnten wir noch nichts von Rechtsanwalt Vogel. Zumindest wussten wir nicht, dass der in Westberlin kontaktiert werden konnte, wo er ebenfalls als Rechtsanwalt zugelassen war. In unserer Vorstellung verorteten wir diesen Rechtsanwalt, von dem damals noch kaum jemand in der breiten Bevölkerung etwas ahnte, allein in Ostberlin. Er war und blieb der Einzige, der offiziell mit den Angelegenheiten von DDR-Bürgern befasst war, welche in den Westen übersiedeln wollten, meist im Rahmen einer Familienzusammenführung und für diesen Zweck von der Bundesrepublik freigekauft wurden.

Seiner sächsischen Freundin aus Annaberg, die er von früher aus der gemeinsamen Schul- und Jugendzeit kennt, als er selbst noch im Erzgebirge lebte, wollte Udo helfen, in den Westen überzusiedeln. Dabei dachte er keineswegs an Fluchthilfe, sondern stellte sich vor, er könnte mit SED-Parteioffiziellen darüber sprechen und mit einem solch kleinen Schritt die von uns gewünschte deutsche Ostpolitik im Kleinen vorwegnehmen. In den Köpfen der Menschen, in den Medien und in den sozialliberalen Parteien gab es damals bereits so manche Idee für eine deutsch-deutsche Zusammenarbeit. Nach außen vertraten die Unionsparteien allerdings weiterhin eine starre Haltung gegenüber der Bevölkerung, die sich inzwischen deutlich mehr Zusammenarbeit zwischen BRD und DDR wünschte. Es gab noch zähe Rückzugsgefechte, bis im November 1966 Willy Brandt Vizekanzler in der Bundesrepublik wurde und ein neuer Wind wehte.

War es mein Drang nach neuen Abenteuern oder was hat mich damals geritten? Ich kann es heute gar nicht mehr beantworten. Jedenfalls bin ich mit geliehenem Wagen an einem vereisten, kalt glitzernden Wintermorgen tatsächlich nach dem Grenzübertritt in Helmstedt zur Marienborner DDR-Grenzabfertigung gefahren und habe dort darum gebeten, mit der genannten Telefonnummer in Ostberlin verbunden zu werden. Man hat mich in eine andere Baracke geführt, aber anstatt mich telefonieren zu lassen erstmal darüber ausgefragt, was ich denn wollte, und natürlich wollten sie mehr von mir wissen als mir lieb war. Ich verlangte den wachhabenden Offizier zu sprechen. In der Verwaltungsbaracke fand ich mich dann einem pausbäckigen Offizier des Nationalen Grenzschutzes gegenüber, der amüsiert und verwirrt lächelte, als er mich anhörte. Der Rotgesichtige drückte auf einen Knopf, zuckte mit der wattierten Schulter seines Mantels und verlangte meinen Personalausweis. Dann öffnete sich eine andere Tür und ein schmächtiger Zivilist mit einem Rattengesicht, vorstehenden fahlen Augen und einem schmalen, gierigen Mund erschien. Auf seinem prüfenden Gesicht lag ein schmierig-vertrauliches Lächeln. Er bat mich in seinem Büro mit abbröckelndem Putz und mit Spinnweben bedeckten gelben Tapeten Platz zu nehmen. Umständlich zündete er sich eine Pfeife an. Als sie zu brennen schien, begann er sein Verhör. Ich wollte jedoch diesen Mann in Berlin sprechen, um für Udo einen Gesprächsfaden herzustellen. Nichts weiter. Schließlich rief der Mann in Magdeburg an, vermutlich die zuständige Zentrale des Staatssicherheitsdienstes und schlug mir einen nächsten Besuch vor.

Dann sollte ich mit dem Interzonenzug nach Marienborn kommen, um mich mit dem Berliner zu treffen. Das Rattengesicht gab genaue Anweisungen und versprach, auch dort zu sein, um mich vorzustellen. Das Ganze war in eine Richtung gelaufen, die mir gar nicht gefiel. Was sie alles von mir wissen wollten? Wer meine Verwandten in der DDR seien und wie oft ich früher bereits in der DDR gewesen sei. Was ich von der DDR halte. Nun wollte ich schon gar nichts mehr, nur noch zurück. Zu dem erbetenen Telefongespräch kam es jedenfalls nicht. Angeblich sei unter der Nummer niemand zu erreichen, und ich möge zu dem festen Termin, den sie mir vorschlugen, wiederkommen. Für das Gespräch seien sie dann vorbereitet. Den Termin schrieben sie mir dann in meinen Notizkalender mit einer Telefonnummer, falls ich absagen musste, dazu ihre angeblichen Namen.

Es waren vermutlich Mitarbeiter vom Ministerium für Staatssicherheit, kurz MfS genannt. Eindeutig war es für mich nicht, aber ich konnte es annehmen, obschon ich damals noch gar nicht wusste, wie sehr das MfS Gesellschaft und Betriebe und natürlich alle Verwaltungen und Staatsorgane der DDR durchdrungen hatte. Weitere Fragen schnitt ich ab, verlangte meinen Personalausweis zurück, es würde schlecht aussehen und auffallen, sich hier noch länger aufzuhalten und fuhr ungehindert zurück über die Zonengrenze nach Wolfsburg. Ganz wohl war mir nicht in meiner Haut, und ich fühlte mich danach wie ein Blödmann und bin nie wieder dorthin gefahren.

Dass mein längerer Aufenthalt in den Ost-Baracken von den westdeutschen Grenzern beobachtet worden war, kam mir nicht in den Sinn, aber wozu auch. Ich musste kein schlechtes Gewissen haben.

Wieso wurde uns ein schlechtes Gewissen eingetrichtert, wenn wir Berührung mit der DDR hatten? Wir leben in der Bundesrepublik Deutschland, also in einer freien demokratischen Gesellschaft, ganz anders – so wurde immer schwadroniert – als in der DDR, wo der Meinungskorridor eng gehalten wird und man von der Bewegungs- und Versammlungsfreiheit, von der Meinungsfreiheit und allen anderen Freiheiten des Westens nur träumt. „Niemand darf wegen seiner politischen Anschauungen benachteiligt oder bevorzugt werden", regelt Artikel 3.3 im Grundgesetz der BRD. Und Artikel 5.1. garantiert uns: „Jeder hat das Recht, seine Meinung in Wort, Schrift und Bild frei zu äußern und zu verbreiten und sich aus allgemein zugänglichen Quellen ungehindert zu unterrichten. (…) Eine Zensur findet nicht statt."

Ich hätte mich sicher nicht dazu bereit erklärt, für ein diktatorisches sozialistisches Regime in irgendeiner Weise zum Nachteil der Bundesrepublik Geheimnisse auszuplaudern, die ich ohnehin nicht kannte oder etwa perspektivisch tätig zu werden. Auch wenn bei mir sozialistische und kommunistische Schriften und Gedanken Interesse weckten und sie es wert waren darüber nachzudenken, erkannte ich in der DDR nicht den Staat, der tatsächlich sozialistische und kommunistische Ideen, geschweige denn Ideale, wie etwa in unserer Vorstellung eines Euro-Sozialismus, wie er damals tatsächlich als demokratische Form in Frankreich und Italien gelebt wurde, verkörperte. Ein undemokratischer Staat, der grundlegende Freiheiten wie etwa die Reise-, Meinungs- und Bewegungsfreiheit beschneidet, kann nicht dem Wohl seiner Bürger dienen wollen. Aus meiner Sicht handelte es sich bei der DDR um ein Freiluftgefängnis.

Ganz anders als in der Bundesrepublik Deutschland, in der die Bewegungsfreiheit im Grundgesetz für jedermann garantiert ist und in der auch die UN-Resolution 217 A (III) der UN-Vollversammlung mit Artikel 13 AEMR (Allgemeine Erklärung der Menschenrechte) vom 10. Dezember 1948 (heute Internationaler Tag der Menschenrechte) Gültigkeit hat:

(1) Jeder hat das Recht, sich innerhalb eines Staates frei zu bewegen und seinen Aufenthaltsort frei zu wählen.

(2) Jeder hat das Recht, jedes Land, einschließlich seines eigenen, zu verlassen und in sein Land zurückzukehren.

Später, im Laufe der Jahrzehnte, wurde die Resolution geändert und verwässert, zum Teil durch europäische Vereinbarungen ersetzt. 1966, also zum fraglichen Zeitpunkt, galt jedoch noch diese Interpretation:

„Inhalt und Schutzbereich sind das Recht jedes Menschen, jeden zulässigen Ort seiner Wahl zu betreten, dort zu verbleiben und diesen zu verlassen, ohne durch die Staatsgewalt hieran behindert zu werden (körperliche Bewegungsfreiheit).

Das Recht auf Freizügigkeit umfasst das Recht, sich innerhalb eines Landes frei für diejenigen zu bewegen, die sich rechtmäßig in dem Land aufhalten, das Recht, jedes Land zu verlassen und das Recht, in ein Land einzureisen, dessen Staatsbürger sie sind."

Doch dieser Tag sollte mein Leben verändern!

Was treibt einen Menschen eigentlich dazu an, einen folgenschweren Regelverstoß zu begehen? War es bloß die verlockende Lust, etwas Verbotenes zu tun? Mag sein, man kennt das ja. Aber das eigentliche Motiv ist universellerer Natur, es treibt uns von jeher an, sich auf unbekanntes Terrain zu wagen oder den forschenden Blick, metaphorisch gesprochen, in eine dunkle Höhle zu richten. Es ist das Verlangen, „mit eigenen Augen zu sehen, was darin an Wunderbarem sein möchte", so hat es Leonardo da Vinci einmal poetisch formuliert. Als Adam und Eva in den berüchtigten Apfel bissen, brachten sie sich und uns um das Schönste, ums Paradies. Neugier, die über bestimmte Grenzen hinausgetrieben wird, gilt in vielen Fällen als verpönt. Als Entdeckerfreude aber kommt diese grenzüberschreitende Form der Neugier mitunter einem Lebenselixier gleich. Im leisetretenden Deutschland der 60er Jahre wurde diese ureigentümliche Begierde zur „Neugier" domestiziert. Dabei waren die vielfältigen Spielarten der Neugier schon immer die mächtigste Triebfeder der Kreativität, der Künstler und Erfinder.

106 Tage Untersuchungshaft

Einige Monate später, ich hatte diesen DDR-Grenzbesuch bereits vergessen oder verdrängt, stand im schönen Mai 1966 die Politische Polizei in Gestalt zweier zivilgekleideter Männer vor der Wohnungstür meiner Mutter. Da ich einige freie Tage genommen hatte, war ich bei ihr zu Besuch. Sie hielten einen roten Durchsuchungsbefehl wegen des Verdachts des Landesverrates in der Hand. Ein ziviler Herr Monttal und ein Herr Bytom kamen in Begleitung von drei weiteren Beamten in normaler Polizeikluft und schwärmten in unserer kleinen Dreizimmerwohnung und im Keller des Hauses aus, um Strafbares zutage zu fördern. Alles wurde umgekrempelt, und mein kleines Notizbuch mit den wenigen Anmerkungen über frühere Berlin-Besuche und über meinen Besuch an der Zonengrenze fiel in ihre Hände. Sie schienen gar nicht überrascht, sondern recht genau zu wissen, was sie suchen und finden konnten. Sie nahmen mich gleich mit. Ich war vorläufig festgenommen. Sie brachten mich in ein kleines Untersuchungsgefängnis in Gifhorn, wo mir tags darauf ohne weitere Anhörung und ohne Beisein eines Rechtsanwaltes ein Haftbefehl aufgrund des Verdachts „landesverräterischer Beziehungen" gemäß § 100 e StGB durch einen Untersuchungsrichter verkündet wurde. Kurz darauf wurde ich in das uralte Celler Gefängnis überführt, das im feuchten Keller des dortigen Schlosses untergebracht war; darin gab es einige Zellen für Untersuchungsgefangene.

Ein uralter kalter Kasten im Keller des Schlosses. Die erste Nutzung des „Zucht- und Tollhauses" erfolgte ab 1715. König Georg I., König von Hannover und England, ließ es errichten. Bis 1833 war es sowohl Irrenanstalt als auch Männer-Zuchthaus. Seit der Abschaffung der Zuchthausstrafe im Jahre 1969 war die Anstalt zuständig für die Vollstreckung von langjährigen Freiheitsstrafen bei männlichen Erwachsenen. In diesem düsteren, wenig beleuchteten, kalten steinernen Verlies mit meterdicken Natursteinmauern und winzigen Öffnungen, durch die kaum Licht fällt, ohne jegliche Sanitärausstattung, aber mit nach Salmiak stinkendem Kübel als Toilette und einer Waschschüssel, ohne fließendes Wasser in der Zelle, verbrachte ich als Untersuchungshäftling insgesamt 106 Tage in einer Einzelzelle. Für nichts.

Voll stiller Verzweiflung verlor ich in dieser Zeit meine Fassung und fühlte in meinem Seelengestrüpp eine unauflösbare Ohnmacht. Bis dahin war ich in meinem Leben keiner Bedrohung so nah gekommen. Nun meinte ich dem wirklichen Leben mit seiner Unwiderruflichkeit und seinem Schauer begegnet zu sein. – Auf meine Vernehmung wurde längere Zeit verzichtet. Als ich endlich vernommen wurde, hatte ich nichts mitzuteilen, was ich hätte „beichten" können. Mir fiel nichts ein, was strafbar und der Rede wert gewesen wäre. Ich wurde als renitent eingestuft und weiter links liegengelassen.

„Gesetze sind nicht auf Pergament geschrieben,
sondern auf empfindlicher Menschenhaut."
Generalstaatsanwalt Fritz Bauer (1954-1968).

Rechtsanwalt R. aus Celle, den mir Mutter organisiert hatte, war dabei überhaupt keine Hilfe. Ich hatte damals leider nur eine dunkle Vorstellung davon, was ein Rechtsanwalt in einem solchen Verfahren an Hilfe leisten kann, wie dies im Ablauf vonstatten geht und war mit dem unsäglichen Schmerz meines Unglücks allein. Ohne belebende und informierende Außenkontakte konnte ich mich nur einigeln und sprachlos miterleben, wie jede Zukunft verschluckt wird, ehe sie beginnen kann. Was damals gerade politisch vor sich ging, bekam ich kaum mit. Ich blieb ohne Informationen. Wenn ich bei späteren Vernehmungen meine schlichte Vorstellung von einem friedlichen Miteinander zwischen Ostdeutschen und Westdeutschen äußerte, das durch eine Vielzahl persönlicher und direkter Kontakte zu Freunden, zu Verwandten und sicher auch zu Funktionsträgern in der DDR zustande kommen könne und von meiner Vorstellung erzählte, dass sich dadurch das Verhältnis der beiden deutschen Teile ändern und verbessern könne statt am starr betonierten Jetzt festzuhalten, erntete ich nur leere gelangweilte Blicke der Vernehmenden. Wenn ich so zu sprechen begann, lachten sie mich bei der Politischen Polizei (PoPo) aus und nannten mich einen verdammten Spinner, was zu einer allseits beliebten Übung des Lächerlichmachens geworden war, mit der man sich unbequemes Denken vom Hals schaffte und die anderen, die über ihr Eigeninteresse hinauszudenken versuchten und auf Regeln demokratischer Formen bestanden, mit einem groben Geflatter der Verachtung traktierte. Meine angestaute Wut, mit solchen Finsterlingen der Vergangenheit und ihrer langweiligen Machtbesessenheit überhaupt zu tun zu haben und diesen Bequemdenkern, begriffszufriedenen Klischeemalern mit ihrem geheimniskrämerndem PoPo-Kult ausgeliefert zu sein, verdoppelte meine Verachtung. Ich sagte nichts mehr.

Das Wort wurde mir sowieso im Munde umgedreht und gegen mich verwendet. Meinen Erklärungen wurden Gegenerklärungen und Nacherklärungen entgegengehalten, mit schriftlicher und mündlicher Fingerzeigerei wurden meine Angaben fahrlässig fehlgedeutet und aus Gründen der Profilierung oder der Parteilichkeitssucht oder der Besserwisserei oder Bescheidwisserei wurden sie absichtlich in Wortlaut und Sinn verdreht. Es lockte mich nicht mehr, bei solch unglücklichem Gesprächsverlauf in gegensätzliche Meinungen verstrickt zu werden. So schwieg ich.

Meine begründete Abwehr gegen die Sprache der Autoritäten und Mächtigen, seien sie Götter, Väter, Wirtschaftsbosse oder schlimme Diktatoren, Minister, Kanzler, Nazis, Befehlsmenschen, Links- oder Rechtsdogmatiker, Ideologen und

Päpste aller Kirchen, Parteien und Interessengruppen war mir längst in Fleisch und Blut übergegangen.

Mein Traum vom Weltfrieden wurde als Hirngespinst abgetan. Was einen Menschen ausmacht, was seine Stärken und Schwächen in solcher Umgebung an den Tag bringt, das erweist sich erst, wenn die Existenz in Gefahr gerät. Nur der Ernstfall bringt das Wahre im Menschen zum Vorschein.

Durch welchen Umstand es initial überhaupt zu meiner Festnahme, Verhaftung und späteren Anklage wegen angeblicher landesverräterischer Beziehungen kommen konnte, blieb mir lange Zeit verborgen. Erst im Nachhinein wurde es mir im Laufe der Zeit deutlicher, dass ich es wohl meinem „guten Freund" Udo zu verdanken hatte, dessen eigenes Verfahren zu meiner damaligen Unkenntnis noch gar nicht abgeschlossen war, und der mich mit fantastisch ausgeschmückten Angaben beim bundesdeutschen Staatsschutz angeschwärzt und hingehängt hatte, und sich für sein Wohlverhalten Vorteile für sein eigenes, noch laufendes Verfahren, versprach. Unsere Dreierbeziehung gefiel ihm womöglich doch nicht so sehr, wie er behauptete und wer weiß, vielleicht nahm er an, dass sich seine Lorelei verstärkt mir zugewendet hatte?

Im Übrigen: Die Herrschaft des Verdachts gegenüber eher linken Vorstellungen und Handlungen war in den 60er Jahren ganz normal, während das rechte Vorfeld unterdessen großzügig Förderung vom Staat erhielt. Die Entfesselung staatlich repressiver Gewalt fand seinen Ausdruck darin, dass nicht die Tat an sich, sondern mittels vager Definition die Haltung oder die vermutete Haltung eines Täters geahndet wurde. Die Entfremdung zwischen der gerade noch herrschenden Politik und einem beträchtlichen Teil des Volkes, welches die CDU-Ostpolitik ablehnte und satthatte, war jedoch bereits im Alltag vieler Menschen angekommen.

Die Abstrafung Andersdenkender hat im Übrigen in Deutschland Tradition. Willy Brandt wurde zur selben Zeit von den herrschenden CDU/CSU-Kreisen öffentlich als „Vaterlandsverräter" beschimpft. Er arbeitete bereits an einer neuen deutschen Ostpolitik und an einer Wende in der Frage, wie mit der DDR künftig umzugehen sei. Als er nur einige Monate später im November 1966 Vizekanzler in Deutschland wurde, sorgte er dafür, dass der Paragraph des Strafgesetzbuches für „Landesverräterische Beziehungen", das auch für mich galt, zum 01. Oktober 1968 ersatzlos gestrichen und abgeschafft wurde. Ein Straffreiheitsgesetz rückte an dessen Stelle, welches für die Entlastung bereits Verurteilter sorgte. Das heißt, nur ein knappes Jahr nach meinem Prozess 1967 hätte das gegen mich geführte Gerichtsverfahren eingestellt werden müssen oder gar nicht eröffnet werden dürfen.

Nachträglich muss ich sagen, dass wir uns mit meiner Verteidigung unsäglich blamiert haben und alles Entlastende in dieser Deutscharbeit, was hätte getan und vorgetragen werden können, aus falschen Gründen und einem eingeredeten „schlechten Gewissen" nicht vorbrachten. Meine Eltern, beide staatsergebene Beamte, schienen nicht imstande zu sein, sich vorzustellen, dass der Staat Mist macht und wären gar nicht auf die Idee gekommen, sich hier auf die Hinterbeine zu stellen und das Mögliche zu denken und für mich zu tun. Wie ein Schaf sollte ich mich verhalten – und so verhielt ich mich auch –, das zur Schlachtbank geführt wird, weil ich mir so viel Unrecht und Bosheit unseres Staates damals ebenfalls noch nicht vorstellen mochte, und ich meinen Eltern nicht weiter schaden wollte. Im Gegenteil: Ich war noch davon überzeugt, dass sich herausstellen würde, dass es nichts an Verfehlungen gab, die zu einer Verurteilung führen könnten.

Vom Generalbundesanwalt beim Bundesgerichtshof, der höchsten deutschen Anklagevertretung, wurde ich angeklagt und schließlich Ende Juli 1967 in einer nicht-öffentlichen, zweitägigen Gerichtsverhandlung vor dem 3. Strafsenat beim Oberlandesgericht Celle, welcher als Staatsschutz-Senat fungierte und aus fünf älteren Richtern bestand, in erster und letzter Instanz für „schuldig" befunden und im Namen des Volkes – welchen Volkes? – zu 28 Tagen Jugendarrest verurteilt, jedoch ohne Anrechnung der bereits erlittenen Untersuchungshaft. Die Unverhältnismäßigkeit des Strafmaßes in Bezug auf die erlittene dreieinhalbmonatige Untersuchungshaft liegt auf der Hand.

In der Urteilsbegründung, für mich eine reine Schmähschrift, heißt es:

„(…) Die Auskünfte auf die ihm gestellten Fragen betrafen unmittelbar keine Staatsgeheimnisse im Sinne des § 99 Abs. 1 StGB. Das ist aber auch nicht Inhalt des – auf das Vorfeld des Landesverrats beschränkten – Vergehens der verräterischen Beziehungen nach § 100 e StGB. Diesem Tatbestand genügt es, wenn das Tun allgemein geeignet war, die Aufgabe des Beziehungspartners, letztlich an Staatsgeheimnisse der Bundesrepublik heranzukommen, zu unterstützen bzw. zu fördern. Das war hier der Fall. Für das Vorhandensein von Rechtfertigungs- oder Schuldausschließungsgründen ist nichts hervorgetreten (…)."

Wodurch ich im ominösen Vorfeld des Landesverrats irgendetwas unterstützt oder gefördert haben sollte, wurde mir nicht einsichtig. Diese fünf alten Herren aus dem Wurzelwerk des nationalsozialistischen Obrigkeitsstaates, welche als Oberlandes-gerichtsräte in meiner Sache über Recht und Unrecht entschieden, waren schon aufgrund ihres Alters Richter, welche vermutlich bereits zur Zeit der Nazi-Diktatur als jüngere Richter Recht gesprochen hatten. Möglicherweise waren sie schon damals in Staatsschutz-Sachen tätig gewesen und aus diesem Grunde schienen sie geeignet, nun Mitte der 60er Jahre in der jungen Bundesrepublik ihre Erfahrung zur Gesinnungsjustiz einzubringen. Seit dem Ende der Nazi-Herrschaft waren nur 21 Jahre vergangen. Die vier Oberlandesgerichtsräte sowie der Senatspräsident standen damals kurz vor ihrem wohlverdienten Ruhestand.

Wir sollten uns jetzt einmal vergegenwärtigen, dass zeitgleich Gustav Heinemann, unser späterer, über alle Parteigrenzen hinweg hochangesehener Bundespräsident, damals als frisch gekürter SPD-Bundesjustizminister seit Dezember 1966 unter anderem daran arbeitete, den § 100 e Abs. 1 StGB ersatzlos streichen zu lassen. Diese Planung war meinen hohen Richtern im Staatsschutzsenat am Oberlandesgericht in Celle selbstverständlich bekannt und hätte bei etwas gutem Willen dazu führen können, mein Verfahren einfach ein Jahr auszusetzen oder ruhen zu lassen. Jedoch „Wandel durch Annäherung", also die neue ostpolitische Richtung der SPD, war nicht nur in Justizkreisen und bei alten Kameraden unbeliebt und verpönt. Die neue Ost-Politik wurde – solange es sich irgendwie von reaktionären Kräften einrichten ließ – ignoriert und torpediert. Ebenso hätte Rechtsanwalt R., ebenfalls ein alter Knabe, darauf hinwirken sollen, mein Gerichtsverfahren zeitlich zu strecken oder zu verzögern. Man hätte mir nahelegen können, mich eine gehörige Zeit im europäischen Ausland aufzuhalten oder das Verfahren mit mancherlei möglichen Begründungen verschieben können. Schließlich ging von dem gegen mich geführten Fall die Welt nicht unter. Aber nein, das geschah nicht. Ich war damals dermaßen unbedarft.

Keine Macht steuert Menschen so stark wie die Macht ihrer Glaubenssätze. Diese bilden als Ideologien die Ordnung von Ideen und Wertvorstellungen, geben Menschen Sinn und Orientierung, aber erzeugen auch starke Emotionen, die zu Hass und Gewalt führen können. Im Namen von Ideologien gehen Menschen zu Hunderttausenden und Millionen auf die Straße und erleben den „Wahnsinn der Massen" (Douglas Murray), jene spezielle Stimmung, die nur in solchen Massenkundgebungen entsteht. Dabei sind Ideologien für das Wohlbefinden so wichtig wie die Nahrung für die körperliche Gesundheit. Ideologien als Sinn- und Wertsysteme können für Menschen förderlich und hilfreich sein. Dann erfüllen sie positive Funktionen, geben Verständnis und Erklärung für Alltag und Lebensfragen. Sie können aber auch spalten, aufrühren und für jahrhundertelangen Hass zwischen Menschen und Völkern sorgen. Solche toxischen Ideologien stellen geistige Gefängnisse von rigider Natur dar, oft ohne, dass es den Gläubigen bewusst wird. Nationalismus, Chauvinismus, Kommunismus, Wokeismus und fanatische Religiosität sind nur Beispiele solch rigider Sinnsysteme, die Menschen in extreme Emotionen und tiefe gesellschaftliche Spaltungen bringen.

Der offene gesellschaftliche Diskurs, wie dies Carl Popper ausdrücklich forderte, kommt unter dem Einfluss eines „neuen Totalitarismus von unten" (Sheldon Wolin/Matthias Desmet) derzeit immer mehr zum Erliegen. Nicht mehr die abweichende kritische Meinung zählt, wie wir es gelernt haben, sondern die konformistische unkritische Meinung wird favorisiert. Kritik wird vorschnell als Leugnen, Schwurbeln oder gar als Verschwörungstheorie stigmatisiert. So wird rigiden Ideologien heutzutage aus dem linken Lager unkritisch Vorschub geleistet.

In Deutschland, das die Meinungsfreiheit gerade damals gerne mit Denkverboten verteidigte, wurde aus der Gemeinschaft der Anständigen exkommuniziert, wer das Unwort „DDR" nur in den Mund nahm. Dieser Staat misstraute seinen Bürgern zutiefst. Die freie, wilde, unkontrollierte Demokratie ist ihm auch heute wieder ganz offenkundig ein Graus. Die neue Herrschaft des Verdachts hat zudem eine neue politische Schieflage. Derzeit ist es das rechte Vorfeld, welches genauestens vom Verfassungsschutz, dem deutschen Inlandsgeheimdienst, beobachtet wird. Das linke Vorfeld bezieht unterdessen großzügige Förderung vom Staat. Man will sogar auf die Sprache und das Denken Einfluss nehmen. Eiskalt muss erschauern, wer die derzeitige Innenministerin hört, auch um die Justiz „kümmere man sich" nun, da diese, ebenso wie die Presse, erfahrungsgemäß zu den ersten Zielen rechter Unterwanderung gehöre. Hat man sich um die Justiz erst einmal „gekümmert", dann ist die Entfernung von Personen mit der „falschen" Gesinnung aus dem öffentlichen Dienst womöglich nicht einmal mehr von unabhängigen Gerichten rückgängig zu machen.

Die staatliche Exekutive müsste sich eigentlich darum bemühen, verlorengegangenes Vertrauen zurückzugewinnen. Mit dieser Agenda wird das Gegenteil eintreten. Dabei zählt in der Akzeptanz dieser Ideologien nicht ihre Evidenz, sondern ihre emotionale Überzeugungskraft. Ideologien sind die stärkste Macht der Welt. Sie stellen kognitive Gefängnisse dar und können extreme Emotionen aufbauen mit dem Ergebnis tiefster gesellschaftlicher Spaltung.

Deutschland hatte aus meiner Sicht mich und vor allem sich selbst und die hohen Ansprüche seiner Verfassung verraten.

Erinnerungen sind wie wilde Tiere. Sie schleichen sich von hinten an dich an und überfallen dich, wenn du es am wenigsten erwartest. Nachts. Im Traum. Immer wieder erlebst du diesen Alptraum des dunklen Kerkers deiner Jugend.

„(…) Warten auf den Prozess und auf die verlorene Ehre.
Wenn ihr wüsstet, wie schwer es ist, an nichts zu denken.
Und wären alle Zugänge von Spitzeln umstellt, die Gedanken suchen uns dennoch heim (…)."
Hendrik Bicknäse, Spinnfäden für brechende Köpfe,
Chr. Gauke Verlag 1977

Diese Verurteilung mit dem Gefängnisaufenthalt konnte ich nie verzeihen und vergessen. Sie hat sich auf vielfältige Weise immer wieder in meinem späteren Leben bemerkbar gemacht, sich wie ein schwarzes Loch ins Zentrum meines Seins eingebrannt. Wer weiß, nur wenige Jahre später war die öffentliche Meinung wesentlich elastischer und belastbarer. Derselbe Sachverhalt war kurze Zeit später eben keine strafbare Handlung mehr und wurde positiver angegangen. So erfuhr ich frühzeitig etwas von einer sich stets verändernden und sich neuformierenden Gesellschaft in Bewegung, in der nichts so stabil ist, wie es den meisten Mitmenschen – insbesondere Beamten – erscheint. Und davon, dass die Justiz der gesellschaftlichen Entwicklung auf den Fersen ist, jedoch immer hintendran.

Erst Jahre später, nachdem ich unterschiedliche Schriftsteller, Künstler und anständige Rechtsanwälte wie etwa Heinrich Hannover näher kennengelernt hatte, die sich als Ältere
frühzeitig mit der westdeutschen Gesinnungsjustiz auseinandersetzten, verstand ich, dass ich nur einer aus einer größeren
Anzahl Verurteilter war, die so oder ähnlich von ehemaligen
Nazi-Richtern verurteilt worden waren und die bis zum heutigen Tage vergessen in der Schweige- und Verdunkelungsecke
der Geschichte stehen.

Auch deshalb berichtete ich 2021 in einer längeren E-Mail
an das Büro von Gerhard Schröder von den irrwitzigen Anschul-
digungen gegen mich und von dem überzogenen Urteil. Auszüge:

„Am 25.07.1967 wurde ich in geheimer Verhandlung:
‚unter Ausschluss der Öffentlichkeit‘, wie es offiziell hieß, vom
OLG Celle, 3. Strafsenat, wegen Verräterischer Beziehungen zu
vier Wochen Jugendarrest und zu den Kosten des zweitägigen
Verfahrens verurteilt, und zwar ohne Anrechnung der bereits
erlittenen Untersuchungshaft im uralten Gefängnis im Schloss
Celle. Die vorangegangene Untersuchungshaft betrug 106 Tage
oder dreieinhalb Monate.

Als bis dahin unbescholtener und aufgeweckter junger
Mensch mit damals bereits großem Interesse an gesellschaftlichen und politischen Fragen meinte ich die spürbar kommende
Ostpolitik bereits vorwegnehmen zu können. Gemeinsam
mit unserem damaligen evangelischen Pastor und Wolfsburger Industriediakon Dohrmann (er wurde ebenfalls in einem
anderen Verfahren angeklagt) unternahmen wir bereits in den
frühen 60er Jahren Reisen zu Wochenendseminaren in das
nahe Berlin und Ost-Berlin und hörten dort auf beiden Seiten
Vorträge zu verschiedenen Themen.

Insgesamt habe ich viereinhalb Monate für einen unsinnigen Vorwurf in Haft verbracht. Als aufgrund des geplanten Straffreiheitsgesetzes BGBl. I S. 773 – (§§ 1, 2 Abs. 1 Nr. 3,3,4) die gerichtliche Mitteilung vom 09.09.1968 über den Straferlass bei mir eintraf, war der Jugendarrest bereits vollstreckt. ‚Sonst wäre er zu erlassen gewesen,‘ war die lapidare Feststellung in dem Schreiben.

(…) Leider wurde nach dem Jubeljahr 1989/90 niemals auch nur am Rande die Tatsache berücksichtigt, dass in der BRD etwa 1.400 Menschen aus eingeengter politischer Sicht in Haft gekommen waren, die keineswegs Landesverrat begangen hatten, sondern lediglich ‚Beziehungen‘ aufgenommen und teilweise unterhalten hatten. Jahrzehntelang wurde indessen über den Unrechtsstaat DDR schwadroniert. Die Bundesrepublik Deutschland hat sich bis zum heutigen Tage einäugig mit stets weißer Weste präsentiert.“

Hendrik Bicknäse, E-Mail vom 23. Januar 2021
an „info@gerhard-schroeder.de“

Eine Antwort erhielt ich nicht.

Selbst in den 2020ern werden die westdeutschen Bürger verschwiegen, denen gar nicht so selten Ähnliches widerfuhr, wenn erneut darüber gesprochen wird, politisch motivierte Strafverfahren, die ostdeutsche Bürger während der DDR-Zeit erlitten, mit Geldzuwendungen oder Rentenerhöhungen zu entschädigen und zu versüßen, was vor Jahren bereits einmal geschehen war.

Später kam ich als Journalist immer mal wieder nach Leipzig aus Anlass der dortigen Frühjahrs- und Herbstmessen, auf denen Westjournalisten zugelassen waren. Natürlich traf ich dabei sehr unterschiedliche Menschen und führte mit ihnen erhellende Gespräche. Je mehr, desto besser. Das hatte Sinn und Zweck: Um die Hintergründe und die sichtbaren wie die unsichtbaren Veränderungen im Lande seismographisch zu registrieren und diente allemal einem besseren Verständnis auf beiden Seiten.

Oder ich fuhr mit anderen Kulturschaffenden, so nannte man uns damals, 1977 ganz offiziell in die DDR, die uns als Mitglieder des Demokratischen Kulturbundes der Bundesrepublik Deutschland (DKBD) eingeladen hatte. Wir sprachen auf unserer Rundreise durch die Bezirke natürlich gerade mit Funktionären und mehreren Regierungsvertretern, so zum Beispiel mit Hans-Joachim Hoffmann, Minister für Kultur der DDR, welcher Nachfolger von Klaus Gysi geworden war.

In der Bundesrepublik gab es eine ganze Reihe linker Kuckhoff-Buchhandlungen und in Ostberlin einen bekannten Platz und eine Straße dieses Namens, benannt nach dem Schriftsteller Adam Kuckhoff, über dessen Werk Ingeborg Drewitz schon 1968 eine Arbeit verfasst hatte. Aus Zufall begleitete ich einen Freund bei einem unserer Ostberlin-Besuche und lernte dessen sehr lebendige Freundin kennen. Ihr Vater war damals Nachrichtensprecher im DDR-Fernsehen. In der Familie wusste man gut Bescheid über gesellschaftliche Entwicklungen. Zwei Schwestern besuchten wir mehrfach, Enkelinnen von Adam und Greta Kuckhoff, die als Widerstandskämpfer gegen die NS-Diktatur und als Mitglieder der Roten Kapelle 1943 in Plötzensee hingerichtet worden waren.

Ich wurde nicht müde, die Entwicklung der DDR aus kritischer Distanz und aus unterschiedlichen Blickwinkeln interessiert zu verfolgen und sie mit einem gewissen Schuss Sympathie in meinem Leben völlig undogmatisch zu begleiten.

In einer halsbrecherischen Aktion flog der 18-jährige Hobbyflieger Mathias Rust mitten im Kalten Krieg im Tiefflug über die DDR und die Ukraine hinweg nach Russland und landete am 28. Mai 1987 mit seinem geliehenen Sportflugzeug vom Typ Cessna 172 P auf der Großen Moskwa-Brücke unweit des Roten Platzes. Er hatte das Flugzeug mit der Begründung gechartert, einen Rundflug über die Nordsee machen zu wollen. War er nun ein Verräter oder ein Held? Es hätte leicht schiefgehen können, wenn er heruntergeholt und in der Folge als Spion angeklagt worden wäre. So oder so war es ein Tanz auf äußerster Spitze. Rust selbst erklärte seinen Flug als einen Friedensflug. Der Stern und andere Medien griffen sein Abenteuer begierig auf und machten ihn zu einem Helden. Eine Wohlwollens-Woge schlug ihm entgegen, als er aus Russland zurückkam. Doch sein Traum vom Weltfrieden, von dem er damals sprach, liegt heute in Trümmern.

„Feind ist, wer anders denkt – Eine Ausstellung über die Staatssicherheit der DDR" in der Bürgerhalle im Rathaus Wolfsburg vom 14. Juni bis 17. Juli 2019. Dieser Titel einer Wanderausstellung, welche vom Bundesbeauftragten für die Stasi-Unterlagen der ehemaligen DDR veranstaltet wurde, machte mich neugierig. So ließ ich mich vom Veranstalter mit einem Extra-Termin durch die Ausstellung führen und fand alles so weit in Ordnung, wenn nur nicht die blinde Einseitigkeit mit Blick auf die DDR dagewesen wäre; diese gemeine Großartigkeit, mit der die Bundesrepublik einäugig allen allein das zeigt und nur das sichtbar macht, was an Totalitärem in der

DDR geschah. Dass in der damaligen Bundesrepublik ebenfalls Feind derjenige war, der anders dachte, interessiert heute wie damals niemanden.

Verrat ist so alt wie die Geschichte der Menschheit. Für den stehen gleich zu Beginn des Matthäus-Evangeliums die Heiligen Drei Könige. Sie sind im Auftrag des Herodes unterwegs, das Kind zu finden. Doch statt dem Auftraggeber Bericht zu erstatten, verlassen sie Bethlehem und das Evangelium und verschwinden für immer.

Judas gilt als Verräter, die drei Weisen aus dem Morgenland als Heilige. Dabei ist Judas ebenso ein Heiliger wie die drei Weisen Verräter sind. Worin unterscheidet sich der Held vom Bösewicht und der Heilige vom Verräter? Wir müssen näher hinschauen, wollen wir dem Phänomen des Verrats auf die Spur kommen. Judas zum Beispiel hat für sich reklamiert, diesen Jesus in den politischen Widerstand zu drängen. Was wäre gewesen, trägt er vor, wenn ich in Gethsemane bei Jesus geblieben wäre? Was wäre aus mir geworden? Was wäre aus uns allen und dem Christentum geworden?

Im Verrat kann man eine aktive Handlung eines oder mehrerer Akteure erkennen, wenn eine Gemeinschaft die entsprechende Handlung entweder moralisch als Vertrauensmissbrauch interpretiert oder als Treuebruch festgeschrieben hat. Der Verräter ist notwendig für eine Gesellschaft, bevor sie gegen die Wand fährt, Kriege anzettelt, die Daten ihrer Bürger sammelt oder sich dem Terror verschreibt.

Wann wird der Verräter zum Heiligen oder zum Helden und wann zum Bösewicht? Wann fordert das Gewissen uns auf, ein Verräter zu sein? Historisch gesehen waren im 20. Jahrhundert Behauptungen wie die Legende vom Dolchstoß, vom inneren Verrat an Deutschland, die Wurzel für Antisemitismus, Franzosenhass und Nationalsozialismus.

Die Farbpalette des Verrats reicht vom harmlosen Verpetzen in der Schule über den alltäglichen Seitensprung, von der Dolchstoßlegende bis zu einem sich an Macht andienenden Denunzianten. Wir erkennen in der Traditionslinie des Verrats aber auch die Rebellen, die Whistleblower, die Störenfriede, die eine moralische Entscheidung getroffen haben. Der Preis, den sie dafür zahlen, ist hoch. Georg Elser wurde als Hitler-Attentäter und Widerstandskämpfer im Dritten Reich hingerichtet oder standrechtlich erschossen. Edgar Snowden steckt für lange, wenn nicht für immer, in Russland fest.

Die Angst vor Verrat hat aus dem Kalten Krieg in Europa wieder einen heißen Krieg gemacht. Nicht nur für Putin ist es der Verräter Michail Gorbatschow, der den Ukraine-Krieg verursacht hat. In den russischen Staatsmedien ist er der Superdenunziant, verantwortlich für den ideologischen Niedergang der Sowjetunion und für das Herannahen der NATO. Gorbatschow, der Befreier vom Stalinismus, wird im chinesischen Staatsfernsehen als der Verräter des Jahrhunderts bezeichnet und damit zum Brutus der modernen Geschichte.

Der Verräter als Avantgardist ist mit individueller Einsamkeit, aber auch mit philosophischer Erkenntnis eng verbunden. Dient der Verrat einem demokratischen Gemeinwesen und nicht dem eigenen Ego, so nähert sich der Verräter einem Heiligen an. Mit dem gemeinen Verräter aus Egoismus, dem Spion, den Putschisten, den Karrieristen, all den Daniel Ortegas in Nicaragua, den Yoweri Musevenis in Uganda darf er nicht verwechselt werden.

Aus der Untersuchungshaft war ich Mitte Juli 1966 entlassen worden, der Prozess stand noch aus. In dieser Zwischenzeit bemerkte ich, dass sich meine damals noch unternehmungslustige Schwester ausführlich über Einwanderungsbedingungen nach Kanada informiert hatte. Das kanadische Generalkonsulat erteilte ihr dafür die nötigen Informationen und die Genehmigung zur Einwanderung mit Arbeitserlaubnis. Sie war bereits Krankengymnastin. Gute berufliche Aussichten wurden unserer Stine, so wurde sie liebevoll von uns zu Hause genannt, für Kanada bestätigt. Es war ihr Plan, zusammen mit mir nach British-Columbia auszuwandern, weil die angenehmsten Temperaturen in Vancouver und Umgebung herrschen. Dazu war ich auch bereit und beantragte für diesen Zweck einen neuen Pass als Ersatz für meinen abgelaufenen. Zu arbeiten, ohne an fest fixierte Lebensläufe gebunden zu sein, war für mich eine gute Vorstellung. Leistung zeigen in einer Gesellschaft, in der sich der Staat zurückhält und wo gerade deshalb die individuelle Freiheit hochgehalten wird. Bald darauf erhielt ich vom Einwohnermeldeamt einen Bescheid, dass mir kein Pass aufgrund des damals noch anhängigen Strafverfahrens gegen mich ausgestellt werde. Deutschland wollte mich nicht loslassen, diese Verfehlung wollte vom Staatsschutz unbedingt geahndet werden. Verdächtige dürfen kein Reisefieber haben.

Zur Bundeswehr wurde ich nicht eingezogen. Darüber war ich nicht unglücklich. Dort wollte man mich nicht haben. Ich hätte vielleicht die Truppe unterwandern und agitieren können. Potenzielle Aufwiegler waren unerwünscht.

Amnesty International

Als ich 1966 das erste Mal von Amnesty International hörte, stand diese Organisation, zumal in Deutschland, noch ganz am Anfang. Interesse dafür suchte und fand ich bei einigen Wolfsburger Bekannten: Dolmetscher, Lehrer und Buchhändler. Gemeinsam gründeten wir 1967 zunächst in Wolfsburg und bald darauf auch in Braunschweig zwei der ersten Amnesty-Gruppen, die in Deutschland aktiv wurden. Einige Jahre zuvor, 1962, war dieser Name erstmals in der internationalen Öffentlichkeit aufgetaucht, nachdem der englische Rechtsanwalt Peter Benenson über die vergessenen Gefangenen, die überall auf der Erde gefangengenommen, gefoltert oder hingerichtet werden, weil ihre Ansichten oder ihre Religion ihren Regierungen nicht gefallen, in der britischen Zeitung The Observer berichtet hatte. Folterungen andersdenkender Menschen und gewaltsame Unterdrückung abweichender Meinungen sind weiter in vielen Ländern an der Tagesordnung. Er hatte die Idee und rief dazu auf, sich durch Briefe, Petitionen und durch verschiedene denkbare Formen der öffentlichen Arbeit an die jeweiligen Regierungen für die Freilassung dieser Gefangenen zu wenden und sich ehrenamtlich dafür einzusetzen.

Nachdem unsere Gruppe mit der Zentrale in London Kontakt aufgenommen hatte und wir den Vorstand der deutschen Sektion, damals geleitet von Gerd Ruge und Carola Stern, kennengelernt hatten, erhielten wir als neue Gruppe drei Anschriften von Gefangenen: einem aus der westlichen Welt, einem Gefangenen aus Malaysia und einem Dritten aus Südamerika. Einen Inhaftierten aus Malaysia betreute ich. Tatsächlich wurde dieser eineinhalb Jahre später freigelassen. Ein

Erfolg meiner Arbeit? Jedenfalls blieben meine Schreiben an verschiedene Regierungsstellen und Gerichte, viele Briefe an den Gefangenen selbst, ebenso an seine Familie nicht ohne Wirkung, sodass die Initiative unserer ganzen Gruppe durch dessen Freilassung aus der Gefangenschaft enorm beflügelt wurde.

Torremolinos

Aber nochmal zurück: Vor meiner Verurteilung packte ich im Winterhalbjahr 1966/1967 meinen Rucksack und bin wortlos per Anhalter abgehauen und überwinterte mit anderen „Kindern von Torremolinos" im südspanischen Andalusien. In der Übergangzeit bis zur Beendigung des Gerichtsverfahrens fiel mir nichts Besseres ein. Dort lebte inzwischen Valérie. In Wolfsburg hatte ich mich in die kaum ältere, sehr aparte blonde Valérie. mit dem lyrischen Herzen, den zärtlich-veilchenblauen Augen verliebt, die so belesen ist und deren Augen so unschuldig und ein wenig spöttisch die Welt anschauen. Als einzige Beschäftigte einer kleinen, gutgehenden und angesagten eleganten Boutique war sie in Wolfsburg umgeben von Bewunderern. Sie, eine hübsche Erscheinung, zart geschminkt und zurückhaltend im Wesen, ging mit mir aus, und wir wurden uns in einer prickelnden und sehr lebendigen Beziehung vertraut. Ich war ziemlich verliebt und damit nicht allein. Auch andere junge Männer waren um ihre Gunst bemüht, sodass wir manche Abende in größerer Runde gemeinsam verbrachten. Als Zwanzigjährige hatte sie bereits eine zweijährige Tochter, die bei der Oma blieb, weil sie nach dem Ende ihrer Schulzeit nun lebenshungrig und jenseits gängiger Moralvorstellungen erst einmal Auslands- und Lebenserfahrung sammelte. Als 16-jährige schwanger zu werden, war ein Tabubruch und wurde damals gesellschaftlich rigider als heutzutage abgestraft.

Torremolinos, das damals noch recht beschauliche Fischerdorf war das Zentrum für Hippies, freie Liebe und Aussteiger aller Art geworden. Ein Schlachtfeld des Vergnügens. Jürgen aus Münster war gemeinsam mit mir teils per Anhalter, teils mit dem Zug durch Spanien nach Andalusien mitgereist, derselbe, mit dem ich gemeinsam auf der Belgrano zurück nach Hamburg unterwegs gewesen war. Es gab dort junge Leute aus aller Herren Länder, die gemeinsam die Zeit totschlugen, sich abends in den Bodegas trafen und sich mit 100-Peseten-Jobs Tag für Tag über Wasser hielten. Konspirative Treffen von obskuren OAS-Unterstützern, die noch immer heimlich die französischen Verschwörer in Algerien mit Waffen und Geld unterstützten, fanden sich dort ein, Besucher aus Marokko brachten Gras und Marihuana, die größeren Grundbesitzer (Senoritos) suchten und fanden hübsche Mädchen, die ausgeführt werden wollten.

Einträgliche Arbeiten sprachen sich schnell herum, und so kam ich auch zu den Filmaufnahmen, die in der Sierra Nevada nahe Granada in den Bergen gemacht wurden. Überwiegend handelte es sich dabei um Wild-West-Filme. Statisten wurden gebraucht, die lässig in einer Ecke rumstanden und immer mal wieder neu eingekleidet wurden. Auch für Aufbauarbeiten wurden wir angeheuert. Valérie, die selbst schon seit einem Jahr in Torremolinos bei einer älteren Deutschen lebte, welche ihr ganzes Leben zeitweise in Italien, Frankreich und nun in Spanien verbracht hatte, gab mir den Hinweis. Queipo de Llano 26, wo wir wohnten, war eine kleine Straße im alten Fischerdorf, benannt nach einem Franco-General, dem Schlächter von Sevilla. Es scheint Valérie nicht schlecht zu gehen, zumal sie inzwischen ziemlich gut Spanisch spricht. Neben bescheidenen Filmaufnahmen hat sie sehr diskret wechselnde Dauerliebhaber, die ihrem sinnlichen Charme verfallen sind. Der Schirm ihrer Nachttischlampe ist aus roten Dessous genäht, sie liest viel und zeigt und erklärt mir als literarisch Ambitionierte manch Neues nicht nur in Liebesdingen: Hemingway, Malaparte und Lorca.

Die Straßennamen nach faschistischen Generälen, die für Francisco Franco im spanischen Bürgerkrieg gekämpft hatten, entsprechen den herrschenden Verhältnissen. Das Franco-Regime ist weiter – völlig ungerührt von neueren europäischen Entwicklungen – seit dem Bürgerkrieg 1936 bis 1939 an der Macht. Überall wird die Szene von den auffällig flachen schwarzen Lackmützen der Guardia Civil beherrscht, die mit ihren zwei Segeln rechts und links sofort ins Auge springen. Die kasernierte Polizeitruppe, ähnlich wie in Italien und Frankreich, hier nur Carabineros genannt, hält sich in Torremolinos selbst vornehm zurück. Der Tourismus, ein einträgliches Geschäft, beginnt in Andalusien gerade zu boomen. Nur ein paar Kilometer weiter, in Marbella, wohnen vor allem wohlhabende Engländer, die dort schon seit Längerem zu Hause sind und ihre Winter verbringen. Wie so oft entdecken und vereinnahmen Briten die herrlichsten Orte auf diesem Kleinplaneten als Erste.

Anfang der 60er Jahre war die Franco-Diktatur ernstlich gefährdet, als die Autarkiepolitik das Regime an den Rand einer wirtschaftlichen Katastrophe führte. Franco warf das

Ruder herum und berief ein Technokraten-Kabinett, dessen Schlüsselressorts Handel und Finanzen mit Männern des Opus Dei besetzt wurden. Der katholische Orden konnte nun auf Kosten der Falange seine organisatorische Macht ausbauen. Bereits im Jahr 1962 konnten Mitglieder des Opus Dei alle wirtschaftlich bedeutenden Positionen im Kabinett besetzen. Hinter dem Opus stand dessen Förderer Luis Carrero Blanco, der als graue Eminenz des Franco-Staates galt, selbst dem katholischen Orden aber nicht angehörte. Von nun an wurde innerhalb weniger Jahre mit enormer Kraftanstrengung eine überwältigende Infrastruktur für den Tourismus geschaffen, um vor Italien selbst in den Rang des meistbesuchten Urlaubslandes in Europa zu gelangen.

In Torremolinos wurde bereits viel gebaut, jedoch war Ende der 60er noch immer ein wohlhabender Individualtourismus in überschaubarem Umfang vorherrschend.

Franco hielt seine Macht in der Staatspartei vierzig Jahre dadurch im Gleichgewicht, indem er die einzelnen Fraktionen gegeneinander auszuspielen pflegte. Vertrauen und Vertraute hatte er kaum. Seine Herrschaft war neben dem traditionellen Katholizismus die im Bürgerkrieg erworbene Machtfülle, über die er nach dem Prinzip „Teile und herrsche" verfügte. Bis zum Ende seiner Diktatur und den ersten freien Wahlen 1977 sollten noch weitere zehn Jahre vergehen. Im Jahre 1973 beförderte Franco seinen engsten Vertrauten, Luis Carrero Blanco, zum Regierungschef. Dessen Aufstieg ist beispiellos und unaufhaltsam. Sechs Monate später wurde er mitten in Madrid buchstäblich in den Himmel befördert. Die Wucht der Explosion war so heftig, dass sein Wagen über das Dach eines fünfstöckigen Hauses neben der Kirche geschleudert wurde, bevor er auf einer Terrasse im 2. Stock landet. Verursacht durch eine Bombe unter dem Pflaster der Straße. Zur Himmelfahrt des Volksfeindes bekannte sich die baskisch-separatistische Vereinigung ETA, zum Attentat die „Operation Ogro". El ogro, deutsch der Menschenfresser, war sein Spitzname unter den Separatisten. Franco starb zwei Jahre später eines natürlichen Todes, mit ihm endete der Frankismus. Bald darauf gab es erste demokratische Wahlen.

Ich lernte verschiedene Burschen kennen, die wussten, wie man schnelles Geld machen konnte. Jürgen war schon zurück nach Deutschland entschwunden, weil er nicht recht Fuß fassen konnte. Vom Glück, unterwegs zu sein, spürte er wenig. Am schlimmsten haperte es bei ihm mit der Sprache. Gemeinsam mit Mutter hatte ich während meiner Schulzeit eine Zeitlang Volkshochschulkurse „Spanisch für Anfänger" besucht und davon noch ein wenig im Kopf. Das half Kontakte zu knüpfen. Bis zum Frühjahr blieb ich in Torremolinos und genoss die Zeit mit Valérie.

Sie geht ihren Weg und wird auf Händen getragen von ihrem Sugar-Daddy, der ihr zuschaut und sie verwöhnt. Es geht dabei nicht so sehr um schnellen Sex. Ein Sugar-Daddy ist ein Sponsor. Zum Beispiel für den Führerschein, den sie gerade begonnen hat und für die teuren Fahrstunden. Sobald eine Frau mit einem Mann zusammen ist, weil er ihr ein angenehmes, sogar luxuriöses Leben bietet, kann man wohl von einer käuflichen Beziehung sprechen. Bei vielen bürgerlich-normalen Paaren hat die Liebe ebenfalls ein Preisschild. Beim spendierfreudigen Sugar-Daddy ist das offensichtlich. Weil Valérie mit ihrem wohlhabenden Herrn eine längere Beziehung führt, auch exklusiv, sei das nicht vergleichbar mit Prostitution, findet sie. Sie spricht von „Freundschaft plus". Sie geht wandern, wellnessen, zu Nachtessen ohne Sex. Ist ein Mann ungebunden, kommt es ihr noch normaler vor: Sie sitzt auf seinem Sofa, er kocht, man unternimmt etwas gemeinsam und schaut zusammen fern. Manchmal ist eine Beziehung zu Ende, aber er zahlt weiter, weil er die junge Frau gern hat. Einer verliebt sich in sie und sie sich in ihn. Er entscheidet sich dann zwar für seine Familie, lässt jedoch seinen Dauerauftrag weiterlaufen. Sie trifft normale Männer, denen es wirtschaftlich gut geht, die sich Sex und Zärtlichkeit wünschen oder sich gar als ihr Mentor verstehen. Einer lernt mit ihr für ihre Führerschein-Prüfung. Im Bett. Sie sammelt Lebenserfahrung.

Sexualisierte Formen von Arbeit werden zunehmend in den legitimen Arbeitsmarkt integriert. Dazu gehören Klubs, in denen der internationale Jetset Partys feiert und wo nur Frauen unter 25 zugelassen sind, die wie Models aussehen. Oder auf Yachten und in Nobelrestaurants mit jungen sexy Kellnerinnen, dank derer die männlichen Gäste mehr Geld ausgeben. In Torremolinos ist auf originell schräge Weise viel los, und der Ort kommt nie zur Ruhe. Die Helfershelfer der OAS sitzen an den Cafétischen und schmieden Pläne, wie sie mit Geld und Waffen die Konterrevolutionäre in Algerien unterstützen können. Der Tummelplatz der Aussteiger ist voller verklärter Liebender, die Händchen haltend die Welt rosafarben anmalen, sie sorgen für einen morbiden Glanz und steten Zulauf. Heerscharen von Musikern, Bettlern, Clochards und Krüppeln haben sich hier ebenfalls versammelt und kämpfen täglich um die besten Plätze. Alles sehr überschäumend und komisch und irgendwie zusammenhängend – wenn ich nur wüsste, wie.

Irgendwann bin ich mit einem Kumpel im kurzgeschlossenen Chevrolet weitergefahren, und wir sind noch eine Weile in Granada und Madrid hängengeblieben, in den Plantagen des Südens konnten wir uns jeden Tag mit reifen Apfelsinen versorgen, und erstes Gemüse wuchs erntefrisch auf den Feldern. Vom deutschen Konsulat in Madrid lieh ich mir Geld für die Bahnfahrt zurück nach Deutschland, als mir Pass und letztes Kleingeld gestohlen worden waren. Erst viel später erfuhr ich, dass mir Mutter mit der Bahn nach Torremolinos nachgereist war, bei Valérie nach mir fahndete und unverrichteter Dinge nach Hause zurückgekehrt war. Wahrscheinlich wollte sie mich überreden, gewisse unumgängliche Schritte in meinem Lebenslauf in die übliche Reihenfolge zu bringen und nicht länger aus der Reihe zu tanzen. Eine betriebliche Lehre hielt sie nach wie vor für die einzig vernünftige Form, wie ich dem zukünftigen Leben begegnen müsse.

Mutter ließ nicht locker. Unermüdlich mischte sie sich mit ihren Vorstellungen in meine Berufswahl ein, um diese geregelt zu sehen. Wie ein Terrier, der einen zu großen Knochen von allen Seiten angeht und nicht davon ablässt. Die deutsche Unsitte, die Pädagogik der Überwältigung, ist Unfug. Überhaupt „Berufswahl". Sie verstand nicht, dass ich mir zu der Zeit gar keinen Beruf vorstellen mochte und abwarten wollte. Ein Leben hinter dem Schreibtisch, um Akten zu wühlen, um irgendwelche Probleme, die mich nichts angingen, zu bearbeiten, nichts lag mir ferner. In dumpfen Ämtern oder Firmen lebenslänglich der Rente oder Pension entgegenzudämmern, ein erschreckender Gedanke. Weder wollte ich andere mit dem Verkauf von Reisen noch Geld mit wechselnden Moden und Praktiken verdienen oder das Heer der Sozialarbeiter ergänzen, die die kranke Gesellschaft wieder fit machen und mit diversen Therapien beglücken sollen. Oder Pastor werden, um Macht über andere Menschen auszuüben, die „das Wort Gottes" benötigen, um einen Sinn ihres eigenen Daseins zu erkennen. Da lag mir Politik schon näher. Aber ein Politiker, der nicht aus einem praktischen Berufsfeld, in welchem er bereits Lebenserfahrung gewonnen hat und daher konkrete Erfahrung in die Politik einbringt, war aus meiner Wahrnehmung ebenfalls entbehrlich. Auch allein das Studium der Politik und Soziologie erschien mir dafür nicht der geeignete Weg zu sein. Noch gab es das Prinzip der ununterbrochenen Selbstoptimierung nicht. Doch ich bin in dieser Luft aufgewachsen, mit diesem Prinzip der Selbstermächtigung im Angesicht der Aussichtslosigkeit. Etwas durchzusetzen, was noch nicht angesagt ist. Ein Auslandsjahr oder ein Probejahr auf Reisen gab es leider gar nicht. Dafür fehlte es an allem: an Mitteln und Infrastruktur. Ich wollte mich ausprobieren und mich nicht an bestehende Erfolgsrezepte dranhängen.

Der Skandal am Erwachsenwerden liegt doch darin, dass viele nicht so werden wollen wie ihre Eltern. Um dann doch eines Tages so zu leben, zu lieben und zu lügen wie sie. Zunächst unbemerkt passt man sich der Welt an, die man bisher verachtet, verurteilt, gegen die man angetobt und gekämpft hat. Dieser gleitende Übergang wird kaum bemerkt. Im jugendlichen Alter, in dem es reißt und zehrt und drängt und ich mir nicht vorstellen kann, jemals so gleichgültig dahinzuleben wie viele Erwachsene. Deutlich fühlte ich lange vor 1968, dass es etwas anderes geben müsse, als dem Versprechen vom immerwährenden sozialen Wohlstand hinterher- oder mitzulaufen. Vor dem Abstieg konnte ich als Habenichts keine Angst haben. Ehrgeiz war total uncool.

Nur weil deine Eltern, deine Freunde und ehemaligen Mitschüler meinen, das Leben komme ohne Segen der Mehrheitsmoral nicht aus, musst du nicht den Sand einer knirschenden Anpassung in deinen Kopf stecken. Das Testosteron-Gepolter meiner Lehrer, dieser Alpha-Männer aus dem Zweiten Weltkrieg, konnte mich nicht meinen, und ich wollte es gern hinter mir lassen. Lieber ließ ich die Unsicherheit, die Zweifel und Ängste zu, die ich ergründen und bewältigen wollte, um mich im Jetzt zu empfinden. Sich anders, fremd und schwach fühlen im Angesicht jener Verordnungen, die wir, wenn sie nur ausreichend verinnerlicht und kulturell schöngeschminkt sind, als Wirklichkeit hinnehmen, das kennen viele. Ich auch. Dass Begehren, welches sich nicht einpasst in bürgerliche Normen, schlimme Folgen haben kann, das hatte ich inzwischen erfahren. Wie die Geschichte hinter den Narben und dem Schmerz Wachstum wird, das wollte ich erleben.

EPILOG

Mut braucht das Leben. Und die Liebe. Schon die Liebe zum Fremden, zum anderen. Man muss etwas tun für diese Liebe. Sie muss gemacht werden. Vielleicht braucht auch nicht jeder diese Liebe. Was es sicher gibt, sind schicksalhafte Begegnungen. Die tragen etwas Unausweichliches in sich. Da frage ich mich nicht mehr, ob der andere ins eigene Leben passt. Ich glaube daran. Gegen jede Wahrscheinlichkeit.

Ende

Nachwort und Dank

Mein rebellisches Herz wurde bereits früh politisch. Nach dem Bankrott der NS-Diktatur, der Moral und der Utopien gab es in der BRD zunächst den Rückfall in stabile Rollenmuster. Adenauers und Erhards ,Keine Experimente' stand obenan. Ich lade die Leser ein, mit mir in die Zeit deutsch-deutscher Teilung zwischen 1945 und 1968 einzutauchen. Eine Epoche der Aufbruchstimmung, des Ausprobierens, des Diskutierens mit großer Lust auf neue Erfahrungen in einer zugleich sehr engen Welt, die uns davon abhalten wollte.

Wir erkundeten die Welt, reisten in die DDR und durch Europa, machten uns auf zu langen Wanderungen. Als Alleinreisender feierte ich meine Unabhängigkeit auf Tramptouren durch Europa, auf meiner Reise durch Afrika und auf meiner ersten Weltreise. Die Begegnung mit fremden Kulturen faszinierte mich und öffnete zugleich die Augen für das Leben der Anderen.

Reisten wir als Kinder noch unbefangen zu Verwandten nach Mecklenburg und wurden in der Schule 1964 aufgefordert, in einer Deutscharbeit eine konkrete Utopie zur deutschen Wiedervereinigung zu entwerfen, so wurde mir bald danach die tatsächliche Kontaktaufnahme zur DDR zum Verhängnis. Noch kurz bevor sich der „Wandel durch Annäherung" politisch entwickelte, wurde ich unerwartet und nicht nachvollziehbar für meine Kontakte in Untersuchungshaft gesteckt. Diese 106 Tage in einer Zelle dämpften kurzzeitig meinen Willen politisch-gesellschaftlicher Teilhabe. Aber nicht lange. Schreibend, reisend und mein eigenes Leben entwerfend trotzte ich den Versuchen, mir Ketten anzulegen.

Im Westen Deutschlands bildete man sich auf die junge Demokratie viel ein, obschon die Meinungsfreiheit auch damals bereits mit Denkverboten verteidigt wurde. Aus der Gemeinschaft der Anständigen wurde exkommuniziert, wer das Wort „DDR" nur in den Mund nahm.

Die Leser werden mit mir durch die Jahre der beiden jungen deutschen Republiken reisen und sich ab und an selbst erinnern an diese Zeit der Enge und Zeit neuer Freiheit – und dabei in die eigene Vergangenheit eintauchen. Für jüngere Leser mag die Zeitgeschichte und die Erzählung der Älteren verständlicher werden. Wir begreifen, dass niemand eine Insel ist, dass wir kollektive Erfahrung und Erinnerung teilen, unabhängig davon, in welchem Land wir aufgewachsen sind.

Ich habe es als Privileg und Verpflichtung betrachtet, die Zeitläufe dicht zu umkreisen – mit Engagement und mit Worten. Dieser Roman ist eine fiktive Darstellung. Begebenheiten, Orte und Personen wurden meiner Erinnerung angepasst und Namen teilweise verändert.

Meiner Rima und dem unerhört lichten Tag im jungen Frühling danke ich, als du frisch in mein Leben tratst, schwungvoll, lächelnd verspielt, eroberungslustig, siegesgewiss. Meiner Familie danke ich, die mir das Leben, das ich führen darf, sowie das Vertrauen geschenkt hat, meine Geschichte in Worte zu fassen.

Meinen besonderen Dank verdient Elke Sünkenberg als besonnene Ratgeberin und feinfühlig unterstützende Lektorin!

Inhalt

Hendrik Bicknäse, geb. 1947, unternahm nach seinem Studium (Publizistik, Philosophie, Politik) als europäischer Kosmopolit weite Reisen als Journalist, Autor und als Kurator in der „Gesellschaft für Kulturaustausch". Er arbeitete in Italien, in der Schweiz und in Polen. Heute lebt er mit seiner Familie in Göttingen.

Zuletzt erschienen:
Die Verunsicherung, Gedichte, Göttingen 2017
Brennende Liebe, Hrsg. Gedichte von Käte Decker,
    Fischerhude, 2. Auflage 2020
Himmel, Hölle und andere Reiseziele, Gedichte, Fischerhude, 2021

Der Autor erhielt Literaturpreise und Auszeichnungen.
Kontakt: gfk-contact@arcor.de

Käte Decker

Brennende Liebe

Die schönsten Gedichte

Hrsg.: Hendrik Bicknäse

152 Seiten
Engl. Broschur
10,– Euro
Fischerhude 2020, 2. Aufl.
Verlag Atelier im Bauernhaus
ISBN 978-3-96045-077-1

Im vorliegenden Querschnitt der Lyrik Käte Deckers werden Spuren vergessener Geschichten und Klagen freigelegt. Die Gedichte erscheinen als intensive Wahrnehmung des Augenblicks. Träumende Stille und Natur-Begegnungen treffen auf Gespenster und aus der Seele geflossener Trauer. Ihre Verse spiegeln den tragischen Schmerz ihrer unendlichen romantischen Sehnsucht nach Wärme und Liebe.

Stets erkunden ihre Gedichte dabei die Spannung zwischen Formstrenge und Leichtigkeit. Sie balancieren zwischen Fantasie, Gaukelei und Wahrheitssuche. Der eigene Paradiesgarten und die umgebende Landschaft mit ihren verschwiegenen Seen, der grünen Hülle und Fülle Mecklenburgs mit dem Fischland-Darß sind das Material für die nachwachsende grüne Liebe der Dichterin zur Natur.

„Bis 1933 konnte Käte Decker Texte und Gedichte veröffentlichen. Mit dem Machtantritt der Nazis war das dann nicht mehr möglich. – Jetzt aber, nach knapp neun Jahrzehnten, liegt dieser wunderbar aufmerksam und liebevoll gestaltete Band vor."

Wolfram Pilz, NDR 1, Radio MV, Kulturjournal, 23. Juni 2020

Hendrik Bicknäse

Himmel, Hölle und andere Reiseziele

Gedichte & Essays

120 Seiten
Festeinband mit Schutzumschlag
und Bändchen
13,60 Euro
Fischerhude 2021
Verlag Atelier im Bauernhaus
ISBN 978-3-96045-088-7

In dieser Gedichtsammlung von Hendrik Bicknäse finden wir zwischen den Künsten grenzüberschreitende philosophische Sujets und entlegene formale Entwürfe auf gültige Weise vereint: ob in Meditationen, im Langvers oder Prosagedicht, in der Hymne oder in Poemen und weiteren poetischen Formen die Zonen der Beschädigung beklagt werden oder im Langgedicht das Lesen und die Sprache selbst Gegenstand kritischer Betrachtung ist.

Ob lakonisch gesprochen wird oder pathetisch, laut oder leise, metaphorisch oder realistisch, ob unsere Gegenwart und Geschichte in den Blick genommen wird, der bürgerkriegsähnliche Zustand in der Gesellschaft oder im Parlando die überragende Macht der Schönheit und Liebe. Linke Illusionen werden durchleuchtet und Widersprüche mit Empathie oder beißendem Witz bloßgelegt.

Eines jedoch gilt übergreifend: Die Gedichte bieten Widerstand gegen eine Strömung, in der die Sprache ihrer Abschaffung zutreibt – weil der Mensch selbst es ist, der sich abschafft.

Hendrik Bicknäse

Die Verunsicherung

Über die Abgründe. Gedichte

37 Seiten
Broschur
5,90 Euro
Göttingen 2017
AktivDruck & Verlag
ISBN 978-3-932210-15-0

„Wo aber Gefahr ist, wächst / Das Rettende auch." Friedrich Hölderlins Motto steht hoffnungsvoll über dieser Lyrik und den Essays, in denen sich Hendrik Bicknäse mit Vorgängen der Ein- und Ausgrenzung sowie der Frage beschäftigt, wie wir dem entgegentreten, wenn es mit dem Frieden bergab und mit der Wut bergauf geht. Zu tief und zu zerrissen verlaufen die Kluften zwischen dem Terrain der Sicherheit und jenem anderen „Kontinent", auf dem sich Unzufriedene und Aggressoren, Amokläufer und Anerkennung suchende und die Agenten des Aufruhrs tummeln. Und rasch öffnen sich weitere Risse. Der Spaltpilz sitzt bereits im eigenen Haus. Das war der Auftakt.

Zu zugespitzt, zu apokalyptisch erschienen diese Texte noch vor wenigen Jahren dem genügsamen intellektuellen Milieu. Im gesellschaftlichen Zusammenleben zeigt uns der Autor den chaotischen Prozess: Im öffentlichen Raum erkennt er eine „molekulare" Frühform des Bürgerkriegs.